感情のカルチュラル・スタディーズ

増補版

――『スクリューティニ』の時代からニュー・レフト運動へ――

山田雄三　著

開文社出版

本書は、二〇〇五年五月に開文社出版より出版された『感情のカルチュラル・スタディーズ』を増刷したものである。増刷にあたって、新たに補遺を加え、増補版として発行する。

《目次》

感情のカルチュラル・スタディーズ

増補版

──『スクリューティニ』の時代からニュー・レフト運動へ──

プロローグ――カルチュラル・スタディーズと英文学研究 …… 1
感情とカルチュラル・スタディーズ 1／『英語青年』に見るカルチュラル・スタディーズ 4／感情のカルチュラル・スタディーズに向けて 15

第一章 『スクリューティニ』の時代――F・R・リーヴィスとE・P・トムソン …… 19
カルチュラル・スタディーズ登場以前 19／マイノリティ・プレス 20／マイノリティの理想郷 27／それぞれのセンターのために 32／ヨーロッパとイギリスと 41／二つの座礁 47／重なり合う二つのセンター 53

第二章 リテラシー論の効用と陥穽――Q・D・リーヴィス、デニス・トムソン そしてリチャード・ホガート …… 57
メディア・リテラシーの流行 57／メディア教育草創期 62／リテラシーの使用 71／WEAの教育実践 78／リテラシー論の陥穽 84

第三章 「意味の構造」から「感情構造」へ――L・C・ナイツとレイモンド・ウィリアムズ …… 91

『スクリューティニ』から始めて 91／ナイツとウィリアムズ 98／構造として考える 103／
「意味の構造」から「感情構造」へ 112／感情構造論のその後 121

第四章 「感情構造」を読む――レイモンド・ウィリアムズの文芸批評……129

感情構造論の射程 129／シネマ・ヌーヴォーと「感情構造」130／
ホガートの自叙伝的形式と「感情構造」134／オーウェルのルポルタージュと「感情構造」138／
SF小説に現れる「感情構造」143／「感情構造」と演劇形式 150／現代演劇の「感情構造」155／
ブレヒトとベケット 164

第五章 「感情構造」を書く――レイモンド・ウィリアムズの著作実践……175

ウィリアムズの著作実践 175／ウェールズ三部作 176／悲劇の死を越えて 198

第六章 記号論へのシフト――「感情構造」から「エンコーディング／ディコーディング」へ……211

一九七三年の「言語学的転回」211／「エンコーディング／ディコーディング」214／
バルト、エーコそしてホール 223／ホールの感情構造論 229／「言語学的転回」以降 238

第七章　知識人の機能と「表象＝代弁」行為――「感情構造」を接合する …… 243
表象の二つの意味 243／知識人とは何か 244／グラムシの知識人論 250／混迷する今日の知識論 253／代弁される人々の声は聞こえてくるのか 258／知識人と代弁される人々とのヘゲモニー形成のために 266

試みのエピローグ――「読み書き」の日常文化を知るために …… 277
放送大学大阪学習センターで知ったこと 277／日常生活の中で「読む」279／日常生活の中で「書く」284

注 …… 289
補遺　未完の長い革命 …… 305
あとがき …… 339
増補版へのあとがき …… 343
索引 …… 352

プロローグ

――カルチュラル・スタディーズと英文学研究――

感情とカルチュラル・スタディーズ

「感情のカルチュラル・スタディーズ」などという命名は、最初から矛盾しているのかもしれない。なぜなら感情は元来、個人的なものであって、それが集団的な事象を表す「文化」とは馴染まないからだ。それよりもっと重大な問題もある。そもそも「感情」なんて存在するのだろうか。今日の諸科学は「感情」と呼ばれるものが生まれるプロセスに着目して、自明で原初的と思われてきた感情体験にメスを入れてきた。たとえば、記号学の世界からは次のような疑問が出されるだろう。人間が他の動物よりも複雑な感情をもつとされるのも、人間の感情が記号（言語）的に組成された「意味」だからではないのか。そうであるなら、感情について考えることは記号（言語）を通した意味生成について考えることにはならないか。なるほど記号にウェイトを置いた感情研究のほうが観念的な「感情」にこだわるよりも私たちの感情に迫る近道かもしれない。さらに今日では、生理学の研究進展によって「感情」と言わないまでも「情動」と大脳辺縁系との関係が明らかにされつつある。刺激と反応にかかわる脳内メカニズムを解明することが、「感情」を知る王道なのかもしれない。

そう考えると、「感情」が実在するのか怪しくなってくる。「自我とは知覚の束である」という言い方がされるが、その発想に従うと「感情」はその束を構成している小さな束にすぎない。そして、その小さな束が存在しているのかどうかでさえ、記号（言語）象徴の世界を介在しないと確かめられない。ところが一方で、日々繰り返されるコミュニケーションにおいて、なんらかの情緒的要素が介入してくることを私たちは経験で知っている。緊張したコミュニケーションの局面で、人はよく「今のは感情論にすぎない」とか「きみの気持ちは分かるけれど・・・」という言い方をする。あたかも象徴による意味の世界とは別の世界があるかのような反応である。こうした経験的な反応（感情）を愚直なまでに社会、文化の問題にしようと人たちの試みが、この本で扱う「感情のカルチュラル・スタディーズ」である。

「感情」ほどではないが「カルチュラル・スタディーズ」ということば（学問領域）も今日ひじょうに曖昧なものになってしまった。メディアなどで嘲笑を込めて「カルスタ」と略して呼ばれている思潮は、一九八〇年代以降に、とりわけ一九九〇年代にアメリカでブームを迎えた。そこには、アメリカ国内の大学再編が深く関与しており、多くの伝統的人文学（中でも文学研究）が、「カルチュラル・スタディーズ」という真新しい看板のもとに統合再編されたという経緯がある。「カルチュラル・スタディーズ」とはいわば浮遊するシニフィアンで、リベラルで「一般大衆向き」なことであれば、何を指示対象とすることもできた。理論と実践の有機的な結合を謳った「カルスタ」であったが、実際にはジョン・フィスクやグレアム・ターナーらのカルスタ・マニュアル本に頼って、サブカルチャーやマイノリティと呼ばれる未開拓の文化資本を利用したものも少なくなかった。

これらのマニュアル本の中で、イギリスにおける先駆者として必ず引き合いに出されるものがある。一つに、オーディエンス研究の走りと言える読者論を展開した『スクリューティニ』派の協同活動があり、もう一つに先見的なコミュニケーション論を発表したニュー・レフト運動がある。これらマニュアル本は、彼らが果たした先見的な仕事を高く評価する一方で、後知恵で得た知見をもとに彼らの限界をあっさりと定めてしまう傾向がある。「感情」の問題はその際立った例である。一九六〇年代後半に起こる「言語学的転回」がもたらした視点から見ると、転回の向こう側で立ち止まった前世代人の姿勢、意味作用以前の感情の存在にこだわる態度は稚拙以外の何ものでもなかった。この本で扱うのは、理論的に洗練されなかった（あるいはそれを拒んだ）頑固な前世代人たちである。時期的には戦中戦後の『スクリューティニ』の時代から一九七〇年代初頭の「バーミンガム現代文化センター」の活動までをカバーする。このように焦点を絞る理由ははっきりしている。捉えどころのない茫漠とした「感情」にこだわったからこそ、一九六〇年代のカルチュラル・スタディーズは非理論的な経験主義を引きずりながらも、いわゆる人々の「日常の文化」にもっとも肉薄できたと考えるからである。

「カルスタ」の流行によって、『スクリューティニ』派やニュー・レフト第一世代が再評価されたことは述べた。他方、「カルスタ」登場以前には、彼らの活動は英文学の分野を通して日本にも紹介されていた。しかし、戦後英文学のドミナントな慣習からすると、彼らの活動はやはり異色で、付録程度の扱いしか受けてこなかった。それは戦後の英文学研究が仕事の領分を狭く定めてしまったからか、あるいはニュー・レフトの活動が英文学から出発しながらも、そこに収まらない部分を最初から多く抱え込んでいたからか分からない。（おそらくその両方だろう。）ともかくも、まずは日本の英文学研究ではずいぶん昔に忘れ去られてしまった学者や批評家たちに再度登場してもらい、私たちの英文学が選択しなかった「もう一つの道」を辿り直してみようと思う。

『英語青年』に見るカルチュラル・スタディーズ

（一）戦中・戦後日本のなかの『スクリューティニ』

『英語青年』というジャーナルは、一八九八年の創刊から今日に至るまで一〇六年にわたって、英米での文学研究の動向を報告してきた。その報告の仕方から、私たちは日本における文学研究の受容傾向（大げさに言えば、イデオロギーのようなもの）を捉えることができる。このジャーナルを主な材源として、『スクリューティニ』派やニュー・レフト第一世代がどのように紹介されているかを概観してみたい。

まずは『スクリューティニ』派の紹介から。初めて『スクリューティニ』派とその領袖F・R・

リーヴィス（一八九五～一九七八）が紹介されたのは、戦前の一九三四年一〇月号の「英文学新声」においてであった。紹介者のS・Nは次のように書いている。「F・R・リーヴィス他主に剣橋大学関係の元気のいい人達が『スクリューティニ』といふ季刊雑誌を出している。発刊以来今年で三年目である。文学が勿論此の雑誌の最も大きな興味の対象であるが、次に教育の問題に彼等は熱心である。（他に政治経済等一般文化のことも扱ふ。）だから彼等の書くものには、実際創作家の書く論文と異る、一種の教育的ともいふべき匂ひのするのが特徴である。彼等は盛んに新旧の諸問題を批判する」[1]。紹介者は「教育的ともいふべき匂ひ」を『スクリューティニ』派に嗅ぎ取っているが、その嗅ぎ取り方には敬意と軽侮とが織り交ざっている。一方で、その協同活動が「政治経済等一般文化のこと」も扱うトータルな文学教育運動であるとされる。しかしもう一方で、彼らの活動は学問としての文学研究に貢献するというよりも文学をどう教えるかを啓発したもので、文学研究の王道からは外れる路線と考えられている。S・Nは彼らの「糞真面目」に「刻苦精励して勉強する」姿勢に息苦しさを感じると率直な感想を述べ、敬して遠ざけている。「然し彼等が一所懸命に世間一般の批評眼の鍛錬に努力している熱心は、よかれ悪しかれ、買はねばなるまい」。

『英語青年』はその後の戦況の悪化に伴い、休刊に追い込まれる。戦後に刊行を再開したときに、『スクリューティニ』誌への関心は次のようなことばで再燃する。「イギリスの批評壇もなかなか活発であるが、中にも、上記エリック・ベントリーが『ヴァージニア・クウォータリー・レヴュー』（一九四八年夏号）に書いている「ニュー・クリティシズムに関するノート」という論文などで、

F・R・リーヴィスが健在であることがわかった。彼の主宰する雑誌『スクリューティニ』も戦争中、ずっと続いていたらしい」[2]。戦争末期に日本の英文学と『英語青年』が味わった辛酸を思うと、想像できる反応である。戦後期の『英語青年』は、『スクリューティニ』誌がつづいてきたことへの驚きを様々なかたちで露わにしている。「〔『スクリューティニ』誌は〕地味だが着実に戦争中も出ていたものらしい」。「批評雑誌『スクリューティニ』は、すでに二十年以上続いた。過去二十年の間には、第二次世界大戦というような、異常な試練の時期が、はさまれているのを思えば、その期間を続き抜くということは、よほどの底力と忍耐力を要するものであろうことは、たやすく想像される」[3]。明らかに『スクリューティニ』派の協同活動は、新しい文化コミュニティを形成しようとしていたこの頃の英文学者に希望と指針を与えていた。

『スクリューティニ』派は第二次大戦にどこかアポカリプスを見ていたような気がする。戦前戦中と『クライテリオン』や『ホライズン』など「良質な」ジャーナルは、商業ジャーナリズムに駆逐されてしまったが、戦争の混乱によって、すべてが一からやり直しになることを期待していた節がある。ところが皮肉にも、一九五〇年代に入りマスメディアが飛躍的に発達する中、リーヴィスが密かに期待してきたことは見事に裏切られる。イギリスでは戦後、新聞や週刊誌の発行部数が飛躍的に増大する。定期刊行物の発行部数は一九三八年には一六〇〇万部程度だったものが、一九五二年には四〇〇〇万部まで数を伸ばした。マスメディアの圧倒的な力によって「イギリスの良質の文化」は蹂躙されている、そのように『スクリューティニ』派の目には映っていた。

日本でも同じことが起こりつつあった。一九五三年度には、年間三四〇〇万部と戦後史上で最高部数の新聞が刷られ、一九五五年にはラジオの普及率は国民の七四%にまで広がった。そんな状況下の一九五三年、『英語青年』はタイムリーな話題として「ジャーナリズム」を特集に組む。その特集では『スクリューティニ』派への言及は皆無に近かった。ただ一人、西脇順三郎だけは次のように述べた点で、『スクリューティニ』派と近いところにいた。「産業主義はデーメテルを強奪する――近代産業的社会組織は農業、結婚などの女神を掠奪するものだ――ということばがあるが、近代のジャーナリズムも一つの産業主義の部分である[4]」。だからこそ、西脇はこの問題に深入りをしないことに決める。彼は右の文章をこうつづける。「この間も美濃の國から飛驒の高山へ通じる昔の街道を行つてみたが、その自然は実に静かであった。近代産業の掠奪をうけていない」。西脇はただ一人耽美的に日本の田舎を漫歩することを選ぶのである。その意味合いは象徴的であった。その後、日本の英文学は、ジャーナリズムの問題を自らの領域に取り込むことはついになかったからである。「ジャーナリズム特集」に増野正衛が寄せた苦言は、英文学において消されてゆく声の一つであった。「リーヴィスとトムソンとの業績については、わが国でももつと多くの人が注目すべきではないかと思うし、《ジャーナリズム特集》などがなされた機会に本誌でも彼等のその方面での仕事の意義を考察してほしかつたと思うのである[5]」。

奇しくも『英語青年』が「ジャーナリズム特集」を組んだ翌月、戦中戦後を通して二〇年以上、商業ジャーナリズムを始め新しいメディアがもたらす弊害に警鐘を鳴らしつづけてきた『スクリューティニ』誌が廃刊されることになる。日本の英文学は、ついに『スクリューティニ』派が提起した問題とまともに向き合うことはなかった。そのことは、彼らの協同活動を手本として、日本に新しい英文学コミュニティを作りたいと期待していた人々に、「苛烈な」挫折をもたらした。廃刊に寄せた斎藤美洲のことばは悲壮感に満ちている。

> 私は依然として『スクリューティニ』廃刊の核心にふれていない。一つにはリーヴィスやメイソンがどうしてあんなに劇しいのか――それは個人的なものなのか、それとも社会的なものなのか、まだ確信をもつてつかめないことを告白しなければならぬ。ただしかし、社会的なことで次のことだけは確かに言える。それは現代の英文学界は全くバラバラになつてしまつたということである。（中略）われわれの最も問題にすべき小数層の中同士でもバラバラなのである。（中略）私は、英文学研究に関する限り、習いおぼえたおのれの英語の力をたよりに、もう一本立ちになるよりほかないと悟つた。思えば始めから当たり前のような話だが、私には苛烈なことに思えて仕方がないのだ。[6]

（二）ニュー・クリティシズムの時代から市民の時代へ――一九五〇～一九六〇年代

一九五〇年代半ばに、アメリカから「ニュー・クリティシズム」が入ってくる。I・A・リチャーズらイギリスの分析批評に端を発するその文学思潮は、（後のカルチュラル・スタディーズの場合と同じように）ひとたびアメリカに根付くと、驚異的な伝播力を備えたイズムになっていた。『英語青年』においては、一九五五年九月号でその思潮の代表格リチャード・ブラックマーの批評が紹介され、その翌年にはさっそく「ニュー・クリティシズム特集」が組まれるに至った。そうなるとリーヴィスのテキスト中心的な批評実践は、ニュー・クリティシズムのイギリス版と混同され始める。川崎寿彦が釘を刺しているように、両者の安易な比較は「正しくない面」を多く含んでいた。[7]元来、ニュー・クリティシズムは文学テキストをその物質的、歴史的生成プロセスから切り離して、テキスト内部の形式的細部を分析する批評営為であった。他方で、リーヴィスの方法は分析ではなく鑑賞であり、テキスト外部の諸要素、モラルや時代の感受性（それらは後に「ジョージ王朝のイデオロギー」と批判されるが）を引きずっていた。それでも両者の批評実践は表面的には似通っており、リーヴィスはさしずめニュー・クリティシズムの傘下に捉えられていた。

ニュー・クリティシズムの最大の功績は、森常春が指摘したように「文学者の仕事の場をはっきり定めたこと」であった。[8]そのイズムは、閉じた系にあるテキストという実験室を文学研究者に与えてくれた。その実験室では、英語ネイティヴであろうとなかろうと、分析の手続きさえふめば、有意義な発見ができるのである。しかし、そのことでマイナスの側面も生まれた。文学研究はもはや『スクリューティニ』派が夢見たような協同の文化生産ではなくなり、個人による解釈・消費の仕事となっていた。私たちは「文学者の仕事の場」がこのように定められたことの意味を再考すべきなのかもしれない。なぜなら、それ以降の英文学研究は、もっぱら文学批評理論というマニュアルを参考にして、テキストを消費してきたからである。ニュー・クリティシズム以降、アメリカの批評が優勢になると、シカゴ学派、フライやカラーなどの構造主義、イーザーやフィッシュに代表される受容理論、イェールを中心とした脱構築批評、さらに西海岸のニュー・ヒストリシズムが次々に紹介された。一九七〇年代から今日までおびただしい数の文学理論マニュアルが出版されてきている。読む手続きを教えてくれるマニュアルがあるかぎり、どんな文学テキストも個人的（独創的？）に解釈・消費され、それが新しい批評を生産することと混同されるのだ。

以上のような風潮が強くなる中でも、ごく単発的で周縁的な扱いではあったが、英国の協同的な活動も『英語青年』では報告されている。その一つが一九六〇年代のニュー・レフトの活動である。書評やニュースのかたちで、約一〇篇の記事が出ている。例えばレイモンド・ウィリアムズ（一九二一～一九八九）の小説『ボーダー・カントリー』を取り上げた記事がある。その中で、ニュー・レフト批評は労働者階級も参画する「日常の文化」を創生するために、批評それ自身が「創作の形式」を取り始めていると述べられている。[9] ウィリアムズと双璧をなす初期カルチュラル・スタディーズの中心人物、リチャード・ホガート（一九一八～）についても、彼がBBC放送を通じて「創作的な批評」を擁護したことが報告されている。[10] ホガートらの活動は一九六三年九月号でも取り上げられ、「《ポピュラー文化》が我々のすべてに及ぼしている影響を研究することが、英文科の仕事の（中略）一面であってほしい」という彼の主張が紹介されている。また深瀬基寛は「英文学ということ」と題したエッセーの中で、文学に進歩があるとすると「創作と批評の交互媒介によるほかないというアーノルド式の考え」に乗るしかないと述べ、その実践例としてウィリアムズの『文化と社会』を高く評価している。「たとえ一巻の書物に過ぎなくとも、このような一冊を研究室と心得て、これを日本語に移してくれる篤志家があるならば、それは英文学研究の役割を十分に果たしているものと考えたいのである」[11]。

ウィリアムズやホガートは、批評であり創作でもあるものを書き伝えることで、市民である読者とのコミュニケーションを図ろうとした。「どんなミュニケーションの理論もコミュニティの理論である」をキャッチフレーズに、文学という「書かれたことばによるコミュニケーション」を通して、彼らは新しい「読者共同体」を作ろうと考えたのである。「市民の時代」と呼ばれた一九六〇年代、磯田光一もまた同じ「読者共同体」ということばを用いて、読者との対話の必要を唱えた。「文芸批評におけるモノローグ的発想は、それを拒否する勢力に出会うことによって挫礁と変質とを強いられ、今では《批評》概念の中に、何らかの意味における知識人論、大衆論、読者論を導入することが、不可避の課題となったと私は考える」[12]。しかし、そのような挑発的な問いかけが受け入れられる土壌は、「モノローグ的発想」が蔓延した英文学にはもはやなかった。それに当時、日本の英文学は好況にすぎた。大学進学率（特に女性の進学率）が飛躍的に伸び、大学で英文学に従事する人口は増えつづける一方であった。日本の英文学は、磯田が提起したような総合的な課題に向き合うのではなくて、作家や時代別に小さな学会を乱立させることで、その事態に対応したのである。この時代の『英語青年』全体の風潮を見ると、深瀬や磯田らの声ははなはだ異質なノイズでしかなかった。

（三）抜け落ちたイギリスの批評――一九七〇～一九八〇年代

一九七〇年代以降もニュー・レフトたちは、『英語青年』の余白に顔を出していた。小野寺健は『ボーダー・カントリー』の翻訳も手がけ、ことあるごとにニュー・レフトの活動を紹介している。彼はウィリアムズの「長い革命」観をしなやかに解説して、「とにかくマイナス面を消去して行こうという慎重な消極性と、しかし混乱を放置するわけには行かないという根本的な積極性の並存」だと書いた[13]。ウィリアムズの『マルクス主義と文学』を評した富山太佳夫は、「彼が従来から提唱していた感情の構造という考え方も、実は〔物質面と精神面とを繋ぐ〕媒介の問題と関わっていたことがここに来て明らかとなる」と述べ、感情構造論の再考を促している[14]。

個別的なレベルにおいても、ニュー・レフトの文学批評は舞台裏で重要な役割をしていた。日本の英文学史上に金字塔を建てた笹山隆の『ドラマと観客』（一九八二）は、読者受容論でにぎやかな時代に考えられた観客論ではあるが、それは一方で一九六〇年代後半から笹山が繰り広げてきたウィリアムズとの仮想的論争の結果だったと言えるかもしれない。『現代の悲劇』の中でウィリアムズは、悲劇という普遍的な芸術形態を考えることは不毛であり、悲劇とは演じられる歴史上の「いま・ここ」に立ち現れる一連のコンヴェンション（慣例、約束事）であり制度であると論じた。そうしたウィリアムズの発言について、笹山は「むしろ出るべきものが出たという感じでしかない。はたして今後どのような反響が現れることか」と述べている。一九七〇年代に書かれた「悲劇論、喜劇論」

「最近の喜劇論、悲劇論」などの笹山の文章には、そうしたウィリアムズの「悲劇論」が強く意識されている。「受容者の側における意識的、無意識的反応の総和を作品の《中身》と同一視」する笹山の方法は、受容者の意識的、無意識的反応の構造を作品の外側に置くウィリアムズの感情構造論のアンチ・テーゼとなっている。15

今見たような周縁的か個別的な関心を除いては、ニュー・レフトの文学者たちが表舞台で問題にされることはなかった。英米の文学研究動向を熱心に紹介してきた『英語青年』のようなジャーナルの中でさえも、彼らの仕事に本格的な関心が向けられることはなかった。そのため日本の英文学界、そして『英語青年』の歴史からすっぽり抜け落ちてしまっている。一九八〇年代も後半になって、アメリカ主導の文学批評理論ではもうだめなのではという議論が出てくる。そのときにわかに注目を集めたイギリスの批評家は、ウィリアム・エンプソン（一九〇六～一九八四）とテリー・イーグルトン（一九四三～）であった。それはまさしく象徴的な出来事で、ウィリアムズやホガートらの間の世代がすぽっと抜け落ちる結果となった。一方でエンプソンを通じて、あくの強い読み手によるアクロバティックな（脱構築的な？）読み方へのノスタルジアが働いた。もう一方で、批評理論の終焉を説くイーグルトンに過剰な期待が寄せられたが、彼のラディカルな部分の多くは記号の牢獄の外にある（と彼が信じる）物質性とリアリズムであった。つまり、彼の先生であったウィリアムズが繰り返し言ってきた部分であった。

一九七八年四月にはリーヴィスが他界し、一九八八年一月にはウィリアムズも心臓発作でこの世を去る。リーヴィスの死に際して、いくつかの論文記事が彼の仕事を紹介したが、晩年の筋金入りの偏屈ぶりは語られても、初期の協同批評活動にふれたものはほとんどなかった。ウィリアムズに関しては、ついに小記事を集めた「片々録」にさえも、その死去が載ることはなかった。東欧圏の崩壊で社会主義は過去のものとなり、日本はバブル経済の真っ只中で「東京グローヴ座」がこけら落としの準備を進めている頃のことであった。一九九〇年の二月号に、「イギリスの文学——一九八〇年代を顧みて」という題の座談会が載せられている。その中で参加者の一人、富山はウィリアムズの死去にふれ、「このあいだ亡くなったレイモンド・ウィリアムズの批評も、ずうっと読まれていくでしょう。けれども、八〇年代の批評を論ずるということになると、どうしてもほとんどがアメリカ」と語っている。[16]今日から見ると、彼の予言は当たっている部分とそうでない部分がある。当たっている部分。一九九〇年代のアメリカ主導の「カルスタ」ブームに乗って、ウィリアムズの名前を耳にする機会が増えてきた。さかんに、メディア研究やコミュニケーション学で彼の仕事は紹介されている。現象的には、こうして発掘されたウィリアムズは「カルスタ」の教科書となって読み継がれていると言えるだろう。しかし、はたして英文学を学ぶ人々の間でウィリアムズは読み継がれているだろうか。ウィリアムズの批評は「カルスタ」の教科書には収まりきらないほどの経験に満ちている。それら経験を知る場所として、文学研究は依然有効な領域であるように思える。

感情のカルチュラル・スタディーズに向けて

今まで述べてきたような問題意識にもとづいて、本書は、戦中戦後の『スクリューティニ』の時代から一九七〇年代初めの「言語学的転回」期までのイギリスの批評を再検討する。全七章からなるこの本は、三つの柱から組み立てられている。

一つ目の柱となる最初の三章では、ペアに組まれた三組の批評家たちのコントラスを扱っている。おこがましいが、この方法はウィリアムズが『文化と社会』で実践したことをコピーしたものである。ウィリアムズがその方法を取った理由ははっきりしていた。批評家の個人的な業績（あるいは偉業）という印象を作り出すのではなく、それぞれの批評が生まれた歴史と社会とを炙り出そうとしたのである。同じような意図で、『スクリューティニ』派の主要な批評家二人と、『スクリューティニ』派の外にいる別の三人とを対比させている。第一章「『スクリューティニ』の時代――F・R・リーヴィスとE・P・トムソン」では、『スクリューティニ』とマルクス主義文芸運動と、それぞれまったく違う地平で少数派の文化コミュニティを作ろうとした二人の批評家のコントラストを描いている。つづく第二章「リテラシー論の効用と陥穽――Q・D・リーヴィス、デニス・トムソンそしてリチャード・ホガート」では、今日の「メディア・リテラシー」「情報リテラシー」という発想の原点となったリテラシー概念が、どのように作り上げられたのかを、その二派のコントラストの中に探っている。

第三章は、この本の中核部分に当たるウィリアムズの感情構造論がL・C・ナイツとの対話の中で生まれてくる過程を分析したものである。

その感情構造論をより詳しく精査したのが、この本の二つ目の柱となる第四章と第五章である。第四章では、古典的な文学テキストから現代の映画やSF小説に至るまで、ウィリアムズが、それらの中に「感情構造」をどう読んでいるかを検討する。ニュー・レフトの文学批評家たちにとって、読む行為と書く行為とは相互に交叉しあう文化営為であった。ウィリアムズ自身、『文化と社会』や『現代の悲劇』などの評論を書くのと同時並行で、小説やテレビ・ドラマを創作している。第五章では、二つの行為が交叉してゆく様子を、彼の創作活動に探っている。

どうかすると忘れがちであるが、カルチュラル・スタディーズの領袖であるスチュアート・ホール（一九三二〜）もまた、『ニュー・レフト・レヴュー』創刊に尽力したニュー・レフト第一世代である。ウィリアムズの大きな影響下にカルチュラル・スタディーズを始めたホールだったが、その後、いくどか軌道修正を試みている。第六章では、彼がバーミンガムにもたらした「言語学的転回」がイギリスの文化批評に与えたプラス面とマイナス面とを、第七章では、ホールによるグラムシ再評価が第一世代の「感情論」を甦らせる契機になっている側面を検証している。

イギリスの文化批評という地味で垢抜けない「影の王国」には、いまだ十分に検証されていない貴重な視座や仮説が残されている。その一つが、コミュニケーションについて考えることはコミュニティについて考えることであるという視座であった。私たちにとって厄介であり興味深くもあるのは、ここでのコミュニティが、社会学的なモデルではなく現実を「生きている」コミュニティであったということだ。だからこそ、この本で扱う批評家たちは「感情」を記号のレベルで捉えることをせず、それに仮想的な実質を与えることができた。「感情」という仮想的な実質を媒介としたコミュニケーションを考えるという、途方もない構想を描くことができた。彼らがリアルな「読書するコミュニティ」について述べるとき、おそらく成人教育機関や大学公開講座での経験を念頭に置いていたように思える。（E・P・トムソンからホールまで、この本で扱うほとんどが成人教育に何らかのかたちで係わっている。）文学を「書かれたことばによるコミュニケーション」と捉える視点も、そうした経験の中で生まれてきたように思える。上で述べたように、その意識は日本の戦後英文学では十分に育たなかった。この本の終わりに「試みのエピローグ」と題して、放送大学における「読書するコミュニティ」の可能性について考察したのも、一つには彼らの経験に学びたいという意識が働いていることを付け加えておきたい。

第一章 『スクリューティニ』の時代

――F・R・リーヴィスとE・P・トムソン――

カルチュラル・スタディーズ登場以前

マスメディア社会の到来を問題視しつづけた『スクリューティニ』が廃刊されて、半世紀が経とうとする。その間、メディア化はさらに進み、商業主義の共謀のネットワークは社会全体に張りめぐらされたと言ってもいい。今日、ほとんど全能のメディアに囲まれて、かつては文化批評にも深く係わっていた知識人たち、とりわけ英文学者はその問題に距離を置いている。イギリスでE・P・トムソン（一九二四～一九九三）、リチャード・ホガート（一九一八～）、レイモンド・ウィリアムズなどの英文学者がカルチュラル・スタディーズを起こした一九五〇年代末、日本の英文学研究はアメリカに渡った『スクリューティニ』派、つまり「ニュー・クリティシズム」と出遭っていた。禁欲的なまでに文化や社会を語らない文学批評理論時代の幕開けを迎えていた。その時代から一九八〇年代の脱構築理論に至るまで、アメリカ主導の英文学研究は、一方で文学理論を精緻化しながら、他方で英文学キャノンを再生産してきた。ところが今日、知の大衆化が新しい展望を迎える中で、テキスト至上主義的な文学理論も視野の狭さが批判され、また英文学キャノンと国家ナショナリズムとの関係も批判的に取り沙汰されている。しかし、そこで批判されているのは英文学研究の一つの軌跡にすぎない。私たちには、一九五〇年代末に日本の英文学が採らなかったもう一つの軌跡から学ぶべき視座と希望とが残されている。そのような立場に立って、この章では、カルチュラル・スタディーズ登場直前の風土を象徴する二人の文学者リーヴィスとトムソンとが、文学と文化および、文学と社会とのどのような関係を模索したのか見てみたい。

マイノリティ・プレス

F・R・リーヴィスとE・P・トムソン。この一見、水と油ともとれる二人の論客を私が対比するわけは、両者が商業ジャーナリズムに対抗して、独自のジャーナルを主宰したことに注目したいためである。リーヴィスは一九三〇年代初めにケンブリッジを中心に『スクリューティニ』を創刊したし、トムソンも『ニュー・リーズナー』を始め、そのどれもが資金難のために短命に終わった共産党機関誌の発行に積極的に係わっている。

まずは、『スクリューティニ』についてであるが、このジャーナルは同人たちのわずかな出資によって始められた、きわめて小規模な同人誌であったことを思い出す必要がある。その創刊号は、揺き集めた五〇ポンドの資金を元手に七五〇部しか刷られなかったし、もっとも発行部数を増やしたときでも一五〇〇部程度であった。[1] 同誌の売り上げのみを主な財源として、広告収入に財源を求める商業ジャーナリズムとの違いを強調しつづけた。『スクリューティニ』廃刊やむなしと判断した一九五三年、リーヴィスは「告別の辞」の中でそのことを特筆している。

しかし、これだけは記録に留めておきたい。『スクリューティニ』は二〇年以上もつづいてきたが、その間、応援してくれる読者に事欠いたことは一度もなかった。ごくわずかの例外を除いて、広告収入を得ることなどなく、創刊から一貫して自前で運営してきたし、発行部数も飛躍的に伸ばしてきた。[2]

二〇世紀に大規模化した商業ジャーナリズムは、『カレンダー』のようなそれまで小規模、中規模に展開していた文芸ジャーナルを市場から駆逐し、多くの読者を占有する事態をもたらした。商業ジャーナリズムへの敵愾心は、『スクリューティニ』創刊当初から同人たちの心のうちにあった。彼らは、商業ジャーナリズムによって読者が思考しない「マス（大衆）」に、または同じものを欲しがる平準化された「ハード（群れ）」に変えられることを特に恐れていた。創刊と同じ時期にリーヴィスが上梓した『英詩の新しい進路』では、商業ジャーナリズムに毒された現代文明が次のように描写されている。「規格化、大量生産、平準化はさらに進み、文明とは、ありきたりの反応を利用することで生まれた結束のようなものだ」[3]。リーヴィスが提出した問題とは、「自ら表現し、団結し、感化し合う能力を公衆から奪う大衆文明の条件を回避し、無効にする」には何をしたらいいかにあった[4]。そして、その答えの一つが、商業ジャーナリズムの成立与件を呑まずに、そして同時に、当時の知識人たちが傾倒していたマルクス主義の定式を受け入れずに、中立的な価値判断を行なう批評を出版することであった。リーヴィスは、『スクリューティニ』創刊から一〇年後に、創刊に至った経緯をこう振り返っている。

私たちが『スクリューティニ』に込めた意味とは、特定の宗教的信条に陥らずに育まれる人間的な伝統であった。また私たちは、批判的知性を自在に働かせる能力を涵養することが、その伝統に欠かせないと考えた。この意味で、『スクリューティニ』には自由な（リベラルな）教養という形容を与えてもいい[5]。

リーヴィスを始め『スクリューティニ』派の人々は、この趣旨に同調する知識人はマイノリティながらも、社会の諸組織の中に散り散りに存在していると考えていた。リーヴィスは述べている。

実際、『スクリューティニ』を立ち上げようとする闘争に取り組んだ発起人たちは、研究生やジュニアの（したがって懐の寒い）大学教師、中等学校の教員や成人教育機関の教師などの中に、同調する「知識人」を捜し求めた。これらの知的な人々が逼迫した生活から逃避するあまり、現実の事件や決定が起こっている実社会への関心と自分たちの知的関心とを分けてしまっていると考えるのは、たいへんな考え違いだと私は思う。[6]

このようにして、『スクリューティニ』という「センター（中心点）」に、それら散在する知識人の再結集を呼びかけたのだった。

E・P・トムソンと言えば、『イギリス労働者階級の形成』（一九六三）を出版して、一九六〇年代のニュー・レフト運動の中心となった人物である。その彼とF・R・リーヴィスとは、一見したところ、活動の時期も場所も隔たっているように思える。『スクリューティニ』派は、ケンブリッジ大学を拠点に、S・T・コールリッジが提唱したような知識人の「クレリシー（文人社会）」を形成しようとしていた。それとは対照的に、トムソンは戦中戦後の『スクリューティニ』の時代（一九三二〜一九五三）、共産党の内部に身を置き、クリストファ・コードウェルやウィリアム・モリスの再評価を通してマイノリティの文化活動を行なっている。（もちろん彼の言うマイノリティはマルクス主義前衛のことでもあるが。）一九六一年に彼が述懐したところによると、「かれこれ二〇年間、私はマイノリティ（前衛）の大義のためにドアを叩いて人々を勧誘したり、委員会に出席したりしてきた。それに、参加者もまばらな集会を開き、どれにせよ長くはつづかないマイノリティのジャーナルを出版していた」のである。[7]

リーヴィスとトムソンとでは活動の場所は異なっていても、双方とも一八九〇年代にアルフレッド・ノースクリフが始めた『デイリー・メイル』を、商業ジャーナリズムの元凶と見ている。トムソンは『自由出版への闘争』というパンフレット（一九五二）の中で、商業ジャーナリズムをこう批判した。

ノースクリフの『デイリー・メイル』という「新手の」タブロイド・ジャーナルが登場してこの方、「人々が欲しがるものを人々に」を合ことばに、とりわけ読書の習慣が、公衆に向かって意識的に奨励されてきた。こうしたタブロイド紙は、政府機関ではなく個々の資本家や利潤を追求する企業によって所有されているために、「自由」だと呼ばれている。[8]

つまり、『デイリー・メイル』は政府発行紙でないという理由で、「自由」新聞の名をほしいままにしてきたとトムソンは言う。だが、ここで言われる「出版の自由」とは、資本家が新聞を自在に統制し、誰にも干渉されずに読者の考えやモラルに影響を与えるという意味で自由なのであって、読者にしたら出版界の寡占化が進む中、新聞を選ぶ自由さえ奪われている。商業ジャーナリズムの条件があるかぎり、人々は「急速な科学技術の変化、あるいは主体的に係わることのできない国際的な事変に翻弄される犠牲者だと感じ、国家機構や労働者運動に身を置いても、官僚化された諸制度を前にして無力感に陥り、人々の考えを操作し、反応を鈍くさせる商業的なマスメディアを前に肩を落とす」ことになる。[9] トムソンの自主出版活動は、そのような条件を無効にするための実践であった。彼は激烈な口吻で、「本当の自由、つまり主義と経営の自由、ないしは私たちの意見をコラムに反映させる自由など、資本家にとってどうでもいいことなのだ。資本主義の新聞によって自由が制限されているという事実、広告主は資本主義それ自体を攻撃する新聞を援助しないという事実はまったく省みられない」と述べ、資本主義批判をも可能にする「本当に自由な出版」の必要性を唱えた。[10]

そのことばに込める意味合いは違っていても、リーヴィスとトムソン共に自分たちをマイノリティと自認していることは、興味深い現象である。両者に共通する意識として、二〇世紀の社会では、マイノリティが出版ひいては文化形成に関与する場が失われつつあるという危機意識が見られる。トムソンは一九六一年の時点で、一〇〇年前の文化状況について、こう述べている。

マイノリティは、コミュニケーション手段を直接利用できていた。新聞を創刊するのに、極端に費用がかかるわけではなかった。印刷物や公的な会合、教会への参列などを通して、一定の少数派たちは、自ら選んだ問題について独自の戦略を用いながら、継続的にプロパガンダを行なうことができた。[11]

ところが現状はどうか。トムソンは分析する。

潜在的能力と現実、異端の少数派と多数派の意見を形成する巨大な媒介者、さらには同調しない島々とマスコミという本土、それらの間には大海が横たわり、架橋しようとするどんな試みも絶望のうちに終わってしまう。[12]

まさにこれと同じ危機感から、それより三〇年前に『スクリューティニ』派はマイノリティ・プレスを立ち上げたことを、私たちは思い出すべきだろう。リーヴィスと共に『スクリューティニ』を支えたQ・D・リーヴィス（一九〇六～一九八一）は、『フィクションと読者』（一九三二）の中で、こう述べていた。

次から次へと真摯な政治文学刊行物が姿を消すか、論調を弱めている。今では、発言の自由は広告主に売り渡されているか、そうでなければ、投資されている関心を優先して抵当に入れられている。こうした刊行物は、知性を自在に動かすことが厭われている世情の中で、きつきつでやっていかざるをえない。出版事情についても同様である。（中略）何かができるとすれば、十分に意識的な批判方法をもつ個人のプレスによって、パンフレットや刊行物を出して行く他にない。現段階では、それをマイノリティ・プレスと名付けても悪くはないだろう。[13]

マイノリティの理想郷

この二人の論争家は、商業ジャーナリズムを痛烈に批判する一方で、それがもたらした文化の退廃を映す鑑として二つの理想郷を案出する。二つの理想郷、つまり高度産業化が始まる以前のイギリスの村落コミュニティと東欧の新しい共産国である。

デニス・トムソン（一九〇七～一九八八）との共著で出されたリーヴィスの『文化と環境』には、マシュー・アーノルドの文化概念を再評価することで社会環境の劣悪化に歯止めをかけようとするねらいがあった。実際それは、一九三三年の初版から一九五〇年代の終わりまで、五度も増刷されるまでの問題作であった。その中で著者たちは、一八世紀にジョージ・ボーンによって書かれた当時の村落コミュニティの記述を引用しながら、一九世紀の高度産業化が破壊し尽くしたその「有機的なコミュニティ」を、郷愁混じりに描き出す。

もちろん閑談の文化もあった。忘れてはいけない。かつてのイギリスの村落社会では話すことはわざ（アート）であった。ちょうど今日でも、地方にはそのわざが受け継がれているように。新聞を読んだり映画に出かけたりレコードをかけたりする代わりに、人々は閑談した。仕事をしているときも、手を休めているときも話をした。さらにはパブであるいは市場で道端で戸口でことばを交わした。[14]

リーヴィスとデニス・トムソンは、かつての民衆が保持していたレクリエーション文化が今日完全に消滅し、大衆は阿片に耽るように劣悪な新聞や雑誌を読み漁っては、そこで覚えた無機的なことばで有機的な民衆文化を台無しにしていると言う。

イギリスに民衆文化があった頃は、その構造、その基礎は経済的な必要が様式化したものであった。正しく言うと、「生産手段」を基礎として生活のわざがあった。そして、そのわざには、数世代にわたり経験が伝承される中で育まれてきた人と人との関係の約束事、移ろいゆく四季のリズムに符丁した人と環境との関係の諸規範も含まれていた。田舎にも町にもあったこうした文化は、一九世紀の進歩によってことごとく破壊されてしまった。(今日、よく知られたことばを使うと)有機的なコミュニティは破壊されたのである。[15]

リーヴィスは繰り返し強調する。現代社会からはボーンが描く生の教育者としての名匠や職人がいなくなり、伝承されていたコミュニティの知恵も失われてしまった。今日「炭鉱労働を通して勤労者が教育を受けるとは考えられず、代わって彼らは学校へ送られるようになった」と。こうした憂慮の中で、『スクリューティニ』派は、かつての熟練職人たちが果たした指導者(=教育者)的役割を自ら果たそうと考えるようになる。[16]

商業ジャーナリズムの発達に伴って、コミュニティの余暇のあり方に大きな変化が生じたことを、リーヴィスは何よりも憂慮していた。ボーンの村落コミュニティは余暇の豊かな伝統で満ち溢れていた。そこでは、労働と余暇とは交じり合っているか、連続的なものであった。ところが、高度産業化社会は労働と余暇とを乖離させてしまった。その結果、

娯楽の伝統は、娯楽とは切り離せない古いかたちの労働と共に消え去ってしまった。今や人々は働くことで、余暇の時間を「人間的な」娯楽に使うことができなくなっている。と言うのも、今の労働形態は、かつてなかったほど余暇の時間を必要とするからである。言い換えると、人々は満ち足りた気分になり、生きることには意味があり報いもあると思おうと努力しても、できなくなっている。[17]

そうしてリーヴィスは、商業ジャーナリズムが提供する阿片的な現代の余暇を「デクリエーション（創造を阻むもの）」と呼び、社会に反省を促した。

今見てきたように、どこか自国中心的な傾向が強いＦ・Ｒ・リーヴィスは、現代文化を映す鑑を自国の過去に求め、それを理想化した。それと好対照に、Ｅ・Ｐ・トムソンは一九四〇年代、世界的共産主義の立場に立ち、理想郷を東欧の若い共産国に見ている。トムソンは一九四六年に、ユーゴスラ

ビアとブルガリアに鉄道を敷設する篤志旅団に参加し、東欧の新興共産国に芽生えつつあった「みんなの文化」を体験する。翌年彼が『われらの時代』に寄せた記事には、東欧の青年たちが多くの良質な詩を駅舎の壁新聞に掲載し、夕べの集いでは詩の朗読、民族舞踊やシェイクスピアの民衆劇『お気に召すまま』の上演を行っている様子が描かれている。

もし画家が引きこもって、自らの独創を絵にしようとすれば、彼は土地の交易組合委員の訪問を受けて、こう話しかけられるかもしれない。「同士よ、こんな埃まみれの屋根裏で何をやっているんだい。知ってるだろう。新しい勤労者食堂ができるんだ。ちょっと出てきて、組合クラブの壁に絵を書いてくれないか」。また、彼が表でひとたびキャンヴァスを立てると、農民たちがすぐにもそれを取り囲み、それはいいとかまずいとか批評したり、深刻気に首を振ったりするだろう。[18]

トムソンはまた、東欧ではまったく新しいタイプの知識人が生まれつつあると言う。

政治に意識的な作家がマイノリティ運動に参加し、わずかばかりの革新的な人々の心を掴むような場合、彼はえてして、自分のテーマに合わせようとして現実を誇張することが多い。しかし、時代の大きな転換が起きていると、私は申しておきたい。作家は民衆から離れたところから理知的な分析を行なって、（せいぜいよくやっても）社会構造の歪みを暴くだけの時代は終わり、民衆の新しい社会運動に全身全霊係わりながら、この運動を通して着想と読者とを獲得している。[19]

東欧の新しい知識人たちは、一方で民衆の文化水準を高めるデモクラシーに関与しながら、他方で彼らの中に埋もれている民衆文化を掘り起こすことに熱心である。彼らの姿に、トムソンは理想の知識人を見ていた。

彼はこの「みんなの文化」と較べて、イギリスの文化の二極乖離を指摘する。「（イギリスには）二つの文化と二つの環境があるのが実状である。知識人の文化と大衆の文化とに分かれているわけではない。二つの対立する階級の文化、つまりみんなの文化と衰退する資本主義の文化とに分離している」というのである。トムソンの視座から見ると、商業ジャーナルで活動している批評家たちは「資本主義に自らの地位を庇護されているから資本主義の文化を擁護している」のであって、その文化は「衰退しつつある文明を守るイデオロギー上の堡塁」に他ならないのであった。[20]ここで、もう一度振り返りたい。F・R・リーヴィスにとって、「有機的なコミュニティ」としての理想郷は、永遠に失われた過去のものであった。その点については、E・P・トムソンも同じ立場に立っていた。その代わりに、彼は東欧の新共産国を手本に、イギリスが永久に失ってしまった文化を再生しようとする。

イギリスでは、農民文化の伝統は廃れてしまったように思える。それを蘇らせる力はどこにもない（革命にはあまりに遠い）。しかし、ソ連のアジア地帯や中国、それに東欧のあらゆる国々で、人々が大事に育てつづけてきた民衆文化を見ることができる。それら民衆文化は、社会主義産業の発展に伴って、その地所を回復し固めつつあるのが現状である。[21]

トムソンにとっての理想郷も、イギリスでは失われた過去のものであり、現在の資本主義社会では実現不可能である、したがって到来すべき「彼らの」未来に属するものであった。

私たちは社会主義のヴィジョンを再建しなければならない。地球の四分の一以上の地域にすでに存在する社会主義に理解を示すだけではなく、イギリスにやがて到来する、いや到来すべき社会主義のヴィジョンを建設しなければならない。[22]

リーヴィスとトムソンとでは、文化社会を想像する思考の枠組みがよく似ている。その思考の枠組みのために、両者共「いま・ここ」の現在がもつ文化の動力学を捉えられずにいた。

それぞれのセンターのために

高度産業化以前のイギリスの村落コミュニティと東欧の新しい共産国という二つの理想郷を作り上げたリーヴィスとトムソンは、一方は大学に、他方は成人教育機関に指導的なセンターを求め、そこを足場として社会改革を実践しようとする。

今日リーヴィスは、旧時代に属した偏狭なナショナリストとして批判されることがよくある。確かに彼ははっきり言っていた。「自国中心主義者である方が世界主義者であるよりもずっとましだ。なぜなら〈文化の事がらについて〉世界主義者であることは、どこにも身をおいてないも同然である」からだと。そして、世界（普遍）主義の定式や議論は不毛だと一貫して主張しつづけた。[23] リーヴィスのデモクラシーに対する姿勢は曖昧ではあるが、よく誤解されるような排他的エリート主義者ではけっしてなかった。彼は、自由な鑑賞や判断が社会の隅々で行なわれることを念願していたし、その点では、自分たちの価値観を堅守しようとするブルジョア保身主義者だという批判は当たらない。リーヴィスは社会改革を実践するに当たり、自ら生まれ育ったケンブリッジの地に深く杭を打ち込み、そこに堅牢な改革の砦を築こうとした。その砦の基礎として深く打ち込まれた杭とは、今日では狭量の領域ないしは価値として批判される「西洋ヒューマニズム」であり、「イングランド中心のイギリス」であり「英文学」であり、「大学の自律」であったにしてもである。

まずリーヴィスは、社会のなかに「ばらばらに散らばっていて、組織化されていない」少数精鋭の結集を呼びかける。

芸術と文学が正しく評価されるかは、いつもごく少数のマイノリティにかかっている。（単純でありふれたものの評価を除くと）自発的で独創的な評価ができるのは、ごく一部の人にかぎられている。純粋に個人的な反応によって、そうした独創的な評価を支持できる人々は少しはいるにしても、依然マイノリティである。受け入れられた評価は、ごく少量の金を含有した紙幣のようなものである。より良い生活を送る可能性は、いつでも、そのような通貨の状態と深く結びついている[24]。

後にニュー・レフト派にそのエリート主義を批判される「グレシャムの法則」の発想の源泉は、すでにここに見られる。つまり、良貨を存続させるためにマイノリティが結束しなければ、商業ジャーナリズムが量産する悪貨によって、良質な文化は駆逐されるに決まっているというのが、彼の持論であった。

リーヴィスが生まれ育ったケンブリッジは、言うまでもなく、中世来の大学街であった。（彼の父はそこで楽器商を営んでいた。）リーヴィスが目指したのは、商業主義の原理原則から自由で、自律的な大学に、民衆指導のセンター（マシュー・アーノルドの言う「知性と洗練された魂のセンター」）を作ることであった。リーヴィスは、戦後に大学が正常化した際の近い未来を思い描きながら、第二次大戦中のさなか、大学改革案を『スクリューティニ』に三度にわたって連載している。

私は大学レベルでの教養教育に大きな関心を寄せている。そのことにページを割こうと思う。（もし大学レベルで何か効果的なことができないとすれば、どんなに望んだところで他の教育レベルで努力が払われたりしないものだ。）大学は文化の伝統、つまり人々を導く力としての文化伝統を象徴するものと考えられてきた。ここでいう大学という象徴は、現代文明以前からある古い知恵を代表し、人間の福利のために、物質的で機械的な発展を促す盲目的な衝動を牽制し、統御する権威をもっている。[25]

また別のところでは、こうも述べている。

教養教育の問題は片付かないとあきらめないためにも、どうしたら総合大学（ユニヴァーシティ）が総合大学になるか知恵を絞らなければならない。つまり、総合大学がコミュニティに実際の影響を及ぼし、それ自体が生き生きとした人間的良心のセンターになるにはどうしたらいいかを考えなければならない。[26]

この時期リーヴィスは、社会やコミュニティに対して、大学がどうしたら現実の影響を及ぼすことができるかを考えていた。その点を見過ごすことはできない。

その問題意識は、彼が戦後行なった英文学カリキュラム改革にも深く関係している。文学を文学として読み、公正で洗練された知性で鑑賞、評価すること。そして、その結果として、後世に継承すべき英文学キャノンを提出すること。そのいずれの試みも、今日の英文学界では、ナイーヴすぎるほど政治的に無自覚だとして、嘲笑の的になっている。しかしながら、リーヴィスの批評実践は、店頭に溢れている文学批評理論の入門書やアンソロジーに書かれている「印象批評」「モラリスト批評」といったくくりではくくられない広い視座にもとづいていた。大学カリキュラムの改革案を提案しながら、彼は、あらゆる研究と関連する総合学としての英文学を思い浮かべていた。

> 私たちは、他の教科と専門研究にも見識のある文学批評家を生み出してみたい。そして、同時に文学批評家でもある（中略）専門家、例えば心理学者、社会学者、文化人類学者、政治学や経済学の研究者を生み出したいと考えている。私の言うような英文学部を設立し、発展させようとする真摯で継続的な努力を払いつづければ、大学はたんなる専門科目の寄せ集めではなくなるはずだ。そうではなくて、大学は本来あるべき研究協力のより充実したセンターに、社会全体に現実の影響を及ぼす場、知や良心、人間的自覚や政治的意思の集中点になるだろう。[27]

これだけ読むと、英文学という学科とは専門教育を受ける以前に修養すべき教養科目にすぎないではないかという疑問も出てくるだろう。もしそうであるなら、リーヴィスの考え方は、グローバルに起こった大学教養改革と共に消えゆく運命にあったかもしれない。しかし、リーヴィスは凡百の教養主義者ではなかった。彼は新しい英文学カリキュラムに、もっと密接に社会と連結する機会を期待していた。そこら辺に、リーヴィスがいわゆる「リーヴィス派」という範疇に収まらない難しさがある。一九四三年、リーヴィスは『教育と大学』を上梓する。この著書は、第二次大戦中に彼が『スクリューティニ』誌上に発表した論評を基礎としている。ところが、『スクリューティニ』に掲載した三つの論評のうち、『教育と大学』では大幅に書き換えられたものがある。第九号（一九四〇）に収録された論評「教育と大学Ⅱ――批評とコメント」である。確かに『スクリューティニ』の試みが商業ジャーナリズムに対する徹底抗戦だと考えていた人々にとって、この論評はまったく意外な内容であったのだろう。リーヴィス自身も、それが『スクリューティニ』派内部に多くの誤解を招いたと告白している。『教育と大学』に再録するに当たってリーヴィスは論調を変えはしたが、その主な主張を撤回はしなかった。英文学科目を軸とする新しい大学が育成し、社会に向けて生産する人材について、リーヴィスは次のように述べた。

がっかりはせずに認めたいのだが、英文学を読み学んだ学生の大半は、これまでどおり教師になってゆくだろう。しかし、英文学科が公務員の教育に直接的な役割を果たすべきではない理由があるのだと言っても、別段、革命的な発言だとは思わない。公務員や教師、その生徒やその他一般の人々（そこには、おそらく組合運動家も含まれるだろう）に読む材料を適切に提供する作家や記者、編集者やジャーナリストを、私の英文学科では輩出したい、少なくとも輩出する手助けをしたいと望んだとしても、さらに、英文学を学んだ彼らによって知的で博識なジャーナルが出ることを望んでも、それは途方もない思いつきではないと思う。と言うのも、そうした良質のジャーナルが繁栄すること自体、知的で博識な公衆がいることの証拠となるからだ。[28]

ここで、英文学科が英語教師を輩出する装置になることを彼が危惧している点も、それ以降の英文学科がもっぱら従事してきたことの歴史的アイロニーになっていておもしろい。しかしそれ以上に重要な点がある。仮借ないジャーナリズム批判を展開したリーヴィスが、ジャーナリストの育成を真剣に考えていたことは、驚くべき事実である。メディア制作者やジャーナリストが現代の新しいコミュニティ作りの担い手になるとリーヴィスが考えていたことも、また事実である。まさにそこに、文化伝統を純粋培養する一方で、それを大衆化しようとするリーヴィスの試みの困難があったように思える。

リーヴィスの活動は確かに、トップ・ダウンの方向性をもっていた。そのために、彼はポピュリストが跋扈する昨今の批評界から追放されている。他方で、E・P・トムソンは東欧の「みんなの文化」を手本としながら、ボトム・アップの文化形成を目指していた。トップ・ダウン式にエリートが大衆に文化を押しつけても、大衆の間に新しい価値や文化は生まれないという発想は、彼がウィリアム・モリスの研究をするときにも、彼の頭を離れなかった。一九五五年、トムソンは分厚いモリス論を完成させる。これは、ヴィクトリア朝社会の内部から胎動する社会改革の変遷を、モリスという芸術家（＝思想家）の辿った道のりに象徴的に見ようとした野心作であった。トムソンが目論む社会改革は、物質的条件のみならず文化およびイデオロギーをも含んだ全体的な闘争の結果、実現されるものであった。そのような全体的な闘争をもっとも早く試みたのがモリスに他ならないが、彼とてヴィクトリア朝社会の束縛から自由ではなかったと、トムソンは言う。

　芸術のイデオロギー的役割について、モリスは、芸術が人間と社会とを総合的に変えていく媒介となり、人を階級に分けてゆく歴史の媒体となったことを十分に強調できなかった。もちろん、モリスが建築や装飾の歴史を詳細に描くとき、彼はこうしたことについて考えなかったわけではないが、「知的な」芸術を扱っていたため、その問題を明白に捉えられなかったのである。[29]

　トムソンはモリスの仕事を継承するためにも、第二次大戦後のイギリス社会に、労働者主体の新しい「学校」が必要だと考えていた。

　イギリス共産党は、第二次大戦後からフルシチョフによるスターリン批判が公けになるまでの一〇年間あまり、レフト・ブック・クラブやＷＥＡ（労働者教育協会）を通して、労働者ないしは大衆の文化・教育活動に大きな影響を与えた。また、後のニュー・レフト運動の中心人物となるトムソン、ウィリアムズ、ホガートらは皆、大戦後WEAで教えることになる。その中でもトムソンは早い時期からそこに参加し、WEAの意義を重要視していた。彼は、WEAの季刊誌『ハイウェイ』の中で次のように述べている。

私はキャメロン氏が出した議論に参加してきた。と言うのも、イギリスにおけるポピュラー文化の成立にWEAはもっとも重要な役割を果たすと考えるからである。私たちがWEAで試みていることは、けっして容易ではない。私たちは研究と批評の高い水準を示しながら、そうすることで商業主義のせいで低下させられた水準を無効にして、ポピュラー文化の方へ（ここで私が考えているのは、人々があらゆるレベルで芸術活動に積極的に参加することだが）進路を取って行かなければなるまい。新しくてまとまりのある「みんなの文化」が自然に自発的に育つようには、私たちの組織はまだうまく作られていないかもしれない。しかし、だからと言って、現在可能なところで種を蒔いていけないわけはない。ここ〔WEA〕での文学や音楽鑑賞の授業は、学生が個人の知を豊かにしたり、自己啓発を行なうことだけを目的としていない。この授業自体が、この国の一文化活動だと考えるべきなのだ。30

フルシチョフが暴露する共産主義社会の矛盾をまだ知らないこの時期、トムソンは、すべての国民に開かれた教育を支持しながら、労働者階級が政治決定や文化形成に直接携わる未来を夢見ていたとも言える。トムソンは、ボトムからの（グラムシが考えたような）ヘゲモニー形成が長期的な革命の達成には必要だと信じていた。彼にとって、文化やイデオロギーにおけるヘゲモニー形成が可能だとすると、その主体はWEAをおいて他にはなかったのである。

ヨーロッパとイギリスと

このように見てくると、リーヴィスもトムソンも二〇世紀前半のイギリスという国家的な枠組みの中で、改革を主導したかのように映るかもしれない。確かに、一方は伝統的な文化概念であり、他方はマルクス主義のイギリス版と、再評価するものに国家主義的な色調は濃いように思える。しかし、それらがヨーロッパという枠組みを抜きにして生まれ、継承されてきたと考えるほど、彼らはナイーヴではなかった。双方ともに、ヨーロッパとの諸連携を、それぞれの立場から探っている。その連携の図り方に二人の共通点と相違点とを見てみたい。

トムソンが第二次大戦後すぐに篤志旅団に参加し、東欧で鉄道敷設に従事したことからも明らかなように、彼にとってイギリスの社会主義革命は、ヨーロッパ諸国との連帯なしには考えられないものであった。冷戦構造がじわじわと確立していたこの時期、戦後政府が多額のドル借款を受け入れるなど、イギリスはアメリカとの関係を強めていく。トムソンは反米的な文章で知られるが、彼の目には、この頃のアメリカはイギリスをヨーロッパから引き裂く脅威に映っていたようだ。そこに彼の個人的な経験が重ね合わせられる。共産主義を支持する家庭に育ったわけではないトムソンにとって、兄フランクの共産主義者としての存在は大きかった。フランクは大戦中、東欧での反ナチ・パルチザン運動に篤志で参加し、ナチ政権に処刑されている。一九四七年にトムソンは、兄が生前残した文章を編集、出版するが、その序言にはこうある。

この本は一人の人間の人となりを記録しただけではない。これは、フランク・トムソンと同世代のイギリス人のためにだけ書かれたのではなく、ヨーロッパで今育ちつつある世代のために書かれてもいる。ヨーロッパがどれほどの辛酸を味わったか、その後、どれほど力強く再生へ向けて歩んでいるか、イギリスにいる私たちはあまり分かっていない。イギリスは海峡だけでなく、私たちが分かち合えなかった経験によっても、ヨーロッパから切り離されてしまった。フランクはヨーロッパ人として生き、文字を綴った。[31]

その後の歴史を後知恵で知る私たちは、「ヨーロッパ人として生き、文字を綴」るために働いたもう一人のトムソンを知っている。E・P・トムソンは一九六〇年代に核武装解除キャンペーン（CND）を通じて、北大西洋条約機構（NATO）にもとづくヨーロッパの核弾頭ミサイル基地化に強く抗議することになる。

リーヴィスがヨーロッパにどのように目を向けていたかは、それほど知られていないのではなかろうか。だが、振り返ってみれば、『スクリューティニ』の試み自体が一九二〇年代、三〇年代に登場した大陸の知識人たちの言動と共鳴しあっている。『スクリューティニ』創刊のマニフェストの最後を、編者たちは次のように結んでいる。

最後に、読者の皆さんの積極的な参加は大歓迎であるということをはっきり申し上げたい。寄稿されたものはすべて慎重に吟味するつもりです。そうすることで、今のところはごく一部のグループや個人的な討論でしか見られない最上質の批評を、広めて行きたいと思っています。知識人たちがその役目を裏切っているということは、よく囁かれてきました。こう言った方がより正確かもしれません。知識人たちの声は、現代文明社会にあって、でしゃばりなスポンサーたちが発する騒音に掻き消され、人々の耳まで届いてきません。いつまでこんな状態がつづくのかは分かりませんが、その間にも、このマニフェストが提出した問題を受け入れる読者皆さんのために、様々な思考の集中点と抵抗のセンターとを提供したいと思いますし、その意義はあると思います。[32]

「知識人の裏切り」という問題は、フランスの思想家ジュリアン・バンダ（一八六七～一九五六）が一九二七年に自著の中で使って以来、ヨーロッパ中の知的グループに波紋を与えていた。実際、『スクリューティニ』が創刊された一九三〇年代には、しきりにこの問題が取り上げられている。『オクスフォード英語辞典』は、英語として「知識人の裏切り」という成句が使われた例として、一九三五年一〇月二六日付けの『ニュー・ステイツマン』の記事を挙げているが、そこにはこうある。「知識人たちがアドバイスはしても、執政に係わらないことがもう一つの理由である。それも、《知識人の裏切り》の一例だろうか」。バンダが使った意味からのずれはさておき、一九三〇年代には知識人の機能に関する社会意識が高まっていた。バンダ自身は、民衆の世俗的な情熱を抑制することを職務とするはずの知識人が、物質中心主義的な価値を民衆の間に植えつけている状況を批判し、そのことを「知識人の裏切り」と呼んでいた。このスタンスが、現代文明批判を意図していた『スクリューティニ』派の人々の間に好意的に受け入れられたことは、容易に想像できる。つまり、双方共に、産業革命以降の社会が陥っている落とし穴から抜け出るためには、物質主義を超えた価値、人間的な価値の復権しかないと考えていた。そして、その復権運動を指導できる知的グループを作ることに精力を注ぐのである。

リーヴィスもまた、『スクリューティニ』草創期に出版した自選批評集『継承するために』(一九三三)の中で、知識人といえばマルクス的唯物論者という風潮を批判し、新しい知識人のあり方をバンダと同じ線で考えていた。

階級を超えた視点も必ずあるはずだ。階級起源や経済的背景をうんぬんするだけではない知的かつ審美的、それに道徳的な活動もあるはずなのだ。人間精神が本来もつ自律性を育てることで得られる「人間の文化」は必ずあるのであって、それを求めていかなければならない。そうした見方が一般になされないからこそ、知識人たちはその可能性と必要性を主張していかなければならないのだ。[33]

ここに使われている「人間の文化」や精神の「自律性」といったことばの裏に、ホイッグ党的な保守のイデオロギーを嗅ぎ取り、それをバンダの僧侶的な保守性に比べ合わせることも可能だろう。しかし、バンダとリーヴィスとの歯に衣着せぬ（しかも、強調の多い）激烈な文章からは、彼らをたんなる保守的エリート主義者としてくることを拒むエネルギーが溢れ出している。マスメディアによる知の大衆化を無批判に「いいこと」だとして片付けること、そうした単純な方向へと議論を進める知識人に対する憤怒が溢れ出ている。彼らは、当時の「より文化的な」という標語がどれほど文化を矮小化したものかを暴き、より重層的な総体としての文化を描こうとする。彼らにとって致命的だったのは、そのような文化を語ることばを（「人間的な」とか「道徳的な」といった両刃の剣にもなりえる表現以外には）ついに見出せなかったことである。

リーヴィスが大きな共感を寄せた大陸の思想家がもう一人いる。オルテガ・イ・ガセット（一八八三〜一九五五）である。『教育と大学』において、リーヴィスは「人間的なセンター」の必要性を唱える際に、オルテガが一九二〇年代に提出した「専門家」と「教養人」の議論を援用している。

人間的なセンターにふれ係わった専門家を輩出し、専門家がふれ係わるセンターを形成することが重要なのだ。しかし、このセンターから出るのが、標準的な「教養人」だと考えられては困る。いろんな力点の置き方をし、また専門化に対して様々な傾向をもつ「教養人」がそこから輩出されるだろう。「教養人」としても分類できる専門家は（幸いにして現代にもいるように）これから出てくるだろう。オティス氏が引用したオルテガ・イ・ガセットは、「人が一つのことについてよく知っていて他のことには無知なときに陥る異様な野蛮さと攻撃的な愚かさ」について語っていた。[34]

このような援用の仕方は、オルテガがヨーロッパの思想界に与えていた影響の大きさを考えると効果的ではあった。しかし、リーヴィスがオルテガなどヨーロッパの思想家にふれる態度は、どこか距離を置いたものでしかなかったように思える。オルテガが国家主義的ファシズムでも世界規模の共産主義でもない第三の道をヨーロッパという共同体に求めたとするならば、リーヴィスにはそうした発想はなかった。彼にとっては、「人間的なセンター」は、彼の足場であるケンブリッジでありイギリス（より正確にはイングランド）でしかありえなかった。その意味では、ヨーロッパとの分断を懸念し、東欧に渡ったトムソンとも大きく異なっている。リーヴィスがもっとも恐れた分断とは、イギリスの過去ないしは伝統からの分断であった。そのために、リーヴィスは地域を越えた議論を可能にするアメリカの商業主義、マルクス主義、ヨーロッパの連帯を説く大陸の議論からは距離を置いていたように思える。そのような姿勢は、『スクリューティニ』派はもちろんのこと、ウィリアムズらの脱『スクリューティニ』派の批評家にも負の財産として受け継がれることになる。

二つの座礁

一九五〇年代に二人が通った道程にも、興味深いコントラストが見られる。まずはリーヴィスについて。一九五三年一〇月、戦中戦後を通して二〇年以上も商業ジャーナリズムを始め新しいメディアがもたらす弊害を訴えつづけてきた『スクリューティニ』が廃刊されることになる。リーヴィスは最終号の「告別の辞」をこう結んでいる。

健全な想像力をもつ個人が集まれば、ともかくも大学に何らかのセンターをもちたいと切望する（大学に作れなければ、いったいどこに作れるだろうか）少数ながらも研ぎ澄まされた批評意識をもつ公衆ができ上がるはずだ。そうした公衆がいっさいいなければ、ＢＢＣをセンターとするようなシステムが批判やら挑発を受けることがあるだろうか。ところがである。今やいやしくも大学人でいったい誰が、ＢＢＣが与える文学的な影響を有害だと批判するだろうか。メディアに出演したり、有力紙や日曜版の文化欄に批評を載せることに躍起とならない文学部の講師がいるだろうか。このような状況の中で、先に挙げたような意義ある公衆、つまり博識で公平な中核的公衆が効果的なセンターを作る場所はどこにもないのではなかろうか。この公衆がいなければ、より洗練された基準ができないばかりか、批評家が独りよがりに慣例を破るだけになってしまうのに[35]。

この「告別の辞」は、新手のメディアに有能な若い世代を買収されて、メディアに匹敵する言説形成のセンターをついに大学という場に作ることができなかったリーヴィスの忸怩たる思いに満ち満ちている。

一九五三年当時、創刊以来最高の一五〇〇部以上も刊行していた『スクリューティニ』がなぜ廃刊しなければならなかったのか、その疑問については様々な憶測がなされてきた。『スクリューティニ』が二十年以上号を重ねるうちに、その性質を変化させてきたこともその一因であったことは、おそらく否定できないだろう。大戦後にメディア産業の発達と知の大衆化というイデオロギーが結びついてゆく過程で、『スクリューティニ』はメディア社会に介入することをやめ、態度をいくぶん硬化させてゆく。リーヴィスと『スクリューティニ』から受けた影響を自らも認めるレイモンド・ウィリアムズは、リーヴィスのプロジェクトを受け継ぐ第二世代であったはずである。そのウィリアムズは『スクリューティニ』の変質を次のように分析している。

文学と社会との対比によって当初は力強く表明されていたヒューマニズムは、〈『スクリューティニ』の）対象領域が狭められるにつれて変わってきた。初期の頃のデニス・トムソンの功績と最近のG・H・バントックの仕事とが似ても似つかないものになってしまったことは、その一例にすぎない[36]。

社会の諸相や諸問題を抽出したエッセンスとして文学作品を鑑賞するこの頃の『スクリューティニ』には、文学と社会との動的な関係性に注目したい次世代の批評家や文学者の心をつなぎとめる力はもはやなかったのかもしれない。

『スクリューティニ』が対象領域を狭めていったことは、リーヴィス自身の関心の変化と無関係ではなかった。反商業ジャーナリズム運動も『教育と大学』が提案した英文科カリキュラム改革も、十分に実現しないまま一九五〇年代には忘れ去られてゆく。他方で、『再評価』（一九三六）や『偉大な伝統』（一九四八）においてリーヴィスが実践した文学作品の「再評価」は、文学キャノンを塗り替えることに成功したばかりか、良質のイギリス文化を伝承するという意味では初期の目標を達成していた。彼はしだいに商業ジャーナリズムや大衆文化にふれるよりも選別された文学作品の鑑賞に力を注ぐようになる。彼は一九五五年に『小説家D・H・ロレンス』を書き上げるが、それはロレンスという一小説家の知性と感受性に、現代のモラルの範を求めたものとして読める。

しかし、物事のこうした秩序、つまり湿地帯に太古から連綿とつづく生活と「農家の台所の身近さ」を通して（中略）描かれる自然秩序を最終的に讃えることが、『虹』の本意なのではない。こうしたことをこの小説のテーマは超えている。私たちが見ているのは、責任感とより広い視座を獲得するまでの個人の葛藤である。これを獲得するために、人は知性をもっと自由に働かせ、知的文化とより上質の文明に積極的に参与し、より洗練された現代人の意識をもたなければならない。[37]

批評眼を備えた現代人の育成をリーヴィスがあきらめたことは、おそらくはなかっただろう。しかし、彼が育成しようとする現代人が（バンダの言った真の知識人のように）大衆から超然として現代文明の病いを憂い、それを癒すためなら礫にでも道化にでもなろうと覚悟した人々である以上、覚悟を与えるだけの超越的な場、つまり「知的文化」や「上質の文明」が確固として存在しなければならない。リーヴィスの困難は、独善に陥らずイデオローグにもならないそうした共通の場の形成に失敗した後に、それでも自らのプロジェクトを推し進めてしまったことにあった。

一九五〇年代、イギリスの共産主義者は、より過酷な試練を受ける。鉄のカーテンは不動のものとなり、カーテンの向こうでは東独の蜂起やハンガリー動乱が勃発、さらにはフルシチョフのスターリン批判という衝撃も走った。トムソンが身を置いていた共産党は解党の危機を迎えていた。そんな中、彼は「社会主義のヒューマニズム」を提唱して、ソ連型の社会主義からの離脱を図る。

これはまず（中略）イデオロギー、つまりエリート官僚の虚偽意識に対する反乱である。第二にそれは非人間性への反乱である。（中略）いずれの意味においても、人間にもう一度戻ることを表している。言い換えれば、抽象概念や衒学的な定式から生身の人間に、虚偽や神話から率直な歴史へ回帰することを意味している。それゆえ、この反乱の積極的な内容は社会主義のヒューマニズムとして形容できるだろう[38]。

トムソンの言う二つの反乱のうち最初のものは、マルクス主義者でなければ知識人ではないような一九三〇年代の風潮に危機を感じたリーヴィスが試みていたことに近い。彼もまた文化という複合体をマルクス主義の抽象概念や定式を用いて、論じ切ろうとする機械的な姿勢に反発していた。その試みの再来を思わせるが、トムソンの「社会主義のヒューマニズム」とは、社会主義を規定する抽象概念を社会主義の内部からもう一度括弧にくくって眺め直す批評行為であった。

トムソンが試みた第二の反乱という部分では、一九三〇年代のリーヴィスのマイノリティ運動とは力点の置き方が異なっている。しかし、どんな共同体の文化活動にも、個人個人の主体的関与が不可欠だという点では一致していた。リーヴィスにとっては、その主体とは知の商業化やマルクス主義の定式にノーを叫びながら、良質のことばと文化とを継承する責務を負っていた。一九五〇年代後半にトムソンが取り戻そうとした主体とは、スターリン主義の硬直した歴史認識の桎梏を逃れて、歴史形成に積極的に参与する個人であった。トムソンは歴史形成に係わる機会を失ったスターリン主義者をパヴロフの犬と呼んで批判している。

スターリン主義者はパヴロフの犬たちに固執している。ベルが鳴れば犬たちは涎を垂らす。経済的な危機が訪れれば、人々はマルクス・レーニン主義の信条を口から洩らす。（中略）しかしながら人間は自ら歴史を作っている。人には積極的主体と受動的な犠牲者との両方の部分がある。人を動物と分けているのはまさしくこの主体の部分であり、人の「人間的な」部分である。私たちは意識的にその部分を豊かにして行かなければならない。[39]

この時期、トムソンは新しい「ことば」の必要性を感じていた。パヴロフの犬たちの涎、つまりスターリン主義の硬直した定式ではない、さらには個人が主体的に語ることのできる「ことば」が、彼の「社会主義のヒューマニズム」にはどうしても必要となっていた。彼は述べている。

共産主義は道徳的な選択もできるようなことばを取り戻さなければならないということ、それが唯一私たちの言えることである。そのようなことばを喪失し、さらに必然と欲求との葛藤を経て政治的選択に到達する過程を無視すれば、権力と都合主義のみがはびこることになる。[40]

その後すぐにトムソンは、そのような「ことば」を練成する場所として『ニュー・レフト・レヴュー』の創刊を計画することになる。『スクリューティニ』の廃刊から五年後のことであった。

重なり合う二つのセンター

彼らの激烈で挑発的な口吻は、伝統を終わらせてはならないという頑強な意志のあらわれであった。ホイッグ党自由精神の伝統とマルクス主義の伝統と、守る伝統は異なっても、それを継承してゆく同人誌コミュニティの形成を、二人は目指したのである。

マルクス主義一辺倒の知識人をあれほど批判したリーヴィスも、『スクリューティニ』草創期には（意識してか無意識のうちにか）彼らのことばで『スクリューティニ』への参加協力を求めたことは興味深い。

『スクリューティニ』創刊号で述べられているように、〔人々がこのジャーナルに集った〕結果として連帯感が生まれた。何が重要な基準なのか世間の人々に考えさせようとする性急な部外者に対して、彼らが行った批判を見てみるがいい。（中略）同志としての感情は（実際、その感情に満ち満ちているが）概して好ましい働きをしている。バークレイではちょっとした夕食会やカクテル・パーティなどが開かれ、そこには作者や書評者が「集う」ようになる。多少の礼儀をわきまえれば、不親切で悪意のある書評はできなくなる。[41]

トムソンならば、このようなコミュニティこそ鼻持ちならない排他的ブルジョア集団だと言うだろうが、イギリスの良質のことばと感性とが継承される中心はこの少数派コミュニティを除いて他にはないと、相変わらずリーヴィスは考えていた。そして、継承しなければいけないのは「ことばであり、変わりゆくイデオムなのであって、その上にこそ私たちのよりよい生活は成り立ち、それがなければ優れた精神の判断は阻まれちぐはぐなものになる」と、頑なに（時折、滑稽なまでに）言いつづけた。リーヴィスは文化を定義することには否定的であったが、「文化」という語によって、そうした良質の「ことば」の普及を意味したいという趣旨のことを言っている。[42] 彼は最晩年、つまり伝統という考え方がイデオロギーを孕むと見ることが常識となった一九七〇年代末に書かれた文章の中で、伝統ということばは使わないと断りを述べた上で、それでも次のように述べている。「文化を継承する必要について述べると、継承することは、私たちの生にとって積極的な衝動か無意味なものか分からないが、ともあれ創造的な活動である」と。[43] この曖昧な言いようの中にも、文化を継承しようとしなければ何も創造されないとする彼の信念は如実に表れている。「これでなければ無意味である（'either this or nothing.'）」というリーヴィスの文章に頻発する修辞が象徴するのは、全か無かの二者択一的な判断への意志と、その意志ゆえに持続が困難となった彼のコミュニティの顛末であった。

第二次大戦後にイギリスがアメリカのドル借款を受け入れたことを契機に、アメリカの文化産業は屋外のカフェやしゃれたパブ、河畔のレストランのかたちを取って、一九五〇年代のイギリス社会に浸透し始めていた。このような動きは労働者階級に、「より文化的な」生活を与えることを公約する親米社会主義者の後押しによるものであったが、トムソンはそれを「アメリカ旅行者の夢」だとして厳しく批判する。

　国会議員が議会を抜け出し、庭園でごちそうを取るのには最高だろう。しかし、これを社会主義者が考えるべき「充たされた生活」と呼べるだろうか。中流趣味がいくらか広がったとは言えても、社会主義のコミュニティが広がったわけではけっしてない。デザインを新しくした街灯とキオスクはあっても工場と都市は無視されている。[44]

　この言説も失われてゆくコミュニティへの郷愁、工場内食堂や長屋での余暇や談笑への郷愁に色濃く彩られている。しかしトムソンもまたリーヴィスと同じく、彼の思い描くコミュニティが自身の同人誌出版活動などを通して、来るべき未来に実現することを疑わなかった。後にトムソンが新しい社会主義のコミュニティ形成を呼びかけるとき、その口吻は私たちに既視感を抱かせずにはおかない。少し長くなるが、最後に一九七六年に彼がインタヴューで語ったことを挙げて、この章を終えたいと思う。彼が使う「センター」ということばがとりわけ印象的である。それはリーヴィスとトムソンとの思考の枠組みとがひじょうに近かったこと、そしてその枠組みの強靭さともろさとを同時に物語っている。

私たちはもう一度集団的な談話に戻りたいと思う。急進的な歴史ジャーナルも必要だが、歴史家や哲学者、経済学者や政治活動家の誰もが寄稿し討論し、学習する主流ジャーナルもまた必要である。それを作れると私は思う。私たちの周りには大勢の人が集っているからだ。私たち社会主義者は、出版社や商業メディア、大学や基金などといった確立された制度に完全に寄りかかってしまってはいけない。とは言え、このような制度の全部が全部抑圧する側に回っているわけではない。評価できることもかなりその内部で実践されている。しかしながら、社会主義知識人は、資格はないが今所有する領土、つまり自身が主宰するジャーナルや理論的かつ実践的なセンターを保有しつづけなければならない。この場所では、人は評価や終身的地位を得るためではなく、社会の再編成のために働き、批評と自己反省は仮借なく行われても協力と理論的実践的な知識の交換も行われるからだ。そして、この場所でこそ未来の社会が様々に映し出されるからだ[45]。

第二章　リテラシー論の効用と陥穽
――Q・D・リーヴィス、デニス・トムソンそしてリチャード・ホガート――

メディア・リテラシーの流行

メディア・リテラシーという標語が現代社会を跋扈している。「IT革命」と呼ばれた情報伝達技術の目覚しい発達は、新たな「読み書き能力」の開発を促す運動をも巻き起こしている。情報が氾濫するようになると、情報の受け手側も有益な情報とそうでない情報との積極的なより分けをせざるをえなくなる。近年のそうした変化の中で、鈴木みどりが言うように「メディアの《受け手》から《読み手》へと視点を変える、すなわち、パラダイムの転換を必要とするメディア・リテラシーの取り組みが、これほど短期間に多くの人の支持を得て、社会的に認知された」のも事実だろう。[1] メディア・リテラシーが現代の標語になるまでに、鈴木らの果たした先駆的な仕事は大いに評価すべきだとは思う。しかし、「受け手」から「読み手」へのパラダイムの転換をメディア・リテラシー運動のみが担っているかのように言うとき、その発言は容易に受け入れられない。情報を受動的に買い漁るマス

＝大衆がどうしたら能動的な読み手になれるのかという問題は、ノースクリフ卿の新聞革命を経験した二〇世紀初期イギリスの知識人たちが、つねに頭を悩ませてきた問題である。一九三〇年代の『スクリューティニ』の時代から六〇年代のニュー・レフトの時代、それに七〇年代のバーミンガムの「現代カルチュラル・スタディーズ・センター（CCCS）」の時期まで連綿とつづく課題であった。その間に、読み手は日常生活の様々な活動を通してどのように読んでいるのか、また、アルチュセールが言う意味で「主体＝臣下」化された現代の読み手は、対抗的にもなる自由な読みがそもそもできるのかなど、様々なことが議論されている。この章で試みたいのは、そのようなリテラシーをめぐる議論をオーヴァーホールすることにある。

イギリスにおけるリテラシー論を扱うと前置きしながらも、大急ぎで付け加えなければならないことがある。読みやリテラシーをめぐる議論は、メディア・リテラシー運動のグルと呼ばれるレン・マスタマンが（そして、いち早くF・R・リーヴィスが）述べたように、読まれるところどころ（local）に密着した（contextual）ものでなければならない[2]。その点では、鈴木みどりや水越伸のメルプロジェクトも日本のメディア環境に密着しているし、彼女たちのケース・スタディーズからは多くを学ぶことができる。しかし、それらの調査や研究を支える理論や諸前提には、私たちの読み方を特定の方向に操作する価値観が隠されているように思えて仕方がない。例えば、菅谷はメディア・リテラシーの役割についてこう述べる。

「メディアはウソをつく」とひと言で片付けるのはたやすいが、メディア社会に生きる私たちは、メディアがもたらす利点と限界を冷静に把握し、世の中にはメディアが伝える以外のことや、異なるものの見方が存在することを理解し、社会に多様な世界観が反映されるよう、メディアと主体的に関わっていく責任があるのではないだろうか。そうした意味で、「メディアは現実を構成したものである」ことを出発点に、メディアを理解していくメディア・リテラシーは、情報社会に生きる私たちにとっての「基本的な読み書き能力」になるに違いない。[3]

正論だと思う。だが、刻々と変わりゆく現代情報社会において基本的な読み書き能力とはどんなものなのか。そもそも誰がその基本を設定するのか。また誰のためにか。疑問が次々と湧きあがるが、菅谷はそれには答えてくれない。また、山内祐平は学びの場と社会実践がゆるやかに結び合ったコミュニティの形成を模索しているが、その契機として「学びのDNA」を埋め込むという喩えをよく使う。[4]ここで、「コミュニティ」を「労働者階級」に、「DNA」を「リテラシー」に置き換えてみるといい。柔軟に見える彼の活動も、社会に「決定的な方向性」を与えようとする教条性に強く彩られている。さらに、鈴木はマスタマンの文章を翻訳、紹介しているが、彼女は原文の「メディア教育（media education）」をことごとく「メディア・リテラシー（media literacy）」と置き換えている。これは明白な操作である。今日、リテラシーという捉え方それ自体が、権力関係を固定化し（コリンズとブロット）、生きられた日常の中で「思考を抑圧する」（菊池）ことはしばしば指摘されている。[5]

人々の読みとそれを通した教育の問題をリテラシーの問題に収斂させることはつねに危険である。そのこともまた、『スクリューティィニ』の時代からニュー・レフトの時代に移行する際に、さんざん議論された問題である。その過程で、ユネスコの機能的リテラシーが換骨奪胎されて多様なリテラシーが論じられてきた。メディア・リテラシーが標語になった今日だからこそ、なぜリテラシーなのか根本から考える必要がある。

前述したマスタマンがいみじくも『メディアを教える』（一九八五）の中で述べているように、「イギリスのメディア教育は、一九三三年にF・R・リーヴィスとデニス・トムソンが小さな本『文化と環境』を出版したことをきっかけに始まったと言えるだろう[6]」。マスタマンはそう言っておいて、今日文学界や教育界がともすれば陥りがちなリーヴィス評価、つまりリーヴィスを偏屈なエリート主義者だとして片付ける風潮に釘を刺している。

メディア教育者や他のいろんな人々はリーヴィスとトムソンのマイノリティ主義を鼻持ちならないエリート主義だと貶して言うことがよくある。しかし、その傾向は『文化と環境』とをもっと公平に再評価することを妨げている。『スクリューティィニ』の全プロジェクトの中にはひじょうにラディカルな面があったことを見過ごしてしまうことになりかねない。例えば、『スクリューティィニ』は批判的な読みが重要であると言っていたし、反資本主義を表明し、市場論理を否定していた。さらには、文化と社会の正統と呼ばれるもの、それが作り出す有害な教育政策に挑戦し、社会秩序を再生産する目的で勘案された当時主流の教育観をことごとく否定していたのである。[7]

ここで、マスタマンが指摘していることにもっと注意を払ってもいいと思う。日本のメディア・スタディーズは、マスタマンを先駆者としながらも、彼の柔軟な視座を単純化しすぎているように思えてならない。いわば、リーヴィスや『スクリューティニ』を強引に対岸に置くことで、自らの活動を対抗決定している。マスタマン自身は自らのメディア教育論をも『スクリューティニ』派の系譜の中に位置付け、その視座の継承と拒絶とを同時に試みている。メディア教育の目的について、マスタマンはリーヴィスを引きながら次のように述べている。

〔メディア教育の批評行為〕は批判的な視点を保ちながら、新しい状況に移って行くためにあるべきだ。それを前提とするならば、自律的な批判精神は育まれるだろう。私のねらいはリーヴィスがエッセイ「読むことをどのように教えるか」で概説したことに近い。リーヴィスは言っていた。「私のねらいは、ごくごく本質的なことを強調することだ。つまり学生たちが自分の判断は自分で下すように指導し、訓練することだ」。しかしながら、私は次のように言うことでリーヴィスと袂を分かちたいと思う。メディア教育において批評の意義は、品定めをし、評価を下すことにではなく徹底的に調べ上げることにある。[8]

リーヴィスが客観的で洗練された鑑識眼を養うことを、彼の教育実践の第一目標に置いていたことは前述したとおりだ。ただ、何が正しい鑑識かという問いについて彼は経験主義的な対応しか示さなかったために、ドグマ的すぎると見なされ、彼の意図したコミュニティは長くもたなかった。マスタマンはその原因を、リーヴィスがこだわった評価、鑑識のあり方に見て取っている。マスタマンにしてみると、リーヴィスはあまりに性急に評価を求めすぎていた。評価はできるかぎり保留にして、くまなく調べ上げた最終段階で下すべきだと考えた。『スクリューティニ』の壮大なプロジェクトが挫折したのは何もそのねらいが間違っていたのではなく、手法、戦略がまずかったと言うのである。ところが、これにも異論があった。どのような判断、評価も中止したままで（評価が入り込む隙を完全に封じながら）調査を行うことが可能であるのか。ウィリアムズはその問題に何度も立ち戻っている。いずれにしても、マスタマンの問題意識はウィリアムズやホガートなど脱『スクリューティニ』派の意識と交錯し合っている。その側面から考えても、メディア教育草創期の一九三〇年代から脱『スクリューティニ』派が出てくる六〇年代までの「読み書き能力」をめぐる議論は無視できない。Q・D・リーヴィスやデニス・トムソンなどのリーヴィス派、そしてホガートらWEAで活動していた教育者たちが、どのような視座と論点とを提供したか、以下の部分で見ていきたい。

良質のことばの伝承を目指した『スクリューティニ』派は、他方で、大衆の「読み書き能力」にも大きな関心を寄せている。その方面での先駆的な仕事は、Q・D・リーヴィスの『フィクションと読者』（一九三二）であった。『スクリューティニ』の創刊直前に出版されたこの本は、『スクリューティニ』派のもう一つのマニフェストであった。当時の文学批評の主流はテキストを所与のものと見なし、その内部を分析することを仕事にしていた。（その傾向は今日の文学批評にも当てはまる。）リーヴィスはそうした正統派の方法に満足せず、文学テキストの生産／流通／消費のプロセスを明らかにしようと試みた。この画期的な方法のために、『フィクションと読者』は文学研究よりは社会学のオーディエンス研究やポピュラー・カルチャー研究における古典的地位を確立している。まずはざっとこの本を概観してみたい。この本は三部から構成されている。その第一部では、本のマーケット戦略や流通の仕組み、作者と読者の関係が分析されている。作者と読者の関係を知るために、五〇名ほどの当時の有名作家にアンケート調査が行われている。回答結果に付随して作家宛てのファン・レターが彼女のもとに寄せられたことが、その調査をいっそう興味深いものにしている。彼女は、人気作家に宛てられたファン・レターの文面に、ある共通する反応を見つけ出す。作品への感動を表明する多くのレターの場合、「あなたの描く人物はリアルそのものだ」だとか「あなたの何某という人物は、私の真の友人になった」という文言が頻繁に見られた。Q・D・リーヴィスはこの共通の反応を次のように分析している。

このように読者が「人物」にすぐに反応してしまうことについては、これから調べていく必要がある。これはまた、詩を読む教育を受けていない読者にまでも、シェイクスピアがあれほど人気を博していることの十分な説明にもなる。シェイクスピア劇が多くのベストセラー作家を魅了していることは事実で、シェイクスピアを知らない作家などいない。彼らにとって、ひいては多くの読者にとって、シェイクスピアは人物の「造物主」であり、作家たちは彼の劇を下敷きにして小説を書いている。その傾向ははなはだしく、今日のほとんどすべてのシェイクスピア批評は、劇中人物の仮想上の生きざまを始終、議論している。批評家の関心はそれに尽きるのであって、彼らは作家が世間に公開したポートレイト・ギャラリーの規模が大きいか小さいかで、作家の品定めをしているのだ。[9]

ここにはあからさまなA・C・ブラッドレー批判がある。当時、シェイクスピア批評の正統は、ブラッドレーの批評に代表される性格批評であった。それは、劇中人物がどの程度まで本物らしいか、リアルであるかを唯一の判断基準としながら、戯曲を小説として読む方法であった。『スクリューティニ』の創始者の一人、L・C・ナイツは「マクベス夫人には何人の子どもがいたか」と題した論文を書いて、その方法を辛らつに批判したが、Q・D・リーヴィスもまた、ナイツと同じ立場に立っていた。フィクションを読むということは究極的には書かれたことばを読むことに他ならない。そのことばは、それが書かれた時代と社会とが生み出したものである。そこには当然、その社会のイデオロギー、感性、人間関係のありよう、生活の営みが編み込まれている。それらを総合的に読む能力こそが、Q・D・リーヴィスを始め『スクリューティニ』派が考えた「読み書き能力」であった。『フィクションと読者』の第二部で彼女は、一八世紀に商業ジャーナリズムが成立し始めた頃、読者たちはそのような「読み書き能力」を十分に備えていたことを、歴史的に実証しようとする。その上で第三部において、社会構造や経済活動の様態が変化するにつれ、人々がその十全な意味における「読み書き能力」を低下させてきた過程が分析されている。彼女にとってみれば、フィクションを人物のリアルさという観点からのみ読むということは、今日の読者が「読み書き能力」を喪失してしまったことの決定的な証拠であった。さらに、そうした能力の低下ないし喪失をもたらした元凶は、性格論的な読み方を大量生産し、大量消費させる媒体であった当事の読み物や雑誌に他ならなかった。

現代の雑誌は、疲れ果てた都市労働者にとって、かつてないほど「読みやすい（readable）」ものに変わってきた一方、文学であろうとする自負を放棄することで才能ある作家を市場から閉め出すという目的を果たした。これらの雑誌は読者をおもしろがらせたり、なだめすかしたりしているだけではない。他にも基準や野心があるのに、それを公然と無視しているのだ。そして、あるかぎられたアピールや価値のみに読者が目を向けるように仕向けることで、より深い中身をもつフィクションには、彼らの関心が向かないようにしてきた。[10]

彼女の議論にしたがうならば、二〇世紀のジャーナリズムが、読者の「読み書き能力」を低下させているというだけでは不正確だろう。それは、商品を消費するのに都合のよい規格化された「読み書き能力」、より具体的にはAという人物がリアルかどうかのみを「読み取る基準」を売りつけている。そして、この文化産業システムの中では、他にも「読み書き能力」があることは覆い隠されてしまっている。そのようにリーヴィスは捉えている。

デニス・トムソンは、このQ・D・リーヴィスの仕事を継承し、その補足を試みたと言えるだろう。人々に規格化された「読み書き能力」を身につけさせようとする高度産業社会の企ては、大都市では半ば達成されていて、都市部に住む人々はもはや規格化された読みしかしなくなったと、デニス・トムソンは考えていた。だからこそ彼は、次世代を担う若い世代の「読み書き能力」育成に、一縷の期待をかけたのだった。元来、ノーフォーク州の中等学校で教鞭を執っていたトムソンは、とりわけ一〇代の子どもたちの「読み書き能力」に最大の関心を寄せていた。彼の存在は大きく（後にウィリアムズも再評価しているように）、初期『スクリューティニ』派の裾野の広さを象徴していた。『スクリューティニ』がしだいに文学と大学教育の方へ関心の幅を狭めていったことと、トムソンが『スクリューティニ』の編集をやめ、『学校英語』の創刊に携わり始めたこととは無関係ではない。彼は中等教育の経験から、学校教育だけでは『スクリューティニ』派が求めるような「読み書き能力」は、若い世代の間に定着しないと考えていた。彼は述べている。

おそらく子どもたちは学校で趣味を磨く手ほどきを受けても、ひとたび校門を出ると、とても安っぽい情緒的な反応につけこまれてしまう。映画や新聞や、様々な広告、売れることしか考えずに書かれた物語、こうしたものはもっとも低次元の満足を提供している。[11]そして、何の努力も払わずに得られる手近な娯楽にとびつくことを子どもたちに教え込んでいる。

メディアも含む広告産業が、広告を読む消費者を生産者側に売っているという議論は、昨今のメディア教育論にしばしば出てくる。トムソンが次のように言うとき、この種の議論を彼が先取りしていたと考えられないだろうか。「これら〔広告業者〕の自慢話は別の真実を隠している。つまり、機械的なプロセスがときとして非人間的な方法で暴走する社会、そして価値をもっとも効果的に操る基準が売れるかどうかでしかない社会では、人間は機械的な型に嵌められて作り出され、消費者もしくは消費者を食い物にする輩かそのどちらかの存在になっている[12]」。それが現代消費社会の実情である以上、広告産業が生産する商品として子どもたちを社会に送り出さないためにも、まず広告を「読む能力」を養うことが中等教育の使命だと、トムソンは考える。一九四三年に出版される彼の『文明の声——広告研究』は、その教育理念の実践でもあった。この本では、広告は際限なく欲深い文明のささやき（ヴォイス）であって、「家庭や教会、それに学校が埋め尽くせずに残った隙間に、広告業者は甘い誘いを注ぎこんでいる」と表現される。[13]トムソンは、広告という「文明の声」の正体が、聞こえのいいキー・ワードや語呂のいい韻律、デフォルメされた絵や写真などから捏造された商品表象であることを分かりやすく解説している。そして、広告がことば巧みに隠して語っていないことを「読む」ように、読者に（おそらく対象は一〇代の子どもたちだろうが）説いている。

トムソンのこうしたリテラシー教育実践は、さらに広告に用いられる科学言説へと向けられることになる。一九五〇年代に入ると、トムソンは『スクリューティニ』からは遠ざかり、『ことばの使用』誌の編集に専念しているが、その一連の活動の中から、論集『科学を視野に入れて――現代文章考』（一九五三）が生まれる。その序文でトムソンはこう述べている。

〔科学という〕ことばのもう一つの誤用は、次のような表現の中に共通して見られる。「効果を和らげるために科学的に計画されて・・・」「髪の悩みには科学的な治療を」「この科学的に調合されたタバコは・・・」などなど。ここでは科学がもちだされてはいるが、製品や効果のプロセスについては何も語られていない。私たちに推奨されている製品の特質は何も分からないままだ。「科学的な」という表現は、科学の威光を借りて何か好ましい光を製品に当てるとき、今挙げたような場面できまって挿入される。広告の書き手は、自分が取り上げたものについて私たちには何も分かってほしくないのだ。ただ自ら進んで感じてくれればいいのだ。これが実情であり、「科学的な」という表現を「民主的な」ということばに置き換えても、なんら差し障りもない。結局、求められているのはぼんやりと肯定されることばだけだからだ。これは、今英語がどのように広告業者に扱われているか示す一例である。[14]

このようなトムソンの教育実践は、その後のイギリスの学校教育に大きな影響を与えることになる。マスタマンはそれをトムソン主義と呼び、部分的に評価するとともに、イギリスにおけるメディア教育が立ち遅れた原因となったと分析している。確かに、トムソン主義は伝統的社会制度、例えば家庭、教会、学校と広告やメディアなどの新しい制度との対立図式を強化したと言えるだろう。重要なことは、トムソンが後者の悪影響から子どもたちを守る堡塁として、前者を捉えていた点にある。

危険を顧みずにあえて抽象化するならば、『スクリューティニ』派は概して対抗決定的に自己を規定する傾向があった。トムソンは新興のメディア機関を対極に見ながら、二〇世紀の学校教育の目標を定めようとした。さらにその傾向は、その後ニュー・レフト派が批判的に取り上げる「田舎と都会」という図式を、明瞭に浮かび上がらせることにもなった。広告産業がイギリス各地を平準化する過程について、トムソンは次のように述べている。

広告のパワーは、標準的な人がどのような選択をするのか、その選択範囲を決定する働きをする。そうして、その人の行動、より端的には人格に影響を与えるのである。標準的な人をターゲットにするようにと専門家は広告事業者に説得していることからも分かるように、あるタイプの人格、つまり大量生産によって可能になったフローを消費する一般大衆的人物を作り上げることが広告の目的なのだ。その企ては大都市では半ば成功している。大都市に住む人々は、労働と生活の条件によってほとんど平準化されてしまっている。この都会タイプの人格を田舎や町に住む人々にお仕着せることを、広告業界は虎視眈々と狙っているのだ。「進歩的な」地方町は、チェーン店舗のけばけばしい正面玄関やウルワースの規格化された看板に満たされ、オクスフォード通りやロンドン郊外のショッピング・センターにますます似てきている。それに伴って、地方の人々も大都会の衛星都市に居住する人々と変わらなくなってきた。[15]

この引用からも明らかなように、トムソン、それにF・R・リーヴィスは、一八九〇年来の商業ジャーナリズムの大衆普及が、都市部を中心点として周辺地域に同心円状に一律に普及していると考えていた。一九世紀の文化批評家マシュー・アーノルドの『文化とアナーキー』（一八六九）を手本とする『スクリューティニ』派にとって、文化のないところには混沌しかなかった。商業ジャーナリズムに侵食された大都会では、すべてが平準化されて、文化も文化の担い手もいなくなってしまった。かろうじて田舎には文化が残っているが、それもまた広告産業や新手の商業主義の洗礼を受けて壊滅状態にある。そのように彼らは警鐘を鳴らす。後にニュー・レフト派は、『スクリューティニ』派がこのように社会の危機を訴える「場所」に批判のメスを入れる。どこか社会から隔絶したところから、「客観的」になったつもりで社会の変容を観察していると言うのである。ニュー・レフト派、なかでもリチャード・ホガートは、都会を中心点として一律に文化侵食が起こっているという主張に猛反発する。一八世紀の農村コミュニティでは、その構成員が文化を継承する担い手であったという声と、二〇世紀の田舎の人々が平準化されたマスになりつつあるという声とは、共に同じ「場所」から出されている。彼らは文化の変容が起こっている「現場」で実のところ何が起こっているのか知りもしないし、見ようともしないのだ。『リテラシーの使用』（一九五七）は、当時主流のリテラシー論へのルサンチマン的な介入でもあった。

リテラシーの使用

リチャード・ホガートの『リテラシーの使用』は、文字通りリテラシーが人々の間でどう使われているかを論じたものである。だが同時に、『スクリューティニ』派がそこから警告を発する特権的な「場所」が問題視され、草の根のレベルでの人々の読み書き文化が眺め直されている。リーズ市郊外の労働者階級コミュニティで育ってきた彼にとって、そのコミュニティは現在進行形で生きられている「現実」であった。その文化もまた、『スクリューティニ』派が考えるように、産業化の波を受けて絶滅したか、瀕死の状態にあるわけではなかった。彼は『スクリューティニ』派が容易に陥りやすいノスタルジアをもっとも警戒している。「この本を書いていて気付いた。書く材料を意識的に理解して慎重に判断しようとしても、古いものが新しいものよりすばらしく、新しいものはいつもだめだと言いたい強い内的衝動を自分が極力押さえていることに。ひょっとすると、何らかのノスタルジアが最初からこの本に彩りを与えていたかもしれない。しかし、私はノスタルジアが与える効果を可能なかぎり排除してきたつもりだ[16]」。田舎の、または過去の労働者コミュニティをノスタルジアの対象として描くこと、ひいてはそれを労働、経済活動、人間関係、ことばの文化などが有機的に結合した概念的理想として表象するスタンスは、『スクリューティニ』派に特徴的であった。そのスタンスは、ニュー・レフトを後に結成する若い世代の間に、強いアレルギーを引き起こす。レイモンド・ウィリアムズは『ニュー・レフト・レヴュー』との対談の中で、この時代を振り返って、次のような象徴的な出来事について話している。

> 私はある事件を覚えています。しかしながらそれは、彼〔F・R・リーヴィス〕と私が結果的には袂を分かつことを予告することになったのです。その日、マンコヴィッツと私とはL・C・ナイツがシェイクスピアにおける「隣人」の意味について講演するというので、それを聴きに出かけました。リーヴィスは部屋の後ろの方で壁にもたれかかっていました。講演の中でナイツは、今日では誰もシェイクスピアが用いた意味での「隣人」を理解することはできない、なぜなら今日の腐敗した機械文明において、隣人はもはや存在しないからだと述べました。そのとき、私は立ち上がって、「それは限定的には正しいと言えますが、そうでない場合もあるのです。切れ目なくつづいているコミュニティは明らかにありますし、事実私もウェールズに生まれ育った経験から、隣人が何を意味しているか十分に分かっています」と発言しました。マ

ンコヴィッツと私はとても親しくしており、忌憚なく議論できる仲でしたが、その彼が、私の言うことは感傷的な愚論だと厳しく批判しました。彼の批判がつづいている間、リーヴィスはその批判が正当だと認めるように首を縦に振っていたのです。[17]

一方に『スクリューティニ』派ともう一方にホガートやウィリアムズ。双方がコミュニティを観察する位置が大きく隔たっている以上、彼らが観察し表象する「現実」は当然、異質なものにならざるをえない。そこには、コミュニティ表象をめぐる衝突が当然起きる。『スクリューティニ』派は、自分たちの「現実」を描く材料に事欠かなかった。大量生産大量消費されるメディア産物は、彼らの批評実践の材源であった。一九五〇年代後半になって、ホガートやウィリアムズはその批評実践に対抗し始める。彼らにとっての「現実」。それを表象するのに取った方法とは、大手ではない地域限定のメディア（プチコミ）に材を取りながら、それを享受する人々の感情や感傷を重要視することであった。

以上のような脱『スクリューティニ』派の動きの嚆矢となったのが、『リテラシーの使用』であった。その中でホガートは、何よりもまず、商業ジャーナリズムが工業都市部の労働者コミュニティを侵食し尽くしたとする見方を、謬見だとして斥ける。一八九〇年来侵食はつづいているが、その度合いは各コミュニティで時間差があるのであって、ブルドーザーが均すようには徹底的な平準化は起こっていないと主張する。そして、彼が生まれ育ったリーズの労働者コミュニティをこう形容する。

「変化はとてもゆっくりとしていて、人々は矛盾に悩んだりはしない。彼らは信じているようで、信じていなかったりする。古い言い回しを使いつづけ、自分たちの流儀で制裁を与えたり許したりしている。話す伝統は依然として強く生きつづけている[18]」。そのコミュニティでまだ広く読まれている『ペッグの新聞』は、粗野であっても人々が共感する生活の「肌理（texture）」を依然として映し出していた。ホガートは、『ペッグの新聞』が刷られ読まれる文化をこう表している。

労働者階級の女性たちに愛読され、「『ペッグの新聞』やああした類い」とよく言われる雑誌は、荒唐無稽な空想と感傷しか提供しないと普通は考えられている。だが、そうではないのだ。本物の労働者階級の雑誌は、最近出始めた新しいものとは違って、いろいろいいところがある。確かに、荒削りなところはあるがそれ以上のものをもっている。本物の雑誌は、生活の肌理や肌触りを愛読者たちに感じさせる感覚を、いまだに失っていない。（中略）雑誌記事の大半は伝統的なもので、読者の生活様式を映し出している。しかし、その生活様式はついつい考えがちなほどばかばかしいものではない。伝統的な記事とは対照的に、昨今の前衛的な記事の中には、利発聡明で新しい価値観をもち始めた若い息子が、感傷的で迷信深い因習的な母と暮らす様を描くものまで出てきた[19]。

ホガートが何を基準にして、「本物の」労働者階級の雑誌とそうでないものとを区別しているかは、ここでは問わないことにしよう。イギリス社会を草の根レベルで見るならば、文化の残存物（residual）は商業ジャーナリズムの侵食を受けながらも、人々と共に生きつづけている。それを言うことが彼のねらいであった。『ペッグの新聞』を引き合いに出しながら、『スクリューティニ』派が断言する人々の生活とことばとの乖離は、「現実」の一側面にすぎないことを彼は暴いてみせる。人々のことばは彼らの生活の肌触りを再現する力をいまだに失っていないと言うことによって。

労働者階級のコミュニティが商業ジャーナリズムの圧倒的な浸透力を前にしても、独自の読み書き文化を維持できたのはなぜなのか。その問いに答えてホガートは、元来社会の変化に曝される度合いの高い労働者階級コミュニティは、変化に対する独自の抵抗力を発達させてきたからだと考える。トムソンならラジオやレコードが作る流行り文句が、視聴者の言語運用を紋切り型に変えていると嘆くところで、ホガートはトムソンが考えたのとは違う風に、人々が流行り文句に反応していると述べる。彼は、週末にクラブで馴染みの歌詞が歌われている様子をこう描写している。

あるとき、一人の青年が皆のお気に入りの感傷的な歌をからかうような替え歌を歌った。すると、彼は聴衆を笑わせなかったばかりか、聴衆の間にことばでは言い表されない強い感情、その青年が場の趣きを台無しにする大罪を犯したと言わんばかりの感情を引き起こした。青年の替え歌は確かに低俗というよりももっと悪く、安っぽかった。彼は親しみを込めて聴衆の感情を笑ったというのではなく、興ざめさせてしまったのだ。「感じる心」はいつでも優しく感傷的ではあるが、ばかにはできない。ここで歌われる多くの歌は、旋律に乗せ歌詞に込め、そうしか歌ってはいけない流儀に則って「感じる心」を表出させる。それは古くからある琴線にふれ、人々が今でも大切にしている価値を思い出させるのだ。外の生活は、月曜の朝に失業手当を貰う列から始まるかもしれない。それまでは、この感傷は本物であって、歌を「おっぱじめる」ときに誰もが感じるものである。歌はときに温め励ます。そしてたぶん労働者たちの感傷は、感傷を入れる余地のない週日の就労条件にもかかわらず、記憶のどこかに残っているのだろう[20]。

このようにホガートは、労働者階級コミュニティの週末文化に脚光を当てながら、そこに生きる人々が新しいメディアに洗脳されてしまったマスではなくて、感じ抵抗し記憶する「主体」であることを強調する。

ホガートは抵抗し記憶する「主体」にこだわる一方で、『スクリューティニ』派の「伝統」の問題を労働者コミュニティの次元で再検討している。ホガートはまず、「彼らには実質的に過去への感覚がない」と言う。「彼らが受けた教育では、どのような歴史的な展望をもっても、継承される伝統という概念を形成しそうにもない」からだ。そのため、

ひじょうに多くの労働者たちは、断片的な情報はもっていても、歴史やイデオロギーの型やプロセスを概念として理解できない。彼らの思考は自分たちの祖父母の時代より過去に遡るこ

とはめったにない。それ以前の時代は彼らにとって暗黒時代であって、ギー・フォークスとガンパウダー事件、フランス革命やケベックの狼、アルフレッド大王とお菓子などいくつかの歴史が、まったく出鱈目に時代背景とは関係なく口の端に上るだけである。[21]

そうであるならば、いったいどのようにして労働者階級コミュニティの文化は、商業ジャーナリズムの時代の波に呑まれずに根強く生き残ってきたのだろうか。この点に関して、ホガートは、人々の意識が伝統だとかその継承だとかいう考え方と別のところにあったからだと推測する。つまり、『スクリューティニ』派が言うような伝統という意識をもち合わせていなかったからこそ、労働者文化は商業ジャーナリズムがもたらした新しい事態に構えて防御することをせず、積極的に反応することができたと言う。

何よりもコミュニティが「もちこたえてきた」様々な例に驚くとともに、ときに試練にぶつかったときに人々が口にしてきた前向きなことばを思い出すにつけ、たんに持久力が問題なのではなく、積極的な対応の仕方が問題だと改めて気付かざるをえない。驚いてしまうのは、これほど多くのものが残っているということではなくて、これほど多くのものが世代ごとに新しく生まれてきたことである。[22]

ホガートの主張を要約するならば、そもそも産業革命以降の都市化が生み出した労働者文化は環境の変化の中で形成され、その後も新しい事態が生じるたびに、各世代の記憶する「主体」が、個人とコミュニティとの（その境界は曖昧である）記憶を思い起こし（再生産し）てきたということになる。それが、労働者階級のコミュニティについて、ホガートが観察し表象したもう一つの「現実」であった。

WEAの教育実践

この時代のイギリスの知識人に特徴的なことだが、『スクリューティニ』派もホガートも文化の問題について考えるとき、マシュー・アーノルドの「文化とアナーキー」論を念頭に置いていた。商業主義に洗脳されて価値や趣味の平準化が進めば、社会はついにはマシュー・アーノルドが述べた「無差別主義（undifferentism）」の状態に陥り、同質で意味のないものが絶えず流通するだけになると、考えていた[23]。それへの予防策がリテラシー教育であったが、トムソンとホガートとではリテラシー教育の実践においてスタンスに微妙な差がある。その点について比較してみたい。

まずはトムソンについてだが、彼は明らかに『スクリューティニ』派の中では異色であった。F・R・リーヴィスが大学という場所で高い鑑識眼と判断能力をもったマイノリティの育成を目指したのとは対照的に、より社会に開かれたレベルでの判断育成を考えていた。と言うのも、この問題はトップ・ダウン式に解決を求めても不十分だと彼は考えたからである。

〔過剰な産業化を〕矯正するには、政府が講じる政策ではなく、社会の主体的な規制が必要である。法律を制定したり法的規制を設けるのではなく、社会の側から出版広告を規制しなければならない。個人一人ひとりが、今起こっていることにもっともっと自覚的で責任をもち、なすがままであったり他人任せにしないで規制していかなければならない。[24]

社会の側からの出版広告規制。そうトムソンが言うとき、その規制の主体はメディアの消費者すべてでなければならなかった。彼は今日のメディア・リテラシーの標語を先取りするかのように述べている。「広告業者を非難するばかりでは不十分だ。消費者がもっと意識的に抵抗力を養い、広告業者が消費者をどんなに穿鑿しても、儲けにはつながらないような状態を保持しなければならない[25]」。彼のリテラシー教育は中等学校の生徒たちだけを対象としたものではなく、成人教育も視野に入れたものであった。彼は前述した成人教育機関ＷＥＡの機関紙『ハイウェイ』にも、「古い中等教育」という題の文章を寄稿しているが、それは彼の関心の所在を明らかにしている。

下水設備なら、政府が必要な資金を投じて短期間に大量に敷くことができるが、そのようなプロセスで教育を見ることはできない。教育は大人が高い資質をもっているかどうかにかかっている。子どもたちは大人から、三つ子の魂百までと言えるような感化を受けることになる。そうした大人を社会に送り出せるかどうかは、何よりも中等教育にかかっている。その点、最高質の人材は、グラマー・スクールとインディペンデント・スクールから出ている[26]。

ＷＥＡが労働者階級の教育機会を増やすことを目標としていたことを考えると、どちらかと言えば伝統的なグラマー・スクールを擁護するトムソンの主張とは、一見衝突するかに見える。しかしながら、当時台頭していたインディペンデント・スクールとは本来即戦力となる職業人育成を目指すものであり、商業主義がもたらすマス化に対抗できる大人の育成になど力は入れていなかった。だからこそ、トムソンはグラマー・スクールのいいところを取り入れて、インディペンデント・スクールを改革しようとしたのである。このように見てくると、主体的に判断し、次世代の子どもたちを導く大人の育成を目指した点でトムソンとホガートは似ている。実際、トムソンはＷＥＡなど他の教育機関との連携の可能性も視野に入れていたのである。

トムソンにとって、中等教育であれ成人教育であれ、広告に免疫力をもつ主体を育成する教育実践の要になるのが、リテラシーであった。広告の「ことば」のごまかし、詭弁、作為を「読み抜く能力」であった。私たちは、このリテラシー教育が当時の民主主義教育の実践になっていたことを見過ごすべきではない。今日、『スクリューティニ』派と言えばエリート前衛主義を信条とし、民主主義には曖昧なスタンスをとっていた人々だと理解されているが、トムソンは違っていた。彼はリテラシーの効用について次のように述べている。

もし学校が、生徒たちに情報型の広告と説得型の広告との区別は最低でもできるような教育ができれば、それは著しい進歩になるだろう。読み方を教えつづけてゆけば、きっと自然にその段階に達するはずだ。今日の小学校では、読み方に関して一歩踏み込んだ方向付けが求められるちょうどその段階で、読み方の教育は終わってしまう。よくあることだが、一四歳で卒業した子どもたちはお金を稼ぐことに躍起となり、大人の習慣を時期尚早に身につけている。さらにつっこんだ読み方の教育は、商業的な私利私欲につけこまれないためだけでなく、政治的プロパガンダに洗脳されないためにも必要なのだ。なぜなら、バートランド・ラッセルも言ったように「近代が生みだしたもっとも有害な政治技術は広告に由来している」からだ。広告の方法と機能とを理解するのが本来の目的ではない。読み方教育は子どもの発達を着実に助け、子どもたちが環境と積極的に係わっていくように促す教育の一環なのだ。[27]

このようにトムソンは、リテラシーこそが民主主義教育の根幹をなすものだと考えていた。彼が思い描いた「民主主義」とリテラシー教育。それを接合する試みは、今日のメディア・リテラシー運動に継承されている。と言うのも、その運動の存在理由についてマスタマンも明言しているように、「《民主主義教育》という広い文脈においてこそ、メディア教育はもっとも重要な役割を果たす」からである。[28] 今日、この接合には絶対的な価値が置かれている。「正しい」運動だと無批判に受け入れられている。しかしながら、後述するが、その視座は民衆の「読む文化」を一枚岩的に捉え、彼らの文化形成能力を狭く抽出してしまう危険がある。「民主主義」という大義のためにリテラシーを特化すること、そのスタンスの是非についてはより深く考察すべきだと思うし、トムソン以降の議論を辿ってみる必要がある。

子どもの手本となるような大人の育成を唱えるトムソンの口調は、どこか教条的なところがあった。長い間、子女の義務教育に携わってきたトムソンの限界と言えるかもしれない。ホガートにとっての学校WEAは、人々が中等教育を終えて社会に出たそのときに始まる。と言うのも「成人教育は自分や自分の周りの人々の生活を振り返ったとき、そのいくつかの側面について疑問をもった個々人が、自発的に入学することにより成り立つ」からである。[29]（その点でWEAの教育実践は、南米でパウロ・フレイレが実践した課題提起型教育に通底している。）ホガートを始めこの頃のWEAでの教師たちが何よりもこだわったのは、「自発的に入学」する労働者の数を増やすことであった。そのためホガートは、数は少ないがWEAに通学する労働者が、それぞれのコミュニティで果たす役割を重要視し始める。

私は「勤勉なマイノリティ」が与える影響力を軽く見るつもりも、こうしたマイノリティは今日では見つかりそうにないと諦観するつもりもない。マイノリティはごくごく少数ながらも自分たちの集団に影響を与えてきたのだから、また（断言はできないけれども）今後も影響を与えつづけるだろうから、彼らについてもっと直截に語ることが重要なのだ。今思い浮かべているのは、自発的に労働組合活動を行っている人たち、それに、例えばＷＥＡなどの機関が提供する授業など、成人者向けの教育を求めている人たちである。こうした労働者階級の人々は今日、以前よりも十分に自分たちの関心事を開発し、実践しているが、そのことは、私たちの今日の状況を見ると、明らかに強みと言えるだろう。[30]

『スクリューティニ』派がかつて行ったマイノリティ運動が、労働者階級のコミュニティに移植されたと言えなくもない。しかしながら、右のような主張は、リテラシーの適切な運用法を探ったホガートのプロジェクト全体の中で理解されなければならない。水越伸はホガートの功績にふれて、「リチャード・ホガートは、すでに一九五〇年代、大衆的な出版メディアがイギリス労働者階級に浸透していく状況に注目し、そこでリテラシーが彼らを馴化し、共同体意識を解体させてしまっていることを告発したのだった」と述べた。[31]そうだったのだろうか。普通教育法制定以降、イギリスの労働者階級は高いリテラシーを獲得するに至った。そのこと自体けっして否定すべきものではなく、獲得されたリテラシーのおかげで労働者階級は他の階級の物質、ことば、情報、価値にアクセスできるようになる。ホガートは商業ジャーナリズムを警戒しながらも、新しいメディアの浸透を概して評価している。なぜなら、こうしたメディアの発達に伴って、労働者階級にはそれまでは閉ざされていた情報や価値へアクセスするチャンネルが増えたからである。彼は一九六一年に書いたエッセイ「イギリスのマス・コミュニケーション」の中でも、より民主的な文化の成立を望むのであれば、「将来うまくいきそうな可能性をもったラインはすべて開いておかなければならない」と述べている[32]。その主張は『リテラシーの使用』にも一貫しているが、その本の最後の部分でホガートが「熱心なマイノリティ」と呼ぶ存在もまた、そうしたラインの一つであった。戦後最高の好景気に沸く一九五〇年代後半のイギリスにあって、リテラシーは国家的な文化水準を高めるイデオロギーであり、商業主義にとってはソフトを次々消費してもらうためのハードであった。リテラシーがそうした性質をもっている以上、いくら労働者階級のコミュニティではその自在な運用がなされていることを強調しても限界がある。ホガートはリテラシーを問題にしながらも、その問題の限界も同時に考えるようになる。リテラシーに替わる能力。それを普及させる機能を「熱心なマイノリティ」に期待しながら。

一般に調査されているように非識字率がおおむねゼロに近くなったという事実は、たぶんもっと難しい問題が次に控えていることを意味しているにすぎない。私が論じてきたようなポピュラーな素材が引き起こす反応を表現するには、また別のことばが必要だろう。基本的なリテラシーを利用し、その上に展開する社会変化を指すことばが[33]。

リテラシー論の陥穽

ホガートは二一世紀に入っても依然として精力的な文筆活動を行っているが、二〇〇一年に出されたエッセイ集の中でも、リテラシーの問題について考察している。「リテラシーだけでは不十分だ」と題されたエッセイにおいてホガートは、ＩＴ革命に沸く今日の情報化社会を批判的に眺め、四〇数年前に『リテラシーの使用』の結論部分で暗示したことを再度繰り返している。

〔今日の教育政策など〕これらすべてのことを鑑みて、「リテラシーだけでは不十分だ」という標語を私たちは採用すべきではないか。ほぼ全人口を対象に認知されている今のリテラシーの水準、この社会でことばがどんなに濫用されようとそれとは無関係なリテラシー水準で満足していては、リテラシーとは所詮、大多数の人々をさらに従属化してゆく方便にすぎないと認めてしまうようなものだ。利潤が得られる程度にまでリテラシーを習得させているだけになる。発育半ばで切除されたリテラシーというか、二つの顔をもつリテラシーというか、その程度のリテラシーを与えているにすぎない。[34]

四〇年以上にわたり、リテラシーの問題と取り組んできた批評家の洞察だと思う。リテラシー向上を目指す教育活動には、どうしてもリテラシーの水準や到達度を（仮に暫定的でも）設定し、それを啓蒙（それに広告）する行為が伴ってしまう。リテラシー水準それ自体の評価はもっとも困難な判断を必要とするが、その困難さに無自覚であれば、リテラシー教育は消費者を新しい文化産業に売り渡す周旋装置になってしまう。ホガートはリテラシー教育の陥穽がよく見えているからこそ、ここで「リテラシーだけでは不十分だ」という標語を掲げるのである。しかしながら、従来のリテラシーを超えて何をすべきかという点に至ると、ホガートはトートロジー、類似語の非生産的な反復に陥っている。彼は次へのステップとして「批判的リテラシー」「洗練されたリテラシー」「創造的なリテラシー」といったリテラシーへの移行を図らなければならないと言う。

> 仰々しく聞こえないことばはここでは少し見つけにくい。しかし、洗練されたリテラシーと呼べばそれで事足りるだろう。つまるところ一要素にすぎない機能的な読みとは別の能力に到達することを、それは意味している。また、見たり聞いたり読んだりしたものに批判的に反応するだけではなく、心を開いて、知的に想像力を働かせて反応することを指す。ことばを替えれば、創造的な読みと言ってもいいだろう。[35]

この部分を読むと、どうしてもある疑問が湧いてくる。「心を開いて、知的に想像力を働かせて反応すること」をリテラシーと呼べるだろうか。そう言えば、メルプロジェクトの水越伸もメディア・リテラシーを次のように定義していた。

メディア・リテラシーとは、人間がメディアに媒介された情報を、送り手によって構成されたものとして批判的に受容し、解釈すると同時に、自らの思想や意見、感じていることなどをメディアによって構成的に表現し、コミュニケーションの回路を生み出していくという、複合的な能力のことである。[36]

今日のメディア社会における人間の複合的な営みを、リテラシーというどうしても機能的な意味合いを帯びた標語で捉えつづけることに意味があるのだろうか。ホガートや水越の発言は、おそらくは彼らの意図とは裏腹に、複合的な文化活動である人々の「読み」の実相が、リテラシー概念に拘泥するかぎり見えてこないことを示している。「読み」を全体として論じるには、想像力一般との関係、読むこととそれ以外の日常の活動との関連、読まれている場所の性格、読み手の感情作用、読むことと書くこととの関係など、様々な問題に目を向ける必要がどうしてもあるからだ。

リテラシーを優先的な課題だと捉えたこと以外にも、トムソンとホガートとでは発想が似ているところがある。つまり、双方とも商業ジャーナリズムがもたらした新しい事態に対処するのに、マイノリティの役割を重視している。しかしながら、レイモンド・ウィリアムズが『文化と社会』（一九五八）の中で指摘したように、「マイノリティに重要な力点を置くことさえできないのだ」。なぜなら「自覚的なマイノリティはそれ自体、社会全体の危機に対する防衛的な兆候にすぎない」から だ。[37]確かにどのようなかたちのマイノリティであれ、圧倒的な勢力をもつ社会の波に呑まれまいとして、彼らは対抗的な「表象＝代弁（representation）」行為に走ってしまう。その際、彼らは一八世紀の村落共同体であれ労働者階級のコミュニティであれ理想郷を捏造し、それでもって現在起こっている社会現象を取り替えようとする。それと同じ現象は、日本のメディア・リテラシー運動にも見られる。地方局の「草の根的な活動」が強調されたりするのは、その一例である。ホガートは、利潤動機でジャーナルを生産する「あいつら」ブルジョアの文化との対比を明らかにしながら、必ずしもその消費者となっていない「おれたち」労働者たちの文化を「表象＝代弁」した。『リテラシーの使用』のテキストには労働者たちの活き活きとした会話が再現されたが、そのことばは同時に「労働者階級の日常語」と名付けられた。この本を書評した文章の中で、ウィリアムズはそのような「表象＝代弁」が労働者文化をあまりに単純に固定化してしまう危険性を指摘して、「《労働者階級の日常語》などというものは存在しない。唯一ある階級のことばとは中流上流階級のことばだけであって、労働者のことばは階級語ではなく方言なのだ」と述べている。[38] ウィリアムズが提示した批評方法は、慣習的でドミナントな「視座」に反省をめぐらすこと、それと同時に、その「視座」への過剰な反応がもたらす文化対抗的な「視座」も疑うことにあった。文化批評とは、変容しつづける「生の営みの全容」に対して、観察する位置を不断に自己調整しないかぎり成立しないという意識が、その方法を裏打ちしている。ウィリアムズの言うとおり、マイノリティの活動はそもそも受身的なのである。マイノリティの活動は受身的な防衛に専念するあまり、態度を硬化させる傾向があり、観察点を融通無碍に調整できなくなってしまう。リテラシー運動が「視座」を固定化してしまう傾向は、その危険性を十分認識しているはずのメディア・リテラシー運動にも相変わらず見られる。鈴木みどりは、求むべきジャーナリストの視座について次のように述べている。

さらに、ジャーナリズムとしてのメディアを読み解く際には、社会の多数派をしめる人々ではなく、政治的・経済的・社会的・文化的に少数派に属する人々（マイノリティ市民）の側に身を寄せ、その視座からメディアについて考えてみる必要がある。このことは、ジャーナリズムとしてのメディアについて学ぶメディア・リテラシーの取り組みではとくに重要である。ちなみに、マイノリティ市民の視座の獲得は、一般に、優れたジャーナリストの条件でもある。そのような視座から物事をみることで、クリティカルな思考は深まり、メディアの社会的文脈をより多角的に読み解くことができるようになる。[39]

メディア・リテラシーの運動がこうした安易なポリティカル・コレクトネスであるならば、今日的な意味での「マイノリティ」の搾取がつづくばかりで、リテラシー論者の大義である民主主義からは遠のくばかりである。

第三章 「意味の構造」から「感情構造」へ

――L・C・ナイツとレイモンド・ウィリアムズ――

『スクリューティニ』から始めて

演劇や映画などの視覚口語文化についても『スクリューティニ』派は積極的に関わっている。ブロードウェイやハリウッドから流入する文化産業に対抗して、人々のことばと演劇との新しい関係を築き上げようとする試みはそこから始まっている。前章でふれたデニス・トムソンは戦中期に『行間に――あるいは新聞の読み方』(一九三九)や『文明の声――広告研究』(一九四三)を出版して、ノースクリフ卿以降の新ジャーナリズムが、読者の「読み書き能力」をはるかに下回る新聞や雑誌を売り込もうとしているのを暴いていた。その結果、ノースクリフ本人が、一四歳ぐらいの学力知性をもった読者を想定して記事を書くよう記者たちに指示していたことが問題視されるようになる。映画産業についても同じことで、ある著名な映画制作者などは、自分の映画を見に来る顧客として、一三歳半ぐらいの少年少女を想定していると公言してはばからなかった。戦後にマスメディアが飛躍的に発展する中、イギリス中の人々は自らの能力をはるかに下回る作品（商品）を読まされ、視聴させられている状況にある、少なくとも『スクリューティニ』派の目にはそのように映っていた。

小説や大衆読物の場合とは違って、映画や演劇などの映像文化は、広告産業とそれを利用する産業界に莫大な収益をもたらす材料でもあった。アメリカに始まったスター制がイギリスに導入されると、映画や演劇のスターたちは商品イメージを作り出すのに欠かせない素材となる。そのような広告業界と連携するかたちで、ジャーナリズム主導の文化産業は演劇や映画作品の総合性よりも、それに登場するスター（利益をもたらすイメージ）を重視し始めていた。夕刊や日曜版の劇評コーナーでは、劇の新作や封切映画の出来をうんぬんするよりもスターの演技に字数が割かれていた。街角のポスターにも、出演スターの名前は大書きされても、劇作家名は省略されることさえしばしばあった。『スクリューティニ』派やその周辺で活動していた英文学者らは、劇場や映画館がイギリスの口語文化を継承ないしは再編する媒体にならずに、スターやひいては広告イメージの宣伝装置になっている状況を嘆いていた。

『スクリューティニ』派の活動は海を渡り、アメリカではニュー・クリティシズムという後継者を生み出した。しかし『スクリューティニ』派は、その後継者と同じように、文学を文学として読むことを後生大事に唱えてきたわけではない。『スクリューティニ』派はその結成当初から、特定の文化、社会観を共有した一枚岩のグループではなかった。例えば、『スクリューティニ』創始者の一人L・C・ナイツは、演劇を精査（scrutinize）する「実践批評（practical criticism）」を一方で行いながらも、社会文化批評に近いところで文筆や講演活動を行っていた。

ナイツは挑発的論文「マクベス夫人には何人の子どもがいたか」（一九三三）を発表して、シェイクスピア批評界に新風を巻き起こしたことで有名である。その論文の中でナイツは、Ａ・Ｃ・ブラッドレーの人物性格批評がヴィクトリア朝より連綿とつづくホイッグ党のイデオロギーであることを暴露する一方で、人物の塑像はことばのつなぎ合わせにすぎないとし、演劇のことばと社会との関係に注目した。今日リーヴィス派はそのホイッグ的偏向が批判されるが、その意味ではナイツは異彩を放っている。Ｆ・Ｒ・リーヴィスやデニス・トムソンが、一八世紀イギリスのコミュニティに理想郷を見たことは前の章でもふれたが、ナイツはそのような視座もホイッグ的な世界観と共犯関係にあると考えていたようだ。彼は『ジョンソンの時代の演劇と社会』（一九三七）の中で、次のように述べている。

> もちろん私はホイッグの見方を取らない。だからと言って、もっと遠い昔を郷愁交じりに謳い上げ、その時代に理想的調和を保ちながら存在した伝統的な秩序が、「商業精神」の容赦ない攻撃に粉砕されたなどと言うつもりもない。幼稚に単純化することでは、その時代の生活を理解することなどできない[1]。

彼が幼稚な単純化と言うとき、粗雑な進歩史観だけでなく、左翼系知識人が口を開けば唱える唯物史観をもまた指していたであろう。単純抽象化された唯物論テーゼを『スクリューティニ』派が毛嫌いしたことはよく知られている。ナイツはそのグループの中核を担いながらも、歴史の物質条件から目をそらして、過去のコミュニティを理想化することもまた愚かな単純化への道を進むだけだと認識していた。彼の初期のジェイムズ朝演劇研究を読むかぎり、どのドラマの考察に当たっても、生産／流通／消費への目配りが失われることはない。

そのナイツが「社会学的批評（sociological criticism）」の必要性を説き始めるのは、大戦終結直後ぐらいのことである。彼は「社会学的批評」は何の役に立つのかという質問に答えるかたちで、次のように述べている。

この批評は、人間の尊厳という意識がゆきわたったものなら歴史学であろうと社会学であろうと利用する。それは、個人の成長が個人を超えた様々な要因と密接に関連していることを知る手立てとなるはずだ。それを通して私たちは、文明が本質上、協力的（co-operative）なものであり、生きている人であれ死んでしまった人であれその人たちとの協力の上に築かれているという事実を、より鮮明に明確に捉えることができるだろう。こうして、私たちは現在の根本的な問題について考える一助となる原則を導けるだろう。そのような原則は政治学の抽象的な言い回しによって歪曲され、不明瞭になっている。だからこそ、「社会学的批評」はこの形勢の利を捉えて、凡百の抽象論から、ある個別の状況下で個人がどのように満足と充足とを得ているのかその現実の方へと私たちを引き戻してくれるはずだ。[2]

『スクリューティニ』派の多くの批評が、選別された芸術家の先見性と感受性を再評価するに留まっているのと較べると、右の発言は隔壁の感がある。かつてあった伝統を再生しなくとも、それは現実の文化とつねに関連しているという視座も異彩を放っている。本質的に協力的でないと成立しない社会にあって、個人が充足を得るための条件は何なのか。ナイツが発するこのような問いは、一枚岩ではなかった『スクリューティニ』派の性格とその後の分裂とを端的に物語っていた。

今日レイモンド・ウィリアムズは、カルチュラル・スタディーズの創始者として取り上げられることが多い。ところが、大戦終結後から一九五〇年代の初めまでは、F・R・リーヴィスやナイツの圧倒的な影響下に、演劇論や映画論を発表している。彼が著した『イプセンからエリオットまでの演劇』（一九五二）は、リーヴィスが詩や小説で実践した実践批評を演劇というジャンルにまで応用したものである。この本の序章で、ウィリアムズは自らの批評のスタンスについて次のように明確にしている。

私の批評は文学批評である。少なくともそのつもりである。それはまた、歴史的な調査や全体化された印象批評ではなく、テキストから導き出された評価にもとづいた文学批評でもある。つまり、イギリスでは「実践批評」として知られている類いの批評である。「実践批評」はエリオットやリチャーズ、リーヴィス、エンプソン、マリーの仕事に始まった。彼らは主に詩を扱っていた。それ以降、この批評はF・R・リーヴィスとQ・D・リーヴィスによって小説のジャンルにまで広げられた。演劇批評においては、エリオットによるエリザベス朝劇作家の研究や他の批評家たちによるシェイクスピア研究は別として、「実践批評」の有効性はまだ試されていない。したがって、この本では（中略）「実践批評」の方法を現代演劇にまで応用する実験を試みるつもりである。[3]

もちろん、ウィリアムズは『文化と社会』（一九五八）を執筆する辺りから、このようなスタンスに懐疑的になる。そして、改訂版の『イプセンからブレヒトまでの演劇』（一九六八）の序章からは、右に引用した箇所はすっぽりと削除されることになる。それでも少なくとも一九五〇年代前半まで、ウィリアムズがリーヴィスのプロジェクトに寄り添いながら批評を実践していたことは、右の引用からも明らかである。

さらに、右の引用に出てくる「他の批評家たちによるシェイクスピア研究」の一つが、L・C・ナイツによるシェイクスピアやベン・ジョンソンの演劇の分析であったことは、まず間違いないだろう。ウィリアムズは後年、『ニュー・レフト・レヴュー』誌との対談の中でF・R・リーヴィスの『スクリューティニ』からの影響について質問を受けたとき、F・R・リーヴィスの批評と『スクリューティニ』の活動とをないまぜにして話をすべきではないと述べている。そして次のようなことばでナイッを評している。

それからナイツの『ジョンソンの時代の演劇と社会』もありました。それはリーヴィスのどんな企てとも違うものです。この本は資本主義が台頭し始める特定の時代の観点から、ある特定の期間の文学を理解しようとする一貫した試みです。私は当時この本を何度も舐めるように読み直しました。そこから満足する答えはもらえませんでしたが、リーヴィス自身が書いているものよりはずっと私の関心に近いものでした。[4]

ウィリアムズが言っているように、ナイツの『ジョンソンの時代の演劇と社会』には、一七世紀の初期資本主義社会と演劇とを緊密に結びつける方法論も仮説も示されてはいない。しかしながら、このジョンソン研究を始めナイツの初期の批評には、彼の目指した「社会学的批評」を特徴付ける萌芽的な文化概念や視座がふんだんに盛り込まれている。事実、一九五〇年代半ばから終わりにかけてウィリアムズは、それらの萌芽的な文化概念を発芽させ、発展させることに精力を傾けている。その歴史的な道程を以下のセクションでより詳細に見てみたい。

ハリウッド映画やラジオなど、新しいメディアが送り込むことばが日常を覆う中、演劇はコミュニティのことばを継承、あるいは再形成するために、どのような役割が果たせるのか。それを問う様々な試みが、『スクリューティニ』の内部と周辺部で行われた。L・C・ナイツが一七世紀イギリスの社会と演劇との係わりについて調べたのも、そこにそもそもの動機があった。ナイツは、シェイクスピアのことばが一人の天才によるものではなくて、一七世紀のコミュニティが生産した活力溢れる伝達手段であったと考える。

私が見るかぎり、エリザベス朝演劇とそれがうまい具合に果たした社会経済的な秩序付けとの間には、もう一つ相関関係がある。その要点を指摘するには、次のように言ったほうがいいだろう。「シェイクスピアは自身のことばを創造したわけではない」(つまり、英語がもうすでにそこに存在しなかったならば、彼はあのような仕事はできなかったであろう)と。そう述べれば、私たちはことばをあれほど活力溢れる媒体に作り上げたコミュニティへと遡ってゆける。[5]

こう述べて、ナイツは一七世紀のコミュニティにおけることばの環境と現代のことば環境とを比較対照している。この比較対照を行うかぎり、「シェイクスピアが民衆のイデオムを最大限に活用できた強み」は一目瞭然であった。なぜなら、現代社会にあって個人を超えたことば（つまり、パロルと対比されるラング）は、コミュニティ生活からではなくて「市場取引や議会政治、公立学校や慌ただしい鉄道旅行」の中から生まれているからである。「市場取引や議会政治、公立学校や慌ただしい鉄道旅行」とはまったく無縁の経済、政治、教育、交易の総合的な社会活動があったからこそ、シェイクスピアは自身のことばを涵養できたと、ナイツは考えていた。

ことばは経験的に感じられてこそ、ことばとしての容量を増すという認識が、彼のジェイムズ朝演劇批評の底流を流れている。ベン・ジョンソンの『悪魔は頓馬』一幕四場の中で町職人が語る

　それに「人のいい」仕立屋が所有しているあのお邸だって
きょうびの取引じゃ、仕立屋のヤード（尺）で測量されちまうが
かつては、そんなヤード（尺、敷地）よりももっと木が植わっていたっけ。[6]

がひじょうに身近なことのように観客に感じられたのは、当時の民衆誰もが知るヤードがらみの頓智が利いていたせいでもあったと、ナイツは分析している。「毎日の生活の臨場感が日々じかに感じられている」環境においては、ことばの表現力は「見慣れた世間を興味深く、しかし批判精神を失わずに視察」すれば生まれてくる。[7] 説得力のある議論だと思う。ただ、ここから先ナイツはなにも説明

してくれない。そのような日常と乖離しないことばの環境は、どのようにしたら再生できるのか。そのことばを純正な批判精神を伴って発することのできる主体とは誰なのか。ナイツの批評は（ウィリアムズの言うように）答えを与えてはくれない。

しかしながら、ナイツの批評が『スクリューティニ』派の外縁に位置し、そこから『スクリューティニ』派と直接関係のない人々にまで影響力を及ぼしたこともまた事実であった。ウィリアムズはナチスとの大陸戦から帰還したとき、『スクリューティニ』誌の活動がケンブリッジにすっかり浸透していることに気付く。そして、『スクリューティニ』派の活動に完全には同調できないが、その姿勢を手本にして、新しい文学と政治との関係を築き上げようとする。その試みは相次いで創刊された同人誌『政治と文学』と『批評家』に具体化している。結果的に、この同人誌活動は、編集者たちの方針の違い、財政的な基盤のもろさから失敗に終わっている。しかし、そこに寄稿したウィリアムズの実験的な文章「ダイアローグ」からは、大衆から離れない新しい演劇の形式を探る意欲が伝わってくる。その虚構の「ダイアローグ」の中で、ウィリアムズは対話者の一人に「新しい世代の若者が、いまだにヴィクトリア朝文学の《登場人物》という先入観に囚われているのは残念で仕方がない」と語らせている[8]。大戦終結直後のこの時期、ウィリアムズはナイツから新しい着想と視座を得ていた。その後、ウィリアムズは一九五二年に『イプセンからエリオットまでの演劇』を著す。イプセンやストリンドベリに始まる現代劇を分析するに際して、彼はナイツの方法を踏襲して、人物性格論を批判してみせる。

ストリンドベリは「動機の多重性」を示そうとした。そして、古い劇場で容認されているコンヴェンションにしたがって「人物」を扱いながらも、自ら創作した劇中人物たちをむしろ「無性格なもの」に変えようとした。つまり、識別が容易で理解しやすいアクションの束に単純化せずに、多重な性格にしたのである。[9]

彼の主張を繰り返すとこうなる。演劇を人物性格に焦点を絞って眺めるかぎり、単純に抽象化されたものしか見えてこない。しかし、演劇のことばは人物塑像よりもっと大きな仕事をする。人物性格に拘泥するかぎり、演劇のことばが伝えていることを私たちは捉えそこねかねない。このウィリアムズの主張の中に、ナイツの影響は明らかである。

ただ、この本を全体として捉えるならば、ウィリアムズの主張は次のようにまとめられるだろう。つまり、産業革命以降の口語英語が「生の営みの全容」を表現する器ではなくなった以上、演劇が伝達網を広げられるかどうかは、産業革命が悪化させた生活様式とことばとを再生できるかどうかにかかっていると、ウィリアムズは言うのである。

もし今日の演劇が伝統的な意味で真摯なものであろうとすれば、どうしてもマイノリティ演劇にならざるをえない。普遍的な信条を広めることを目指すかぎり、マジョリティ演劇にはなれないだろう。しかしながら、もし社会（個々人の総体）が発展して、産業革命によって壊された生活様式とことばとを再生できれば、演劇を通した伝達網を広げることは可能だし、芝居を書くことも可能になるはずだ[10]。

こうした主張は、『スクリューティニ』派が早くも一九三〇年代から繰り返したことの焼き直しに見える。だが、ウィリアムズが右のように述べるとき、何のために口語文化を再活性化しなければならないのかという点で力点の置き方がわずかながら違っている。ナイツも含め『スクリューティニ』派は文学を文学として読むことで、「普遍的な信条」、言いかえれば公平無私な判断力と調和の取れた感受性を社会の中に培ってゆくことを目指していた。彼らにとって、「よい文学」は、そのような判断力と感受性とが詰め込まれた宝石箱のようなものであった。明らかに、彼らの中には文学伝統に対するどこかフェティーシュめいた感覚と無自覚な政治性があった。（そのために、後に彼らは厳しく指弾されることになる。）ウィリアムズの場合は違っていた。彼がケンブリッジ在住の『スクリューティニ』派英文学者とは異なる文学観を抱くようになった背景には、彼が大戦後すぐに教鞭を取り始めた労働者教育機関ＷＥＡでの教育経験があったと考えられる。どんな文学作品をＷＥＡのクラスで読んでも、読後には誰もが（興奮であれ覚めた批評であれ）自ら熱心に表現し始め、そこに沸き起こった討論がいつの間にかことばを活性化させていることに、ウィリアムズは大きな関心を寄せていた。彼が復興を目指した口語が、「普遍的な信条」を盛る器というよりは潤滑なコミュニケーションを可能にする媒体であったことは、次の引用からも明らかである。

多くの理由で、そしておそらくは産業主義と呼ばれる複雑な力に圧倒されているせいで、現代の口語英語は複雑な事がらをめったに表現できなくなっている。（中略）十全に真摯な演劇は、すべての人に共通の信仰のシステムがない社会には出てこないという考えを支持する議論が活発にされている。しかしながら、十全に真摯な演劇が成立する条件は、共通の信仰よりも共通のことばがあるかどうかだと私は思う。[11]

文学は実体としてある伝統ではなく、あくまでコミュニケーションの一動態であった。ウィリアムズにとって文学とは「書かれたことばの構成物を通して想像的な経験を伝達する手段」以上のものでも、以下のものでもなかった。[12]ウィリアムズは、「書く（表現する）能力」を潜在的には備えているすべての人々に文学を開いていこうとしていた。

構造として考える

演劇は興行であり、同時に文学である。その共通の認識がナイツとウィリアムズの演劇論の根底にある。産業とことば、経済活動と演劇との関係に注目した彼らの批評は、粗雑なマルクス主義の定式――土台と上部構造――を再検討した批評とも言えよう。ナイツが資本主義体制それ自体に対して、最終的にどのような考え方をもっていたのかは、はっきりとはしない。それでも、一九三三年に彼が発表した「マクベス夫人には何人の子どもがいたか」や『ジョンソンの時代の演劇と社会』は、ヴィクトリア朝社会から継承してきたブルジョア的価値観を根本から覆す研究との誤解も生み、知識人と言えばマルクス主義者と呼ばれた一九三〇年代の風潮の中で、好意的に受け入れられていた。ナイツは共産党色の強い講演会やセミナーに招かれて話をしているが、そこで彼が実際聴衆に訴えたことは、イギリスの「現実」に照らして、マルクス主義の概念を見直さなければならないということであった。彼は『ジョンソンの時代の演劇と社会』の冒頭で、次のように疑問を投げかけている。

「環境の影響」だとか「文化的な上部構造」とかいった表現が、今日の議論に頻繁に出てくるにもかかわらず、私たちは依然として、そのような表現が表している諸問題の性質についてあまりよく分かっていない。私たちが経済的条件と「文化」との関係について話すとき、実際のところ何について話をしているのだろうか。[13]

ナイツが言うように、土台と上部構造という概念はマルクス主義知識人たちの間でも、その捉え方がまちまちであった。それは戦中戦後のマルクス主義主導の時代にあって、知識人たちが振りかざす両刃の剣であった。その概念の鋭さと不確かさが、共通の話し合いの場を切り開きながらも同時に抜け道のない袋小路を作っていた。ウィリアムズはこの概念に関する解釈の揺らぎを分析している。この概念の一つの解釈として、マルクス主義の通俗説である「芸術は社会の現実に消極的に依存している」とする見方がある。さらにこの概念をロマン派的に読み直して、「芸術は意識を作り出すものであって、それによって社会の現実は決定される」と考える人たちもいる。また、芸術は最終的には経済的な土台に依存はしているものの、土台が決定する現実を映し出し、現実の捉え方に影響を及ぼしていると解釈する人たちもいた。この第三の立場の人たちは芸術の力を積極的に捉え、それが土台構造を変えるか、もしくは安定化させていると考えた。ウィリアムズは、多くのマルクス主義者たちが状況に応じてこれら三つの解釈を日和見的に使い分けていることに、『文化と社会』の中でふれている。[14]ナイツが提示した問題を継承しながら、ウィリアムズは曖昧模糊とした「文化的な上部構造」を脱構築し、経済活動が文化を決定するというときその「決定」とはなにか、さらに文化を形成する要因に経済的要因以外に考えるべきものはないのか、思索を深めてゆくことになる。

ウィリアムズの文化概念について見る前に、ナイツが土台と上部構造の概念をどのように修正しようとしたのか、もう少し詳しく見てみたい。上にも述べたように、ナイツはベン・ジョンソン研究において「シェイクスピアの英語で具体的に描かれた特性には、ある経済的基盤がある」と述べ、一七世紀の演劇や民衆文化を理解するには、当時の経済的政治的基盤を同時に扱わなければならないと考えた。しかしながら、経済的土台が文化を自動的に決定するわけではないとも思っていた。ナイツは、社会を抽象化されたモデルではなく民衆生活の動態として捉え直そうとする。

しかし、私たちがよりつきつめて考えると、つまり社会を固定化された編成と見るのではなく一つの生のありよう（a way of life）と捉えると、社会生活は自己決定的なものではなくて、構成員が生きる拠りどころとしている道徳や宗教的伝統といった非物質的な要因によって形作られていることが明らかになる。シェイクスピアは（前にも述べたが）社会関係や政治的な問題などを個々人の交渉という点から捉えている。[15]

社会や文化を「一つの生のありよう」と見る視座は、後にウィリアムズにも引き継がれる。ウィリアムズは文化を定義して「生の営みの全容（a whole way of life）」と呼び、ニュー・レフトの文化唯物論者や構造主義者からその主意的で経験主義的な偏向を批判されている。（スチュアート・ホールは、『スクリューティニ』の流れを汲むホガートやウィリアムズなどの批評家たちを、構造主義者に対比させてカルチャリストと呼んだ。）しかしながら、その「カルチャリスト」たちがマルクス主義の土台と上部構造の概念の抽象性を修正する過程で、文化を動かす原動因をより包括的に探ろうとしたことの意味は大きかった。ナイツはさらに、土台と上部構造との間に一方向的な「決定」ではない関係を説明しようとする。

しかし、（中略）シェイクスピアの英語で具体的に描かれた特性には経済的な土台があると言っても、生活を営むことはたんなる手段ではないことを私たちは思い出さなければならない。そして、理想的なまでに表現力豊かなメディア〔ことばと演劇〕を鋳造した経済活動は、けっして経済的でない特性（認識や全体的な反応の仕方）も生み出したことを意識すべきだ。端的に言えば、私たちは「経済的」ということばに惑わされて、本質的な問題を見失う危険性があるということを覚えておく必要がある。もちろん劇のことばは全体のごく一部にすぎないが、私が示したような方向で考えないと、エリザベス朝、ジェイムズ朝文化の社会的かつ経済的な土台の全体図を描けないし、意味のある関係性を見つけ出すことはできない[16]。

興味深いのは、彼が大衆文化の土台について考えるとき、それが必ずしも上部構造を「決定」しない鋳型（mould）だと見ている点である。経済的土台は鋳型として文化を成型してもその質感やきめ、つまり全体として感じられる微妙な感情や知覚の仕方まで「決定」することはないと言うのである。なぜなら経済的土台もまた時間とともに変化するものであって、けっして抽象化された生産／流通／消費の固定モデルではないからである。その土台の全体図を描く（map）ためにも、ことばを始めとして文化的上部構造を丁寧に精査しなければならない、それが土台――上部構造概念を修正する手始めにあった。

ウィリアムズが次のように述べるとき、彼がナイツと同様の視点で土台と上部構造を見ていたのは明らかである。

私たちが記録として知っている変化は、その時期［一七五七～一八二七］を通して、飢えや痛み、葛藤や混乱、さらには希望、気力、想像、献身といった感覚を伴って生きられてきたものだ。変化の型は（中略）背景（background）などではなく、全体験が流し込まれる鋳型（mould）なのである。[17]

文化を「生の営みの全容」として捉えるウィリアムズにとって、文化の背景などといったものは存在しない。ひいては、人の感覚、感情、欲望それに想像や認識は、上部構造に閉じ込められるべきものでもない。彼が精緻化しようとした「文化の概念（idea of culture）」とは、産業革命後の社会変化の渦の中から表出した新しい認識や過剰な反応、複雑な感情が鋳型に流れ込んでかたちとなった複合概念であった。彼は自らの「文化の概念」をこう説明する。

どんな概念も、それを生み出した作家や本に遡って考えることはできるし、概念史であったら、その系譜を形作っている個別の作家たちや集団に戻って眺めることはできるだろう。しかし私たちに必要なことは別にある。動的で総合的な生の営みは「背景」ということばでまったく誤って表現されているけれども、私たちはそれが及ぼしているプレッシャーにもっと敏感にならなければならない。社会には「背景」などといったものは存在しない。行動と力の関係があるだけだ。文化の概念を独立した進化の過程として捉えてはいけない。文化の概念は全体的な環境によって形成され、ときとして方向付けられるものであって、それ自体が環境に対する一つの返答なのだ[18]。

一九七〇年代に入ってウィリアムズはもう一度、土台と上部構造の概念に立ち戻って、その修正を試みる。その際に彼が注目したのは、物質的条件や関係性を「土台」として捉える視座それ自体と、マルクスが用いた「決定」という語義であった。ウィリアムズは、マルクスが「土台が上部構造を決定する」と述べるとき、ドイツ語の語義から考えるかぎり、その「決定」は必ずしも拘束的なものではなく、プレッシャーをかける程度の柔軟な効力にすぎないと読み直す。このようにウィリアムズの「決定」を柔軟に捉えようとする姿勢は、一九五〇年代に書かれた右の引用の中にも萌芽的に現れている。そして、劇作家や芸術家たちが制作を実践する場にも、この動的で複合的な鋳型が目に見えない形でプレッシャーを及ぼしている実態を、ウィリアムズは探ろうとする。

ところが鋳型という例えでは、どうしても土台の複合的な性質やそれ自体変わりつづけていることを捉えきれない。マルクス主義者が経済的な土台を説明するときには、（完全に見えないように隠されているにときでも）雇用者と被雇用者との関係の実態がある。数値化できる賃金、資本、利潤がある。文化を生み出す土台の原動力に人々の感情や想像を取り込みたいナイツやウィリアムズにとっては、そもそも鋳型という例えが彼らの意図を裏切っていた。しかしながら、彼らはこの問題について考える大前提として、感情や欲望、想像や認識が状況状況に応じて、一回かぎりに湧き上がる気分や気まぐれだとは考えたくなかった。そのような要素は、「一時的な感傷」ということばで片付けられるほど無力なものには思えなかった。これらの要素は文化を形成するエネルギーを備蓄しながら社会に隠然としてあることを、彼らは表現の難しさを感じながらも説明しようとしていた。

大戦から帰還した直後のウィリアムズは、いまだ「感情構造」という概念を提出するにはいたっていなかったが、この時期、右に関連した問題で興味深い洞察を行っている。一九四七年に、ウィリアムズは後期『スクリューティニ』の内向的な文学精査に飽き足らず、文学をより政治に絡ませて読む実践を、同人誌『政治と文学』において試みている。その創刊号マニフェストの中で、彼は文学と社会批評との関係について次のように述べている。

もちろん重要な文学は、暗示的であれ明示的であれ、いつも社会批評を含んでいる。言うまでもなく、文学は政治やそれに係わる諸概念から独立して成立しているわけではない。そのとおりだが、マルクス主義の文学者は次の点を把握しそこなっている。概念や社会批評ないし哲学は、文学においては沈殿物（precipitant）としてのみ理解されるが、実のところ、それらは溶解（solution）しているときにだけ効力を持つのだ。[19]

過去のある時代の価値観や社会批評を文学の中から抉り出して、ここにブルジョアの見方があるとか、そこにブルジョアの感受性が現れているなどと指摘することはできる。しかしながら、そのようにして抉り取られた部分は所詮沈殿物にすぎず、その時代の社会の中で実際に作用していた様態は捉えられないままである。ウィリアムズは、今日の目からは沈殿物として見える価値観や概念を、それらが生きていた時代の（まだはっきり見えてはいなかった）未発達の状態、未発達ながら社会の中に溶解して効力を発揮していた状態に復元して考えようとする。こうした暗中模索を経てウィリアムズは、文化を形成する感情や感覚、想像などといった要素は、社会の中に溶解している「構造」であるという文化の概念を紡ぎだしてゆくことになる。今、構造という語を括弧に入れたが、それには訳がある。ウィリアムズはけっして構造主義者ではなかった。ホールたちが一九七〇年代に「言語学的転回」を行ったとき、つまり構造主義の思考枠組みを取り入れ始めた頃、「カルチュラリスト」と呼ばれたウィリアムズは別の思考枠組みで構造を捉えていた。彼は、構造主義者たちの議論において、もともと分析のための概念であった構造がいつのまにか社会の実相と同一視されていることを批判する。かつてマルクス主義者たちが、土台と上部構造を論じるときに陥ったものと同じ罠を見抜く。彼にとっての「構造」は、落成した構造物ではけっしてなく、流動しつづけるプロセスであった。ある時期にある社会で働いているすべての要素が、「連結や衝突といった独自の関係性をもって立ち上がった配列組み合わせ」であった[20]。そのことを、私たちは確認しておく必要がある。

「意味の構造」から「感情構造」へ

映画やSF小説をも視野に入れた一九五〇年代後半のウィリアムズの文化批評は、『スクリューティニ』派の「伝統」の概念とマルクス主義の構造概念とを継承、修正しながら、社会の流動と文化の変容とを説明する「感情構造（structure of feeling）」論へと展開していった。その過程を次に見てみたい。

まずはウィリアムズが、『スクリューティニ』派の「伝統」の概念をどう書き換えたのかを見てみたい。F・R・リーヴィスは失われつつあることばと文化とを再評価し、マイノリティ知識人がまずそれを継承しなければならないと説いたが、ウィリアムズはそのようなマイノリティの活動は「いま・ここ」の変化に自己調整できずに、独断的な「神話」を唱導する危険があると批判する。

文化の概念につきまとう困難とは、その概念が私たちに共通の生の営みの全容に最終的に一致するまで、絶えずその概念を広げていかなければならないということである。これが実現するとき、コールリッジ以来私たちが問いつづけてきた問題は、実質上性質を変えることになる。それらの問題に私たちが誠実に向き合うかぎり、私たちはとても微妙で困難な調整に直面せざるをえない。マイノリティが独自に規定した前提では、問題の性質を変えたり、それに伴って自己を調整し直したりすることが現実にはできなくなってしまう。何に価値があるかを判断する固有の視点が、いつの間にか経験を通じて総合的な視点と取り違えられ、焦点が決定される。そうすると、文学批評ではよくあるように、ある神話が、ある意味深い解釈が説得力をもって広められる。リーヴィスの神話は他のたいていの批評より力をもっているように思えるが、その神話が伝播してゆく過程で見えてきた綻びもある。実際、その綻びを軽く見ると、私たちには危険が待ちかまえている。[21]

文化批評とは、変容しつづける「生の営みの全容」に対応して、観察する位置を不断に自己調整しないかぎり成立しないという意識が、ウィリアムズの方法を裏打ちしている。『スクリューティニ』派の文化再生運動は、それが生み出した「伝統」や「神話」を括弧に入れて問題視することをやめたとき、彼らの価値観やイデオロギーを宣伝するだけになってしまっていた。

右の引用で上げられていた『スクリューティニ』派が「規定した前提」の一つに、「グレシャムの法則」がある。それは、商業ジャーナリズムのことばや文化＝悪貨が、イギリスが伝承してきた文化伝統＝良貨を駆逐している実状への警句として使われた。例えばデニス・トムソンは、広告産業を分析した著書『文明の声』の中で、「これほど多くの競争相手がベルトの下を狙ってくる分野、つまり悪質なものが良質なものを駆逐する分野では、どんな誠実な広告活動を行っても無駄である」と悲嘆していた。[22]ウィリアムズはこのような前提がはたして正しいのかを問い直し、悪貨と良貨の二分法に拘泥するかぎり、文化の多様な形態は捉えられないのではと考え始める。

しかしグレシャムの類推で最終的に得られるものはない。質の悪い文化産物は実際のところ悪貨と似ているわけではない。文化産物が生み出す価値は多様であって、単一のものさしで測られるものではない。事実、いいか悪いかの単純な対立などどこにもなく、多様なレベルがあるだけであって、質が悪いとされる文化産物が受け入れられているレベルでは、その大半はいいものとして受け入れられているのだ。[23]

質の悪い文化産物も潜在的には有能な大衆の手に渡っているのだから長期的には質も向上すると考えるユートピア思想（例えばＨ・Ｇ・ウェルズの主張）は、ウィリアムズには容易に受け入れられなかった。しかし同様に、『スクリューティニ』派の「グレシャムの法則」も（どんな良心をもってそれが唱えられようとも）、究極的には大衆文化の拒絶と民主主義の阻害に通じる可能性があった。ウィリアムズは、この極端に対立する二つの文化理論ではない第三の理論を構築するために、社会の多様なレベルで起こっている文化現象を観察し直す。

社会の多様なレベルで文化産物が多様な受容のされ方をしているとするならば、『スクリューティニ』派の言う「良質の文化が駆逐される」という現象は、どのレベルで起こっているのだろうか。ウィリアムズが見つけ出した答えとは、「駆逐（drive out）」などといったものは起きていないということであった。

良質の作品を受容するオーディエンスが激減したか、もしくは増えずに頭打ちになっているという例を私は知らない。もちろん、質の悪い作品を受容するオーディエンスがここしばらくの間に目を見張る勢いで増えたことは事実だし、「よりよい生活をみんなに」を合ことばに湧き上がった多くの希望が裏切られ、実現されていない現状はある。しかし、だからと言って、普遍的に読み書き能力を広げようとする実験やポピュラー文化を作り出そうとする試みが失敗したわけではない[24]。

文化の変容は、ある文化が別の文化を「駆逐」ないしは締め出すかたちで起こるはずはないという認識は、ウィリアムズの中に一貫してあったように思える。この後、彼は「支配的な文化」、「残余しつづける文化」、「萌芽しつつある文化」の文化の三態のせめぎあいの中から、文化の変容は起こると考えるようになる。

ある文化が別の文化を「駆逐」する形で文化変容が起きないとすれば、文化の変容はどのように説明できるのか。それを考えるためには、まず何よりも文学を過去の文化遺産として扱うのではなく、読者が読んでいる場所で今まさに起こっている文化現象として捉える視座が必要となってくる。かつてナイツは形式批評、伝記批評、ジャンル批評など批評の分業化を批判する一方で、求むべきは詩の

「意味の構造（structure of meaning）」を読むことだと述べた。

詩と向き合ったとき何をしているのか考えてみるといい。詩の明らかな形式、韻の踏み方、韻律のパターンを分析するかもしれない。あるいは詩の「内容」を抽出し、それを詩人の伝記に関連づけるかもしれない。またあるいは、その詩を、似たような文学ジャンルに照らして分類するかもしれない。だが、そうしたとしても詩は死んだままである。詩はそれがもつ意味の構造に十分に感応して読まれたときだけ、息を吹き返すのだ。[25]（傍線強調筆者）

ナイツの「意味の構造」という概念は曖昧な部分を多く残してはいるが、それは明晰な分析と理性（有り体に言うと、頭だけ）を用いて理解されるものではない。それは読む側の感情や直感など情緒的な部分を総動員して感応しないかぎり、立ち上がってこない構造である。後で詳しく見るが、ウィリアムズが「感情構造」について述べるとき強調するのは、それが「沈殿物」になる前の「溶解」している状態にあるときだけ効力をもつという点である。そのような着想はナイツの「意味の構造」と大きく重なり合っている。

ナイツはさらに、「意味の構造」に感応する人々の意識のあり方は時代の風土（時代の風土はもちろん時代背景ではない）と深い関係にあり、それらが連動して動くことにより文化の変容は起きると考えていた。彼は先の引用を次のようにつづける。

真実はつまりこういうことだ。ある時代の気分や気質は、「信条」と呼ばれるその時代共通の思想や知的道徳的な想定によってのみ作られているのではない。それは、生活全体に行きわたっている情緒や認識の仕方、それに態度によっても、言い換えると個々人の感性と言ってもいいかもしれないものによっても作られているのだ。どの時代にも、疑問をもたずにある想定を受け入れ、その想定にもとづいて思考する傾向は見られる。しかし同時に、経験のある要素にだけ特に敏感に反応する、しかも特異な仕方で反応するといった傾向もある。意識のこうした習慣的で暗示的なあり方は、知的な概念や「思想」としてときには明示的に現れ、より広い動向を左右してゆく思想体系の中に組み込まれるだろう。（中略）しかしながら、思想としてだけだったら、こうした意識のあり方は、興味や知覚それに行動の生活パターンとの関係を失いがちだ。なぜなら、今問題にしている意識のあり方は、その生活パターンの中でしか十全な意味をもたないからだ。民衆がことばをかたち作り、ことばが日々の生活の興味や習慣や行動と密接に結びついた共同生活があって、時代の文化は構築されるのである。その意識のあり方は（ひじょうに意識的な人を除けば）その時代を生きるすべての人々に至極当然なものに思えるほど行きわたっているので、「風土」が変わると、芸術作品の中にだけ活発な状態で認識できる。[26]

ナイツが文化の変容を説明しようとして、思想やイデオロギーの転換だけではなく、日々の生活と密接につながりあった情緒や知覚あるいは行動も含めて、変容を考えていることは興味深い。そのような見方は、同時に『スクリューティニ』派全体の意見を代弁するものでもあった。ナイツはフランシス・ベーコンを論じる際にも、ベーコンによって案出された「近代理件」は、文化や社会の総合的な力動を矮小化してきたと述べていた。[27] おそらくナイツには「近代理性」を全否定するつもりはなかったであろうが、(ウィリアムズ流に言うと)「生の営みの全容」を捉える力はこの「近代理性」にはないと考えていた。『スクリューティニ』派が愚鈍なまでに感受性を磨くことを公衆に訴えた理由はここにもある。

「意味の構造」を始めとしたナイツの諸文化概念を、とりわけ「構造」の考え方をより緻密なものに修正したのが、ウィリアムズの感情構造論ではなかったか。ウィリアムズは一九五〇年代前半、近代演劇や映画のコンヴェンション(慣例、約束事)やフォーム(形式、表現)が変わってゆくその動因は何なのか問いつづけている。その答えを暗中模索する過程で、「感情構造」という概念に思い当たる。その概念が初めて詳細に検討されるのは、一九五四年に出版された映画論『映画序説』においてであった。その部分を少し長くなるが引用したいと思う。

原則的には、ある時代の演劇のコンヴェンションは同時代の感情構造と深く結びついていることは明らかだ。私が感情構造という表現を用いるのは、その方が思想とか全体的な生活と言うよりこの場合正確だからだ。こう言っても異論はないと思うが、ある時代に特定のコミュニティで産出されたものすべてが、有形無形にかかわらず関連しあっている。もちろん現実の細部においては、それは見えにくかったりするのだが。ある時代を研究すれば、物質的な生活や全体的な社会のなりたち、そして支配的な思想の大部分を（正確さには程度の差はあれ）再現することはできるだろう。ここで、今挙げた諸相のうちどれが複合的な社会の中で決定的な役割をはたすのか議論する必要はない。演劇のように重要な社会機関は、可能性から言えば、それらすべてから様々に影響を受けるはずだ。しかし、過去について調べるときに生の営みのある個別の様相を切り取り、それがあたかも独立して成立しているかのように扱うかぎり、そのような研究結果は対象をどのように調べたかは示せても、対象がどのように経験されたかは、けっして明らかにできない。私たちは要素一つ一つを沈殿物として調べるが、過去の生きられた経験の中では、どの要素も社会複合体の中に溶解していて、全体から切り離せない部分であったはずだ。芸術の性質から考えて、芸術家はその複合的な全体から必要なものを取り出していると考えるべきである。本来、芸術の中には、全体が与える効果つまり支配的な感情構造が表出し、具現化する。作品を、作品の外に観察できる様々な断片にくまなく照らし合わせることは有効である。しかし、芸術作品をその複合体に照らし合わせて、作品内の要素が外部の複合体のどの要素と対応しているか観察しても、外部に対応するものをもたない要素が残ってしまうことは、綿密な分析をした人に共通の経験である。私がある特定の時代の感情構造と呼ぶのは、この要素のことであり、それは作品を全体として経験しないかぎり認識できない。[28]

つまり、「感情構造」とは、抽象的な概念を与えるには未発達、未分化な感情だが、社会を流動化するエネルギーを備蓄した総合的な構造ということになる。文化という複合体に溶け込んで未分化な「現在」の構造が未来を孕むとするこの概念は、ともすれば理想化された過去の知性や感受性に依存しすぎる傾向のある『スクリューティニ』派の主張とは大きく異なっている。F・R・リーヴィスとデニス・トムソンは『文化と環境』において、新しいメディアが読者や視聴者に安っぽい感情や感傷を売りつけていると批判し、それにつけこまれない判断力と感受性を磨き上げることが何よりも肝要だと説いた。しかし、それはホガートやウィリアムズなどのニュー・レフト派にある種の反感を引き起こす。ホガートのことばを借りれば、「感傷を否定すれば、私たちの率直な感情を禁止してしまう」からであった。[29] 彼にとって、文化を作り出すことは「過去形で語られる事がらではけっしてなく」、抽象化されない現実の中で現在形で起こっている「形成プロセス（formative process）」に他ならない。[30] 当然、そのプロセスには人々の感情や感傷も作用していることは否定しようがないのだ。ウィリアムズは「感情構造」を案出することで、ナイツや『スクリューティニ』派が近代理性を補完するために感受性や情緒に注意を向けた以上に、人々の感情に積極的な文化構成力を与えることになった。

感情構造論のその後

ウィリアムズの文化批評において、「感情構造」がキー概念であることには疑いの余地はない。しかしながら、その概念がウィリアムズの思索の歴程とともに微妙に変化していったことには、これまであまり注意が払われなかったように思える。以下では、感情構造論のその後を、『長い革命』（一九六一）や『マルクス主義と文学』（一九七七）などを材料に見てみたい。

カルチュラル・スタディーズが生まれる契機を作った『文化と社会――コールリッジからオーウェルまで』（一九五八）には、先に挙げた映画論からの引用が、そっくりそのまま「感情構造」の説明として載せられている。感情構造論に概念としての精緻化と微妙な修正が図られるのは、ウィリアムズが『長い革命』を執筆する頃からである。ウィリアムズは、「感情構造」とは構造という語が表すようにまとまりをもち決定的効力を発揮しうると認めた上で、その構造はある文化に固有に備わっているにしても、不動で一枚岩的なものではけっしてないことを強調する。その構造はどの文化においても継承されていくものではあるが、概念やイデオロギーとして沈殿しないために（したがって、意識的に教え込まれるものではないので）、流動性を本来備えているのだと、ウィリアムズは言う。

とりわけ興味深いのだが、感情構造は形式としてはどうも学習されるものではないらしい。ある世代が自らの社会の性格や全体的な文化について次の世代に教え込み、かなりうまく継承させるということはよくある。しかし、新しい世代はやがて独自の感情構造をもつだろうし、その新しい構造は、継承元の社会のどこにも「由来」していないかもしれない。と言うのも、その新しい構造の中で、社会組成の変化はもっとも明らかに実現されるからである。新しい世代は受け継いだ個別な文化に自分たちの流儀で反応し、過去に辿りうるかぎり多くの連続性を図る。そうして社会の様々な特質を再生産するが、生の営みの全容をいくらか違った風に感じ取り、その創造的な反応を新しい感情構造へとまとめあげるのだ。[31]

つまり、既存の「感情構造」は新しい「感情構造」を孕むけれども、新しく生まれた構造は（母型のコピーではなく）まったく新しい反応や知覚それに感情をも包含したものになる。逆に言うと、そのようにしてしか構築されない「感情構造」は、歴史のプロセスの中にしか存在しないということになる。

歴史のプロセスの中で「感情構造」が継承され、再編成されるためには、その動きを促進する触媒が働いている。その触媒とはある特定の時代の特定の場所で「書くこと」を実践する（必ずしもプロの小説家や劇作家、詩人にはかぎらない）人たちである。ウィリアムズは（おそらくは自分もその一人であると自認していただろうが）、こうした作者たち（writers）の触媒としての役割と「感情構造」について次のように説明している。

感情構造は初めのうちはごく個人的な感情だと考えられる。実際それは、個々の作家に特有の、ほとんど伝達不可能な孤独な感情に思われる。しかし、幾度となくこの感情構造が社会に吸収されてゆくにつれて、それはつながりになり、阿吽の呼吸になって、やがて瞬間的に目に飛び込んでくるようになる。[32]

ウィリアムズの主張は明白である。「感情構造」を生み出し、伝達する作者たちはいる。しかし、彼らはけっして少数派エリートでも、ましてやロマン主義が捏造した天才や審美主義者でもない。彼らには社会の中で特別な場所が与えられているのではなく、彼と同時代の同コミュニティとの緩やかな連携（alignment）関係の中で育つものである。その関係性にあっては、個人の感情と人々の感情との境界はぼやけている。ウィリアムズは晩年の『社会の中で書くこと』（一九八三）の中で、その問題を次のような表現で説明している。

私が感情構造と呼ぶものは、どんな抽象的な内容とも異なっているように思える。それは、現実の深刻な関係が感じ取られるように、最初から強烈に感じ取られるものであり、同時に一つの構造を形成している。これこそが社会秩序の現実的な形態に対抗する個別的な反応であると思う。それは、ドキュメントとして記録されるというよりむしろ（中略）私的な感情か公的なものか、個人的な感情か社会全体の経験か、そうした区別をあらかじめつける前に、全体として総合的に理解されるのである。[33]

生身の民衆の意識や感情は彼らの日常の中で形成されているものであり、形成されていると考えられているものにかぎらない。この意識や感情は、「そのどれもが十分に分節＝表明（articulate）され、定義されたことばになる以前の萌芽期の状態にある」のだ。[34]しかしながら、構造化された共有感情に変化が起こるとき、抽象的概念化や合理的な説明を待つまでもなく「体で感じられるプレッシャー」を及ぼすこともある。[35]語る位置にある作者が触媒するのは、「感じ取ることのできる思考であり、思考しうる感情」である。そう言えば、ウィリアムズは生涯一作者でありたいと生前述べていた。今でもウェールズのパンディ村にあるウィリアムズの生家には、「ライター」とだけ刻まれたブループレートが掲げられている。事実、彼が演劇や小説の歴史で扱う作者たちは、民衆の「感情構造」を触媒した人々ばかりである。なぜなら、作者は自分のことを話しながら、「人々の代わりに話しているのであって、彼らの人生の深い意味を代弁している」からである。[36]ポストモダニトたちが跋扈する現代にあって、このような「表象＝代弁（representation）」はまったくのお伽噺に映るにちがいない。それでも、十全な意味での民衆文化が可能であるとすれば、「感情構造」を触媒する作者を想定せずにはありえないのではなかろうか。それは今日のポピュラー文化が括弧つきのポピュラー文化でしかないこととおそらく関係があるだろう。

『マルクス主義と文学』を執筆していた頃、ウィリアムズは文化変容のダイナミズムを説明するに当たって、「支配的な文化」、「残余しつづける文化」、「萌芽しつつある文化」との三様態の関係に目を向ける。それに並行して、「感情構造」の強調のされ方に微妙な変化が生まれている。

> 感情構造は、沈殿しているために自明であり直接利用できる類いの社会的な意味構造とは区別して、溶解している社会的経験と定義することができる。芸術ばかりでなくどんな媒体も同時代の感情構造と深く結びついている。芸術のもっとも現実的で効果的な編成は、支配しているか残余しているかいずれかのかたちで、すでに明白となっている社会編成と結びついている。感情構造が溶解物として主として結びつくのは、（それはしばしば古い形式を修正ないしは妨害するかたちを採るのだが）萌芽しつつある編成である。しかし、この特定の溶解物はたんに漂っているだけではない。それは構造をもった編成物であり、明白な意味をもつかもたないかの瀬戸際に成立しているために、物質的な慣習の中で明瞭に分節化される、つまり新しい意味のかたちが見つかるまで、編成以前の特徴を多く保ちつづけている。[37]（傍線強調筆者）

「主として」という付帯条件が気になる。ウィリアムズが「感情構造」ということばを使い始めた一九五〇年代以来、右の引用ほど明示的に説明はされなかったが、その構造が社会の新しい息吹きの源泉であることは明らかであった。私たちは、ウィリアムズがここであえて「感情構造」を「萌芽しつつある文化」に明示的に関連付けたことに注意を向ける必要がある。一九五〇年代後半において「感情構造」という概念の登場それ自体、知の大衆化と開かれた社会、前衛芸術の実験による新しい文化の到来を予期させるものであった。有り体に言うと、「感情構造」概念は希望に満ちた文化概念であった。それが、一九七〇年代の慢性的な不況と高い失業率、その反動として一九八〇年に生まれたサッチャリズムという新手の管理体制が歴史を紡いでゆくうちに、編成以前のしたがって分節化されていない不気味な「感情構造」もまた社会を支配するようになったと、ウィリアムズは考え始める。彼はそれを「支配的な感情構造」と呼ぶ。

それ以降、自意識的な前衛芸術の文化政策に起きたことに、最後の強調を置かなければならない。ばらばらになった世界にばらばらのエゴ。それが支配的な感情構造として生き延びてきたのである。[38]

「連帯」だとか「労働者コミュニティ」とかいったことばも廃語になってゆくような状況の中で、その状況を作り出すのは必ずしも分節化された思想や政策ではなかった。ウィリアムズは社会を流動化させるはずの「感情構造」もまた、社会を停滞させる支配的な構造であることを見抜いていた。しかし、ウィリアムズが他のいわゆる左翼系知識人とは違う点は、新しい事態に直面して消極的にうずくまることをしなかったことだ。彼は「感情構造」に本来備わった活力を取り戻そうとする。前述した『マルクス主義と文学』における「感情構造」の説明で、ウィリアムズは自身好んで用いてきた「沈殿物」と「溶解」との喩えを使いながら、溶解した「感情構造」が「萌芽しつつある文化」にもう一度つながってゆく可能性を再確認していたのではないかと思う。この本でウィリアムズは「萌芽以前の（pre-emergent）文化」という表現を使いながら、「萌芽しつつある文化」を凝視しつづけようとする。一九五〇年代後半以来、彼が「萌芽しつつある文化」と見なしたものの多くは、いつのまにかアメーバのように増殖する「支配的な文化」に回収されてしまった。晩年のウィリアムズは、新しく出てきた現象を「萌芽しつつある文化」と容易に名付けてしまうことの危険も熟知していたにちがいない。それでも、彼は名付けられない「萌芽しつつある文化」が社会をダイナミックに動かす可能性を信じていたようだ。『二〇〇〇年に向けて』の著作やエッセイ「希望の旅の源と」あるいは小説『ブラック・マウンテンの人々』など、彼の最晩年の作者としての実践は、書くことを通して「感情構造」を「萌芽しつつある文化」につなげようとする、彼の最後の企てだったのかもしれない。

第四章「感情構造」を読む

——レイモンド・ウィリアムズの文芸批評——

感情構造論の射程

ウィリアムズの「感情構造」を文化概念としていくら理念的に理解しようと試みたところで、どこか曖昧な感じが残ってしまう。そのことは、昨今の社会学系カルチュラル・スタディーズがしきりにウィリアムズをグルと仰ぎながらも、彼の感情構造概念を十分に説明できないことと関係している。F・R・リーヴィスが使った意味での「文学」ではないが、それでもウィリアムズが広義の文学の鑑賞、批評、創作を通して「感情構造」という概念に行き当たったという事実、それ自体はいかに文学不人気の時代でもないがしろにすべきではないだろう。ウィリアムズも述べている。「感情構造という概念は、意味を形成するフォームとコンヴェンション双方の形跡ととりわけ深い関係にあり、文学や芸術において、そうしたフォームやコンヴェンションは感情構造が形作る最初の兆候」に他ならない[1]。

以下は主に、ウィリアムズの文芸批評と著作の実践に焦点を絞って論を進めてゆくことになる。より具体的には、演劇、映画、小説、大衆読物、自叙伝的文化批評などを材料にして、ウィリアムズがどのような「感情構造」と向き合っていたかを見てみたい。さらに次章では、彼が自ら小説やドラマを著作する際に、「感情構造」を資源としたどんな「萌芽しつつある文化」を描こうとしたかを見ていくことになるだろう。まずは、ウィリアムズの実践例に当たりながら、これまで挙げた感情構造論をより詳細に検討したい。

シネマ・ヌーヴォーと「感情構造」

最初に取り上げるのは、ウィリアムズがマイケル・オロム（一九二〇～一九九七）と共に著した『映画序説』（一九五四）である。この本は既存の映画を概説した映画論ではなく、新しい映画を実際に制作するための手引書、彼らのことばを使えばマニフェストとして書かれている。ウィリアムズが分担執筆している第一部は、映画が現代文化の中で占める位置についての理論的考察であり、第二部では、映画制作に精通しているオロムによって、これからの映画が採りうる制作技術、技法が紹介されている。そして、両部を通して提出された諸々の課題や技術上の問題点が、映画制作の実践の場において解決を見ることが期待されている。

この本が執筆された当時、イギリス国民の大多数が映画鑑賞を余暇に当てていた。映画が彼らの日常に及ぼす影響はますます増大する見通しがあった。ウィリアムズはこの頃WEAで英語を教えていたが、いち早く映画を授業に取り入れていた。と言うのも、「教科として映画を取り上げれば、第一に、教育的には大切な訓練である批評意識を高める機会となるし、第二に、制度として映画を学ぶことを通して、私たちの社会学には不可欠な要素を学ぶことになる」からであった。[2] それでもウィリアムズは、そうした当時としては画期的な試みにも限界を感じていた。ハリウッドやイギリス政府支援の映画制作会社が提供する多くの映画は、形式を見るかぎり、どれもこれも形骸化した自然主義であって、そこから新しい映画の形式が出てくる見込みはなかったからである。そこでウィリアムズは、一九世紀後半に興る自然主義という制作上のコンヴェンションとの関係において、映画を捉え直そうと考える。つまり、映画と演劇とはまったく別物であるとする当時の風潮に逆らって、映画がイプセンに始まる自然主義演劇に手を加えながら継承してきた事がらにもう一度目を向ける。そして、自然主義を内破する新しい映画形式を見つけようと試みる。

映画が自然主義演劇から継承している要素の中でまず思いつくのは、「自然さ」「本物らしさ」という考え方であろう。その考え方は、探検映画で本物のライオンを登場させることから市井のごく普通の一日をカメラで記録することまで、映画の形式に直接的な作用を及ぼしている。しかしながら、自然主義演劇が発見したものは何もそれだけではない。自然主義が人間の「心理的な現実」あるいは「心の生々しい動き」を描く契機を作ったこと、これこそがウィリアムズにとっては重要な意味をもつ。しかし、「心理的な現実」を描くことは、小説とは違い演劇ではもっとも困難な試みにもなる。

なぜなら、心の動きや感情などというものは、演劇がもつ表現能力をすべて稼動させせないかぎり、表しえないからである。ウィリアムズは述べている。「演劇は通常、発話と所作と構想という三つの主な要素を通して表現する。私見だが、最良の演劇ではこれらの要素が《総合的な表現》を生み出すのに巧く使われていると思う。《総合的な表現》とはつまり、発話、所作それに構想が完全に統一されていて、各要素と全体との関係がうまくコントロールされていることを指す[3]」。演劇は言うまでもなく舞台美術、演技、音響など実にさまざまな要素から成り立っている。そのことは、とりもなおさず「総合的な表現」を獲得することがきわめて困難であることを同時に物語る。と言うのも、演出家が「総合的な表現」を目指して各要素を統合しようとしても、一回性の演技や想定外の舞台効果によって、うまくいかない場合も多いのである。ウィリアムズは、その点に演劇という表現形式の限界を見ていた。他方、映画の場合はどうであろうか。映画が一回性の表現形式でないこと、また加工が比較的に容易であることを考えると、映画の形式は「総合的な表現」を生み出すのにもっとも適していた。監督を中心とした制作スタッフは、カメラによって視点をコントロールするだけでなく、映画を構成する様々な要素を加工して、「心理的な現実」に近付くことができた。そうした試みがもっとも成功した例として、ウィリアムズは一九二〇年代のフランスの表現主義映画を取り上げている。話をさらに個別の作品、『裁かる、ジャンヌ』（一九二八）に絞ってみたい。

ウィリアムズは『裁かる、ジャンヌ』をこう評している。「映画でも舞台でも私がこれまで見た中でもっともすばらしかったのは、カール・ドライヤー（一八八九～一九六八）の『裁かる、ジャンヌ』におけるファルコネティの演技であった。ともかくも、これは史上屈指の名作の一つに数えられるだろう。何も観客といい関係が生まれたから傑作と言うのではない。ドライヤーが抱いていた構想が、つまり総合的な感情を統制して表現することが受け入れられていたから、これほどの傑作となったのだ[4]」。確かに『裁かる、ジャンヌ』は、舞台女優ルネ・ファルコネッティの迫真の演技で名高いサイレント映画である。祖国フランスをイギリスの侵略から守るために立ち上がったファルコネッティ演じるジャンヌ・ダルクが、宗教裁判にかけられ焚刑に処されるまでの一日を再現している。痛みで筋肉が痙攣した頬などをスクリーンいっぱいに映し出す極端なまでの近写を用いて、文字通り人物の「心理的な現実」に近付こうとした実験作であった。裁判官の甘言を信じて欣喜雀躍したかと思えば、拷問の恐怖にはらはら涙を落とすその表情を通して、聖女と呼ばれた朴訥な村娘の言語化できない「心の生々しい動き」が伝えられる。ウィリアムズはこの作品を分析して、最高の演技を引き出すインスピレーションは、「俳優が作品のもつ総合的な感情に反応して」初めて湧き上がると述べている[5]。作品全体が訴えてくる総合的な感情に俳優が反応するとき、映画の一コマは全体のアレゴリーとなり、全体は一コマのアレゴリーとなる。全体とは無関係な局所的な感傷ではなく、アレゴリーとしての感情が映画館内部で観客に共有されるとき、そこには「感情構造」の変化も起こっているはずだと、ウィリアムズは考えた。

ホガートの自叙伝的形式と「感情構造」

シネマ・ヌーヴォーのところでも述べたように、ウィリアムズは「感情構造」が制作上の新しいコンヴェンションを形成するプロセスにひじょうに興味を示した。そのプロセスは、何も映画制作のコンヴェンションにのみ限定されない。誤解のないように、ウィリアムズが使うコンヴェンションという概念を、もう一度おさらいしておきたい。映画でも小説でも絵画でも、コンヴェンションとはそれらを制作するための小手先の技法のことではけっしてない。制作者が考案する技法が場当たり的な突飛な試みで終わらないためには、その技法を受け入れる暗黙の合意を鑑賞者から得なければならない。と言うのも、コンヴェンションとはその語源からしても「会うことの合意」に他ならないからである。どんな技法も制作者と鑑賞者双方の合意が得られて始めて、たんなる技法からコンヴェンションに成長することができる。ウィリアムズは、ある時代の特定の場における「感情構造」が、そのような合意形成に深く関係していると考える。一九五七年と一九五八年に相次いで出版された『リテラシーの使用』と『文化と社会』とは、それまでのアカデミズムのコンヴェンションを打ち破って登場した、新しいコンヴェンションでもあった。私たちがこれから見るのは、労働者階級文化ムーヴメントを生み出したホガートの著作実践を、ウィリアムズがどう読み解いたかである。

ホガートの『リテラシーの使用』は、それが公表された当時から文体の不統一や著者のスタンスの矛盾が指摘されていた。文体について言えば、労働者階級コミュニティの日常を生き生きと再現した逸話的な（フィクションの混じった）描写の合い間合い間に、階級構造やメディアの機能を達観的に解説したコメントが不器用に織り交ぜられている。著者のスタンスも曖昧な部分が多い。著書の前半で、労働者階級コミュニティが新しいメディアの浸透に抵抗する姿が強調されているが、結論に近づくにつれ、ジューク・ボックス浸りの若年層がそのコミュニティに無関心なことへの嘆き節がやたらと多くなる。ウィリアムズも、この本に著者の不器用さと妙なポーズとを感じ取っているが、必ずしもそれがこの本の欠陥ではないと述べる。なぜなら、そうした不器用な文章のうち少なくともいくつかは、「新しい状況の中で新しい感情を伝えようとした真摯な試みが生み出した副産物」であったからだ[6]。ウィリアムズはそう評価している。私たちはここで、より具体的に、労働者階級出身の奨学金給付学生の生態について、ホガートが書いている部分を見てみたい。

学童期から思春期、そして青年期へと成長するにつれ、この手の少年〔つまり、奨学金給付学生〕はしだいにグループの普通の生活から切り離されがちである。彼は早いうちから特別視される。誰からか。「小学校」の教師からではないと私は思う。家族のみんなからである。「Eのやつには頭がある」だとか「Eは頭がきれる」とか、彼はいつも聞かされる。その調子はある程度、誇りと賞賛を含んでいる。ある意味で、少年は自分をグループから隔てている自らの才能に疎外を感じると同時に、両親からも疎外される。しかし、家族の側はたんに賞賛しているだけではない。「Eのやつは頭がいい」——確かにそれは、少年が開かれた道を進んでゆくことへの期待を含んでいる。しかし、それが口にされる声の調子には、どこか抑制的な性質も混じっている。つまり頭より人柄がもっと重要なんだぞという警告が混じっている。それでも彼は頭がよく、それは誇りともなり家族のブランドともなる。そうして、彼は家族とはまったく違う世界、彼らが知らない仕事へと向かい始める。彼が「うまくやって」ゆけばゆくほど、ますます孤独になってゆく。少年はやがて、おそらくは無意識のうちに、暖炉のエトスつまり労働者階級の家族がもつ強い絆に反発し始める。[7]

この文章が書かれた当時、イギリスには隠然として階梯システムがあった。それは、開かれた教育を合ことばに貧困層の優秀な学生に教育の機会を与える一方で、その層の優秀な人材を社会の支配的なシステムに吸い上げ（階梯を昇らせ）、階級システムを強化することにもつながっていた。ホガートやウィリアムズなど労働者階級出身の知識人たちは、この階梯システムにつねに批判的であり、WEAでの教育活動はその批判の実践でもあった。『リテラシーの使用』第一〇章「奨学金給付学生」は、そのような階梯システムの実態を暴く社会学的な意図もあったはずである。ところが、この章は社会学と呼ぶにはあまりにも主観的すぎた。疎外を感じる奨学金給付学生の実態を明らかにしようとするならば、当然踏むはずの社会学的な調査手続きはいっさいない。その代わりに、おそらくはホガート自身の分身である「少年」が辿る人生行路が、まるで小説ででもあるかのように物語られている。『リテラシーの使用』という本は明らかに、その形式に注目するかぎりグロテスクである。しかしながら、ウィリアムズはそのグロテスクさに労働者階級コミュニティの「感情構造」を読もうとしていた。「社会的な性格付けを与えなければならない問題がある一方で、明らかに個人的な問題もある。個人的な（individual）というのは個人が社会とは切り離せないという本源的な意味も含んでだが。そして後者の場合、それを細心の注意を払って読んでもらうために、まったく個人的な肉付けをしなければならなくなる。本の中のそうした箇所で、ホガートが小説ないしは自叙伝を書くべきなのか、それとも社会学の本を書くべきなのか躊躇しているのを、読者は肌で感じることができる」[8]。

私たちはここで、『リテラシーの使用』が近年では労働者階級コミュニティのエスノグラフィー、しかも不完全な記述として受け取られていることを思い出してみる必要がある。歴史学もオーディエンス研究も、コミュニティの日常文化を描いたエスノグラフィーとしての価値をこの本に認めながらも、その中の記述が著者の恣意的選択、情緒的歪曲、文学的粉飾に満たされていることを指摘してきた。例えば、オーディエンス研究では、ホガートが個人的な印象を「典型的な」労働者階級読者の印象として描いている点が批判されている。こうした指摘はまったくそのとおりであって、この本の記述が一九五〇年代のイギリス労働者階級コミュニティを「代表している」とは誰も言えないだろう。社会科学はその研究の性質上、対象とする社会を「代表する」ものを追及する。当然、記述に見られる恣意的選択、情緒的歪曲、文学的粉飾などは社会を知る上では、あまりにも個人的なノイズとして取り除かれてしまう。ところが次のような事実もある。イギリスの労働者階級の人々は一九世紀後半からかなり多くの自叙伝を残してきたが、その自叙伝はホガートと同様のノイズに満ち満ちている。ウィリアムズは「個人（individual）」というキー概念を説明する際に、近代において「個人」が原子やモナドのようにもうこれ以上分割できないものとして理解されてきた反面、それは三位一体のようにもともとつながりあっていて切り離すことができないという概念であったことに注意を向ける。ウィリアムズやホガートが労働者階級コミュニティについて語るとき、彼らは後者の「個人」が構成する集団としてそれを受けとめていた。思うに、『リテラシーの使用』はこの後者の「個人」と奨学金給付学生としての近代的な「個人」とが葛藤し合う興味深いテキストであるように思える。これまで考えられてきた記述という考え方をいったん忘れて、そのようなテキストとして『リテラシーの使用』を読まないかぎり、当時の「感情構造」はおそらく見えてこない気がする。

オーウェルのルポルタージュと「感情構造」

一九二〇年代にドイツを中心に起こった実験的な映画制作運動も、一九三〇年代に入りヒトラーが台頭し始めると、その挑発的で「萌芽的な」文化は全体主義体制に回収されてゆく。一九三〇年代は、言うまでもなく政治の一〇年であった。中でも、一九三六年七月にスペイン内乱戦争が勃発し、イギリスの知識人たちがそれに深く関わったことは、イギリス社会の「感情構造」に「幻滅」という新しい要素を注ぎ込むことになった。ウィリアムズは長編小説『忠誠』（一九八五）の中でも、スペイン内乱戦争にコミットしたイギリス人たちの忠誠と裏切りとを物語化している。W・H・オーデン（一九〇七～一九七三）、クリストファ・コードウェル（一九〇七～一九三七）、スティーヴン・スペンダー（一九〇九～一九九五）、ジュリアン・ベル（一九〇八～一九三七）など、その戦争に参与した知識人は多くいるが、ジョージ・オーウェル（一九〇三～一九五〇）ほど、その経験を直截に語り、イギリス社会の「感情構造」に影響を与えた人物はいなかった。『動物農場』（一九四五）や『一九八四年』（一九四九）における彼のスターリニズム批判は、チャーチルの「鉄のカーテン」演説と連動した言説行為であったことを、今さら指摘する必要はないだろう。ウィリアムズにとってより大切であったこと、そして今日の私たちも考え直してみる必要があることは別にある。ウィリアムズは『文化と社会』の本論部を締めくくるに当たって、ジョージ・オーウェルを取り上げた。『文化と社会』が書かれる八年前の一九五〇年に病死したオーウェルが、依然として一九五〇年代の「支配的な感情構造」を代表（代弁）していると考えたからである。見方を変えると、『文化と社会』とはオーウェルの亡霊にとり憑かれた社会からの脱却を目指して書かれたと言えるのではないか。より具体的に、オーウェルと当時の「感情構造」について、ウィリアムズがどのように述べているか見てみたい。

ウィリアムズにとって、オーウェルは大英帝国の落日を観察する観察者であった。イギリスがもはや世界を統括する中心でなくなった時代に、オーウェルはインドやカタロニアを探訪、観察し、本国の読者に向かってルポを送りつづける。ウィリアムズは、オーウェルがこのようにルポ記者として自己のポジションを確定するプロセスに注目している。オーウェルがカタロニア戦線に参戦したのは、なにも彼が反フランコ勢力「ポウム」の路線に積極的に賛同したためでも、本国で反フランコ勢力を後押しするイギリス労働党への忠誠心からでもなかった。コミットしていているようでしていないポジションにいることで、オーウェルは「中立的な」観察者であろうとした。そして、ルポと日記と評論との織り交ざった文体を駆使しながら、イギリス本国に文章を送りつづけていた。ウィリアムズは、オーウェルのポジション取りについて次のように述べている。

これをキーツが言った「消極的な才能」と呼ぶことはできるだろう。しかし、この作家には長つづきするような心理はまったく見当たらない。これは、ある特定の時代に生きたある種の作家に見られる社会的な心理である。オーウェルの時代には、それは階級心理ですらあった。オールダス・ハクスリー、W・H・オーデン、グレアム・グリーン、クリストファ・イシャウッドらは、それぞれに違いはあるものの、ポジションの取り方という点では重要な部分をオーウェルと共有している。共通のポジションとはつまりこういうことだ。彼らの公然の履歴となっているが、彼らは気軽に頻繁と旅に出る。そして、臨機応変に自己を否定してみせることで、他者を、とりわけ他者の信仰や行動様式、雰囲気を理解し、描き出す。この感情構造は、「消極的な才能」という表現でキーツが意味したものではない。それよりも鋭敏だが、スケールの小さいものだ。彼らが描いたものが明快で記憶に残るという点では、まちがいなく優れた業績であったと思う。しかし、そこには特徴的な冷淡さがある。他者の生活の全容を理解しようとするのではなく、他者を見ても、巻物を広げたような風景画の中に配置された人物のように見てしまっている。[9]

「彼らは気軽によく旅に出る。そして、臨機応変に自己を否定してみせることで、他者を、とりわけ他者の信仰や行動様式、雰囲気を理解し、描き出す」。ウィリアムズのことばを借りれば、彼らは「亡命者」であると同時に「放浪者」であった。大英帝国が凋落する時代に生まれ、それが大事にしてきたいっさいの価値を信じられなくなって亡命し、諸国を放浪した。しかし、「人は亡命するときにはそうするだけの大義が必ずあるが、放浪にはたんに気晴らしがあるだけ」である。[10] 放浪者の気晴らしは、オーウェルの場合とりわけ顕著であった。ルポルタージュであれ小説であれ、描かれる人々は、旅の途中で暫時すれ違っただけの異邦人という印象を免れない。結果、「関係は際立って希薄かつはかなく、不承不承付き合っているという感じで幻滅感を与え、ときとして相手に対して不誠実ですらある」。[11] この関係のあり方が、寛容と言われたこの作家の特色であったと、ウィリアムズは断言する。

しかし、そうした冷淡な関係性は、オーウェルが生きた時代の関係性に他ならなかった。一九三〇年代という「寛容な時代」には、ポスト・ロマン主義の「消極的な才能」を涵養しようとする衝動が当時の「感情構造」を支配していたのだろう。そうした時代には、関係という関係はすべからく冷淡であるべきだとする確信めいた感情が隠然としてあった。ウィリアムズはそう分析する。そして、オーウェルのことばによってかたちを与えられたこの「感情構造」は、第二次世界大戦後の社会でも依然として支配的であると述べている。『文化と社会』の結論部が、こうした支配的な「感情構造」の改編を目指して書かれたことは間違いないだろう。次に挙げる『カタロニア讃歌』からの一節に二一世紀の私たちがどう感応できるか、ウィリアムズは宿題を与えているように思える。

バルセロナの戦闘のただ中にいることがどんな感じなのか、私は何とかそれを伝えようとしてきた。しかし、それに直面したときの変な感じを、うまく伝えられたとは思っていない。振り返ったとき私の脳裏にこびりついて離れないものに、当時何気なく遭遇した場面がある。それは、戦闘には係わりをもたない人々をふと垣間見た瞬間であった。彼らにとって、そこで起こっているすべてのことは意味のない空騒ぎにすぎなかった。しゃれたドレスを着た貴婦人がランブラス通りを颯爽と歩いていた姿を思い出す。彼女は買い物用のバスケットを腕にぶら下げ、白いプードルを連れていた。一通りか二通り先では、ライフルのバーンという発射音が空を突いているにもかかわらずだ。ひょっとしたら、彼女は耳が不自由だったのかもしれない。それに、まったく人気のないカタルーニャ広場を走り抜けていった男のことも忘れられない。彼は手にもった白いハンカチを必死に振っていた。また、小一時間もカタルーニャ広場を渡ろうとしては、引き返していた黒服の行列にも出会った。彼らは通りの角の脇道から意を決して出てくるたびごとに、コロン・ホテル内でマシンガンを構えていたプスクの兵士たちが乱射を始め、彼らを引き戻していた。彼らがなぜそんなことをしていたのかは分からない。と言うのも、彼らは見るからに丸腰だったからだ。後からよくよく考えてみると、彼らは葬式の行列ではなかったかと思う[12]。

SF小説に現れる「感情構造」

古くはトマス・モアの『ユートピア』、一八世紀の『ガリヴァー旅行記』、一九世紀では『エレホン』や『ユートピアだより』、それにH・G・ウェルズ（一八六六〜一九四六）登場以降のSF小説。こうした書き物で興味深い点は、グラムシも述べていたように、「これらが、別の問題意識に支配された知識人たちの頭脳を経由してであるとはいえ、従属的社会集団の、それも最底辺の社会集団をも含めて、もっとも原初的で、深層に潜む思考を無意識のうちに反映している」ことである[13]。これらの書き物の多くは、書かれた当時の社会状況を批判的に反映しながら、「支配的な感情構造」とは別の「もう一つの感情」をおそらくは含んでいた。その「もう一つの感情」とは、かつて支配的であったものが力を失い「残余しつづける文化」に移行するときに感じられるものであるかもしれない。あるいは、「萌芽しつつある文化」が身悶えしながら既成文化の桎梏から身を解き放とうとするとき感じるものかもしれない。ウィリアムズは、この種の書き物が秘めている潜在能力、つまり「感情構造」

を形成するエネルギーにも多大の関心を寄せている。とりわけ、イギリスで一八九〇年代に起こるジャーナリズム革命以降（それはウェルズの登場と一致しているのだが）、SF小説は労働者階級のみならず幅広い層に受け入れられ、ポピュラー文化の代表格になる。SF小説という新しいジャンルと「感情構造」との相補的関係について、ウィリアムズが分析したことを次に見ることにする。

ウィリアムズは、成人教育機関WEAで文学を教えていた当時から、SF小説を荒唐無稽な空想譚として軽視してはいけないという考えをもっていた。現実離れした空想譚がいけないのなら、ホメロスの『オデュッセイア』やシェイクスピアの『あらし』などほとんどの文学作品も同じ扱いを受けなければならなくなる。文学史上の傑作であれSF小説であれ、ウィリアムズにとって「フィクションは事実」であった。特定の場所と時間の中で考えられ想像された内実であった。そのような観点にもとづいて、彼はWEA機関誌『ハイウェイ』（一九五六年一二月号）において、当時のSF小説を「プトロピアもの」「終末もの」「宇宙人類学もの」の三つのジャンルに分類し、それぞれに考察を加えている。「プトロピアもの」とは、「ディストピアもの」と置き換えてもいいかもしれない。オーウェルの『一九八四年』やブラッドベリの『華氏四五一度』（一九五三）が典型的だが、ユートピア小説のパロディとなっている。現代社会の矛盾を超克したはずの未来社会では、人間は群集化（あるいは暴徒化）し、過去の遺産の破壊、焚書、抹消に無批判に突き進んでゆく。また、「終末もの」では、その状況が極限にまで進められ、太陽系の消滅や人類が選択する自滅で物語は終わる。この二つのジャンルはひじょうに人気が高いものであり、それが当時の「支配的な感情構造」を反映し、支えているとと、ウィリアムズは考える。

〔これらのジャンルでは〕残酷と嫌悪との様々な極限状況を夢中になって描くことが、つまりは支配的な感情の基調となっている。それは社会への警告なのだと言えるかもしれない。しかし実際は、未来やテレビについての警告というよりは、今急速に正統派になってきたある種の感情が当然のように受け入れられていることへの警告なのである。私自身としては、この中心的な神話〔このSFジャンル〕に対抗してこう言いたい。人々を「マス」として考え、感じ取り、語ることそれ自体もまた、焚書や町の破壊を可能にしているのだと[14]。

「マスは存在しない、あるのはマスという認識の仕方だけだ」と言いつづけてきたウィリアムズらしい解釈である。産業革命後の西欧近代がもたらしたのは、自分以外の他者はみな「マス」なのだという感覚と、それにもとづく人間関係であった。SF小説が、他者を「マス」と捉える感覚に訴えて生産をつづけるかぎり、舞台をどこに移したところで異口同音である。SF小説もまた行き止まってしまう。

前者二つのジャンルと比較して、最後のもの、「宇宙人類学もの」の可能性をウィリアムズは高く評価している。そのジャンルはまだ萌芽したばかりで未分化な状態ではあるが、SF小説の形式を用いながら、それまで想像されなかった種族や新しい生活様式を描き出そうとしていると、ウィリアムズは見ていた。そして、その代表的なものとして、ジェイムズ・ブリッシュ（一九二一～一九七五）が『良心の問題』（一九五八）で産み落とした八足爬虫類リチア人を挙げている。例によって、ウィリアムズは引用を用いた具体的な説明をしてくれないが、以下の引用の中に、リチア人という未知の種族を垣間見てみたいと思う。主人公の牧師ルイス・サンチェスは最終的には、その「悪魔の子孫」と人類との接触を断つことを決意する。しかし、その種族の特異な生殖と生活の様式は興味深く想像されている。一九五〇年代の想像力が産み出した、現実にあるのとは違う関係性のとり方や社会の慣習それ自体も、この時代に蠢いていた「感情構造」の痕跡である。その意味で、以下に描写されている社会も歴史的な事実として読まれなければならない。

「私たちの卵は一年に一度、お腹の袋の中で産まれます」クテカは言った。「その後、女たちは家を出て、卵を受精する異性の相手を選びまわります。今のところ私は独りです。と言うのも、今期は第一回目の婚姻で、誰も私を選ばなかったからです。でも、明日予定の二回目の婚姻で、選ばれることになるでしょう」。「分かります」とルイス・サンチェスはことばを選んで言った。「しかし、どうやって女性は選択するのですか。感情が働くのですか。それとも理性だけで判断するのですか」。クテカは答えた。「二つのものは結果的には同じものなんです。私たちの祖先は、生殖の必要が起きないようにしておいてくれました。私たちにとって感情は、すぐれた子孫を残すための知識とはぶつからないのです。そうなるはずもないのです。と言うのも、そうした選択的な繁殖によって得た知識に、感情のほうが従うように調節されているからです」[15]。

一九六〇年代以降に冷戦構造が安定化していったことは、同時にSF小説の形式や「感情構造」の固定化と停滞化をもたらした。ウィリアムズが一九五〇年代後半に察知していたとおり、徹底的にマス化された異常な未来や世界の終末など「暗い未来」を描いたSF小説が、依然として「感情構造」を支配していた。そんな中、とりわけ学生紛争や反戦運動の盛り上がりに呼応するようにして、画期的なSF小説が登場する。（少なくともウィリアムズの目にはそう映ったに違いない。）アースラ・K・ルグイン（一九二九〜）の『所有せざる人々』（一九七四）である[16]。ルグインと言えば、『ゲド戦記』や『アースシーの風』など日本でもおなじみのSF作家だが、一九七四年に「宇宙人類学もの」の形式を脱却した新しいタイプのSF小説を発表して、世界中を驚かせた。次に私たちが見るのは、『所有せざる人々』のSF形式と「感情構造」についてである。

この『所有せざる人々』では、一連の出来事の中間点から話を始める叙事詩的形式と二つの対照的な衛星を対位的に描く技法が用いられている。そして、資本主義世界ウラスと無政府主義世界アナレスという二つの世界が、恒星間瞬間通信の発明者シェヴェクの視点から描き出されている。それ以外に注目すべき重要な点は、その二つの世界に生きる種族が同一種族であるという点である。帝国主義を経験してきた西欧の思考形態では、母国が経済的、社会的な閉塞状態に直面した際のごく自然な反応は、まったく新しい種族に出会いたいというものである。ウィリアムズが「宇宙人類学もの」と分類したSF小説は、そうした感情のはけ口になってきた。一九七〇年代になると、ウィリアムズは「宇宙人類学もの」への評価を訂正して、その限界について考えるようになる。なぜなら、そのジャンルでは帝国植民地主義者の欲望を再生産するばかりで、関係性のあり方や社会の形態を内部から変えていこうとするエネルギーを無駄に消費してしまうからであった。そんなときに、『所有せざる人々』が発表される。ウィリアムズは、その新しいSF形式の中に（肯定的な意味での）ユートピアの衝動を見ようとする。つまり、ドミナントな声とは違う「もう一つの声」、停滞した「感情構造」を活性化する試みを見ようとするのである。

ウラスとアナレスとは、同一種族が選んだ一つの選択である。無政府主義を選択した者たちは、資本主義の矛盾を超克しようとしてウラスからアナレスに移り住む。主人公シェヴェクはアナレス国民だが、社会が移住当初の理念や理想を喪失しつつあると感じ、単身ウラス行きを決意する。そして、シェヴェクはアラス体験から、ユートピア衝動それ自体の危うさを感じると同時に、富と繁栄を目指すどの社会も（形態の違いはあれ）階級を形成し、搾取関係を維持していることを知る。しかしながら、これは凡百のディストピア小説ではないとウィリアムズは言う。躊躇しながら手探りで、ウラスとアナレスとを止揚しようという企てがなされている。と言うのも、シェヴェクは、社会の中で個々人が助け合うことの意義を否定せずに、個人がその中で果たす責任を、それまでとは違う種類の責任を見つけ出そうとするからである。その意味で、このSF小説は、この時代が生んだ「開かれたユートピア」である。理想が溶解し、互助の精神が保守主義に退行した後、こじ開けられたユートピアである。それは、達成された調和の状態、つまり、かつての古典的なユートピア様式が行き着いた状態から、静止することのない、開かれた、そしてリスクも覚悟した実験へと慎重に移行している。これはとても重要で歓迎すべき書き直しである。と言うのも、闘争の終結と永続的な調和と安息という古典的なイメージをユートピアから払拭したからである[17]。

『所有せざる人々』は最終的な安息の地としてのユートピアを求めていない。そうした解釈のうちにも、ユートピア衝動それ自体を失ってはならないというウィリアムズの意識は明らかだ。産業革命以来の「長い革命」を意識化し、文化をプロセスで捉えてきたウィリアムズらしい解釈ではある。しかし、それは同時に、オーウェルのディストピアや一九六八年のパリ五月革命の幻滅を経験した後に、ウィリアムズが社会の中に構築しようとした感情の声でもあった。彼は『所有せざる人々』の批評エッセイを次のように結んでいる。「資本主義が優勢な世界の内部から、さらには戦争と荒廃の危機の原因でもある権力と富の危機状況から、ユートピア衝動は今、用心深く自問自答を繰り返しながら、世界の限界を見定め、それを刷新しつつある[18]」。

「感情構造」と演劇形式

カルチュラル・スタディーズのマニフェストとも言える『文化と社会』の最終章の中に、次のような表現がある。

固く握られたこぶしは重要なシンボルである。こぶしを握るのは、掌を二度と開かないようにそうするのではない。指はやがて伸ばされ、新しく形成されつつある現実を広げて見せ、それに形を与えるだろう。[19]

ここに、一九五〇年代後半の労働者階級運動が目指した理想の姿が描かれている。しかし、私はこの表現の中に、ウィリアムズが終生こだわりつづけた「感情構造」と形式の関係が象徴的に凝縮されていると思う。固められたこぶしが伝えようとするもの、安易な言語化を許さない感情が、到来する「現実」にフォルムを与えてゆくそのプロセスが雄弁に語られていると思う。「感情構造」が未来の形式を孕むとする発想は、ウィリアムズの劇形式研究の中にもっとも如実に現れている。今日の観客にとって、ギリシア悲劇や中世劇の形式はひじょうに遠いものになってしまった。フォースタスという主人公の前に悪天使と善天使が現れて、勧誘合戦を舞台上で繰り広げたりするのは、今日ちょっと気の利いた趣向になったとしても、もはや現代に不可欠の劇形式ではない。しかしながら、一六世紀のロンドンでは、そうした形式も、制作者と観客との間に交わされた暗黙の合意であったはずだ。ウィリアムズは、こうした合意形成に「感情構造」が重要な役割を果たしていると考えた。以下で見ようと思うのは、ウィリアムズが以上の観点から、どのようにソフォクレスの『アンティゴネー』と近代黎明期の『万人』を読んでいるかである。ウィリアムズが一九五四年に著した『上演に見るドラマ』を手がかりにしてみたい。

この本で『アンティゴネー』について論じるに当たり、ウィリアムズはまずギリシア悲劇の物質的な条件について確認している。例えば、主役とコロス（合唱隊）の配役、歌舞音曲のコンヴェンション、オーディトリアムの構造と観客の位置、アンティゴネーの供儀における役割などなど、『アンティゴネー』上演に係わる諸要素をオーヴァーホールする。その上で、主役アンティゴネーが死出の旅につく劇的緊張に向かって、それらの諸要素が一つに結んでゆくプロセスが明らかにされる。その場面を見てみたい。アンティゴネーは、国家に擾乱をもたらした重罪人は埋葬してはならぬとする国王クレオンの命令に背き、兄ポリネイケスの遺体を弔う。この侵犯行為はクレオンの怒りをかい、生きたまま墓所に幽閉されることになる。

コロス　（死人への）道を守るのは、まず敬虔なこと、
　　　だが権力を蔑し犯すというのは、その権力を預かる者には、

けしてほっておかれぬことだ。それゆえあなたは、自分の
気ままから出た激しいわざで、身を滅ぼしておしまいだった。

アンティゴネー　嘆きもされず、友もなく、婚礼の歌も聞かずに、
みじめな私は、この身を待ち受けている旅へ、連れていかれる。
もうあきらかな日光の聖い瞳も、
不幸な私は見られないのか。この私の
身の上を、誰一人、親しい者が、
涙を流してないてくれもせず[20]

この場面で、コロスとアンティゴネーとの間で歌の掛け合いとなるのだが、それは劇全体の枠組みから突出したアドリブにはなっていない。ウィリアムズはその点に注目して、この場面が固有の劇形式を作り出していると言う。なぜなら、この掛け合いのうちに、支配的な秩序とその秩序を転覆しかねない情動との軋轢、共同体を維持する規範とそれを超越しようとする個人の侵犯行為との葛藤とが、演劇を形成する諸要素の連携を通して、かたちとなって立ち現れているからだ。そうした軋轢やら葛藤やらは、歴史的な叙述や記録として、ことばによって分節化することはできない。と言うのも、それは、ある共同体のあるモメントにおいて、「いま・ここ」の現在進行形の状況の中では、演じる（enact）以外に伝えようがないからである。ウィリアムズは述べている。「感情構造はある形式にし

たがって書かれた構造ではあるが、同時に上演の構造でもある。葛藤と解決は物語ではない。過ぎてしまった過去の事件を語ることではない。その構造はいつでも、ことばや所作の中に現前化(present)するのである」と[21]。

次にイギリス近代黎明期の戯曲『万人』について見てみようと思う。『万人』は従来、イギリス中世の道徳劇と呼ばれてきたが、今日の歴史研究では、宗教改革とルネサンスの世俗化がもたらした文化形態として論じられることが多い。したがって、中世劇の範疇に入れないことが普通となっている。ウィリアムズが『上演に見るドラマ』を書いた時期を考えれば、彼が『万人』を中世劇として扱っている点は責められない。その点は措くとしても、私たちは、彼がなぜこの戯曲を取り上げたのかを考えなければならない。ウィリアムズは『万人』の劇形式、とりわけ舞台の形態に注目する。段が違う二種類の組み立て舞台をはしごがつなぎ、低い方の舞台が墓場を、高い方の舞台が天国をそれぞれ表していた。演技は、これらの舞台上と舞台周りの地面との両方の場で行われていた。言うまでもなく、こうした演技の場は、現代の自然主義的な劇場とはまったく異なっている。後者が閉ざされた劇場の中の額縁、つまり固定された舞台を特徴とするならば、前者は移動式の野外舞台で、場所を選ばないという特性をもっていた。『万人』を見る観客は、説得や解説を受けなくても、このような演技の場をごく自然なものとして受け入れていたのである。それでは、それを可能にした「感情構造」とはどんなものだったのか。ウィリアムズは分析を試みている。

この戯曲の筋は単純である。金持ちで何不自由のない暮らしを送っていた「万人」のもとに、ある日突然、寓意人物「死」がやってくる。それを機に、「万人」は「美」や「力」といった取り巻きの友人たちに見捨てられ絶望に陥るが、「善行」を供にすることから救済への旅路につくというものである。ウィリアムズは、起き上がるアクションや段を昇る動きが、この芝居の緊迫したモメントになっていると言う。「万人」が改悛するまでは、寓意人物「善行」は「身動きすらできないほど地面に縛りつけられ、冷たく横たわっていた」のだが、「万人」が悔恨のことばを口にすると、「万人」の傍らでにわかに身を起こす。別の人物「知識」はその模様をこう形容している。

　喜んでいいぞ、「万人」よ。
　お前の「善行」が戻ってきた。もう悲しまなくてもいいんだ。
　さあ、これでお前の「善行」は体が回復し、すっかりよくなった。
　大地に毅然として立っている。[22]

　このアクションの後、「万人」は「善行」を供にして、下段の舞台が寓意する死の影から神の宮居を寓意する上段の舞台へと、段を昇ってゆくことになる。「万人」が昇りつめて神の前に立つとき、天使が登場し、今度は観客に向かってこう語りかける。

　さあ、天界へと進んでゆくがいい。

運命の日が来るまで正しく生きるものたちよ、
お前たちはみな、そこへ入ってゆくのだ。[23]

台詞と所作と劇全体の構想とが収斂してゆき、ここに固有の劇形式が立ち上がる。ウィリアムズは分析している。表現力をフルに稼動させた劇形式がこうして立ち上がるとき、人物としての「万人」のものであると同時に観客万人のものでもある強い感情が、現実のものとなって迫ってくるのだと。つまり、ウィリアムズが注目する感情と形式との融合が起きることになる。『万人』はイギリス近代劇の先駆けであるという見方は確かに正しいけれども、ウィリアムズが次のように言うとき、その発言は依然としてある種の力を帯びている。「その感情構造が保持されていたとき、この種のドラマは前触れなどではけっしてなく、もうすでに成熟していたのである[24]」。

現代演劇の「感情構造」

ナチスとのタンク戦から帰還し、ケンブリッジに復学したウィリアムズは、卒業研究としてイプセンを選ぶ。彼の最晩年のエッセイ「未来に向かって後ろ向きで歩みながら」が象徴的に表しているように、彼は終生、モダニズムが生み出した諸条件と対峙しながら、新しい文化と社会を形成する可能性を探している。そうした彼のスタンスは、イプセンに始まるモダニズム演劇に対して彼が向けた関心と完全にオーヴァーラップしている。ここでは、イプセン、チェホフ、ピランデッロの演劇を例に採りながら、演劇と「感情構造」とのダイナミックな関係を、ウィリアムズの読みにしたがって覗いてみることにする。

最初に見るのは、イプセンの『野鴨』（一八八四）である。この劇は写真屋の家庭を描いている。一四年間、この家族は平凡だが穏やかな暮らしを営んできたのだが、それは嘘やごまかしに支えられた平穏でもある。写真屋の妻には、かつて奉公先の商店主に犯された後、今の夫と結婚させられたという秘密があり、夫の方でも、自分の子ではないかもしれない息子に虚偽の愛情と心底からの憎しみをもちつづけている。この劇でイプセンは、そうした個人個人の隠された部分を暴露することによって、彼らが所属するグループ全体の経験を表そうとした。そのために、イプセンには新しい劇の容器、つまり劇形式が必要だったと、ウィリアムズは分析する。「たんに様々な人間関係を暴露し、それをつなぎ合わせただけではない、それ以上の形式がイプセンには必要だった。さらに言うと、役者の個人技を超える形式が必要だった。と言うのも、失われた（疎外された）もの、つまり今とは違ったものとなっていたかもしれない生活や今も切望されている生の営みは、どうしてもアクションでは表現できないからである[25]」。ばらばらになった（疎外された）個人をもう一度つなぎ合わせる要素として、野鴨というシンボルが提示されたことは確かに斬新であった。二階に飼われている傷ついた野鴨は、家族が共有しているシンボルである。個人個人（そして役者の一人ひとり）は、その共通のシンボルに自己を照合させる身振りを繰り広げることになる。ウィリアムズは、こうした劇形式の不安定性を指摘する。なぜなら、このような身振りは身振りの仕方をちょっと間違えただけで、自己を暴露し、再確認しながら共通のシンボルに至る外延的なプロセスから外れてしまうからだ。そして容易に、閉ざされた自己という空間での自己顕示パフォーマンスという内延的なプロセスにすり替わってしまうからだ。社会という概念をけっして捨てなかったウィリアムズである。息子が父の愛を取り戻そうと野鴨を撃とうとし、結局自らの頭を打ち抜いてしまう結末に、彼が満足していなかったことは明らかである。しかしながら、イプセンが導入しベケットへと連なる内延的な劇形式は、現代の「支配的な感情構造」と深く関係していると見るウィリアムズの次の指摘は、とても興味深いものである。

よく言われる演技力は（それは確かに高いものだが）今日のとても多くの劇場で、ひじょうに特異な感情構造を表出する技術である。つまり、「隠れた」個性とか、伝えることはできないがいつも注意が惹きつけられる内面生活、また、集団的なゲームが行われ、個人がそれぞれ別の役割を演じる際にどうしても感じてしまう対人関係のぎこちなさを表現する技術となっている。[26]

ウィリアムズが見抜いたように、このような「感情構造」は現代社会では支配的である。それは、個々をつなげていこうという意思を完全に喪失したポストモダニズムの心性とも、どこか深いところで結びついているように思える。

以上見てきたように、ウィリアムズは個人と全体との境界が溶解している状態として「感情構造」を捉えている。「感情構造」があるという立場を採るかぎり、劇作家と観客という対抗関係は消えてなくなる。ひいては、『スクリューティニ』派以来議論されてきたリテラシーも、制作者側に搾取されないための防衛的スキルであることをやめ、新しい文化形態を形成する積極的能力として捉え直すことができる。読み手のそうした「リテラシー」によって、作家のきわめて個人的な直感に形式が与えられるということは、近代の演劇史においてたびたび起こってきた。その典型的な例として、ウィリアムズはチェホフの『かもめ』上演を取り上げている。よく知られていることだが、『かもめ』は一八九六年に初演されたとき、観客にまったく受け入れられず惨めな失敗に終わった。なぜ失敗したのか。ウィリアムズは、『かもめ』におけるチェホフの構想が、一八九六年当時の「感情構造」と十分なリンクをもてなかったことが原因だと考える。チェホフの私的なパロルはまったく私的なつぶやきでしかなかったのである。その後、一八九八年になってネミローヴィッチとスタニスラフスキーがそれまでの旧態依然としたリアリズム演劇を排するために、モスクワ芸術座を立ち上げる。演劇形式の新機軸を捜し求めていたスタニスラフスキーらは、『かもめ』を読み返し、それにコメントを付け加えてゆく。それをもとに『かもめ』は一八九九年にモスクワ芸術座で上演され、空前絶後の拍手と喝采で迎えられることとなった。一八九六年から一八九九年の間に何が起こったのだろうか。一方に、社会の流動に伴う「感情構造」の変化があったであろう。それと同時に、スタニスラフスキーたちによる『かもめ』読解が「感情構造」とのリンクを見つけ出し、「萌芽しつつあるもの」に形式を与えたことも転機につながった。ウィリアムズはチェホフの原作とスタニスラフスキーの台本とを細かく比較分析しているが、その一例を以下に見てみようと思う。

『かもめ』においても『野鴨』のときと同じように、カモメは象徴的な役割を持っている。ニーナは流行作家トリゴーリンの手練手管によって誘惑され、撃ち落とされたカモメのように身を持ち崩し、主人公のトレープレフもまた、カモメの剝製がトリゴーリンのもとに届けられるそのときに、ピストルで自らの命を絶っている。しかし、スタニスラフスキーは、「カモメはトレープレフの象徴である」ことをたんに舞台で表現することで満足しなかった。彼は、トレープレフが自殺するために部屋に下がる直前の、つまり舞台上での最期の演技について、細かいコメントを付けている。その場面を較べてみる。まずは、チェホフの原作からである。かつての恋人ニーナと再会を果たすトレープレフだが、彼女との会話で自らの文才と恋のゆくえに絶望し、屋敷を出て行くニーナも止められない。

トレープレフ　（間をおいて）まずいな、だれかが庭でぶつかって、あとでママに言いつけると。

一、二分、黙って原稿を残らず引き裂き、机の下へほうりこんで、それから右手のドアの鍵をあけて姿を消す。[27]

これほど短い場面だが、スタニスラフスキーはここに大幅に手を加える。

コンスタンチン〔トレープレフのこと〕はゆっくりと机の方へ歩いてきて、立ち止まる。彼の原稿が置いてあるところへ行き、手に取り、しばらく読み、それから破り裂く。腰を下ろし、何かを取り上げ読もうとするが、最初の一行を読んだだけで破る。また夢想に陥り、まいったという風に額をこすり、何か探すかのように辺りを見回す。一瞬、机の原稿の山を見つめるが、それから、ゆっくりと慎重に原稿を破り始める。ちぎれた紙片を掻き集め、それをすべてストーヴまで運んでゆく。（ストーヴの扉を開ける音）紙片をストーヴにくべる。ストーヴに身を傾け、炎が紙片に広がるのをしばらく見ている。それから、身をこちらに向ける。と彼に何かが起こる。額をこすり、慌てて机の方へ行き、引き出しを開ける。彼は手紙の束を取り出し、それをストーヴにくべる。ストーヴから離れ、つかの間物思いに耽ったあと、もう一度部屋を見回す。そして、考え深げに、慌てる様子もなく舞台を出てゆく。28

それにつづく場面で、トリゴーリンにカモメの剥製が手渡され、その直後、銃声が舞台裏に響くことになる。今引用したスタニスラフスキーのコメントに、「この場面でトレープレフは実質上、死ぬ」とあるが、ウィリアムズはその点に注目し、次のように述べている。「明らかにこれは、通常言う意味でのト書きではない。それは、ことばやアクションに直接置き換えられない感情について包括的にコメントしたものである。ト書きではないけれども、それはこの場面全体の感情の動きについて役者に適切な指示を与えている」と。見えない構造、「感情構造」は一八九〇年代末のモスクワに溶解している。それが作用して、劇作家チェホフが書き、演出家スタニスラフスキーが読み、役者が台詞を使わずに伝え、観客が感じ取るという連鎖反応は引き起こされたのだった。

もう一つ、現代演劇を例に取ってみたい。ルイージ・ピランデッロの『エンリーコ四世』（一九二二）である。『作者を探す六人の登場人物』や『エンリーコ四世』などピランデッロ演劇と言えば、不条理劇の嚆矢と見なされ、その後に出てくるベケットやピンターなどの演劇との関係で論じられることが多い。他方で、ウィリアムズはピランデッロ劇の中に、それ以前とはまったく異なる悲劇形式と劇作上のコンヴェンションを見ていた。（ピランデッロ自身も『エンリーコ四世』を悲劇と称したのは興味深い事実である。）現代社会は悲劇を永久に喪失してしまったと述べたのは『悲劇の死』の著者ジョージ・スタイナーだが、ウィリアムズがそれへの反論として『現代の悲劇』を執筆するとき、おそらく彼の念頭にはピランデッロのことがあったはずである。ピランデッロによる悲劇形式と「感情構造」について、もう少し詳しく見てみたい。

『エンリーコ四世』の筋はメロドラマ風と言ってもいいほど単純なものである。主役は二一の歳に落馬して以来二〇年にわたって、「カノッサの屈辱」で歴史上知られるエンリーコ四世の仮面を着けつづけている。落馬後の最初の一二年間は、狂気から本当に自分はエンリーコ四世だと思い込んでいたが、この八年間というもの実は狂気から覚めながらも、周囲の人々に対してあえてその役を演じつづけている。その彼のもとにやってくるのが、かつて彼に恋の屈辱を与えたマチルデ夫人と落馬の原因を作ったベルクレディである。それを機に、二〇年前のことがフラッシュバックされ、しだいに明るみに出てくる。そして、主役はしまいにベルクレディを刺殺してしまい、再び仮面（＝狂気）の世界に還ってゆくという話である。このようにまとめると、感傷が勝ちすぎる戯曲だという印象を与えかねないが、ピランデッロは感傷に、計算され彫琢された劇形式を与えることに成功している。ウィリアムズはとりわけ、狂気と現実、仮面と素顔とが交差し合う大団円に注目している。

ベルトルド　刺した！　刺した！
医者　私がそう言ったのに！
フリーダ　ああ、何ということを！
ディノッリ　フリーダ、こっちへおいで！
マチルデ夫人　気違いよ！　気違いよ！
ディノッリ　彼を押さえろ！
ベルクレディ　（左側のドアから運び出される間中、激しく抗議する）違うぞ！君は気違いじゃない！　奴は気違いじゃない！　奴は気違いじゃない！

人々は叫びながら、左側のドアから出ていく。なおも叫び声が聞こえるが、その中でマチルデの鋭い叫びが聞こえ、それを最後に沈黙が訪れる。

エンリーコ四世　（ランドルフォ、アリアルド、オルドゥルフォに囲まれて、舞台に残る。目を大きく見開いて、一瞬のうちに彼に罪を犯させた彼自身の虚構の人生に茫然として）今こそ……避けられぬ……

彼らを自分のまわりに呼び寄せ、身を守るかのように。

ここで一緒に、ここで一緒に……いつまでも暮らすのだ！[29]

途切れ途切れの台詞だけでは表現できない主役の感情は、仮面という小道具とそれを顔につける所作によってかたちを与えられる。ウィリアムズは、その瞬間の劇的緊張を媒介として、「感情構造」が表出してくる状況を書き留めようとする。「場を茶化すだけのデモンストレーションではなくて、弱さを演じるために仮面がどうしても必要となるとき、それまではたんに頭で考えられるだけの論争でしかなかったところに一つの感情構造が立ち上がってくる。それは、現代の経験に深く根ざした感情構造である。言うなれば、個人という概念の危機である。個人はその危機に直面するとき、他者と折り合わずには生きていけない事実を知り、どうしても譲れなかった大切なもの、つまり《個人の不可侵領域》もまた、自己の足を引っ張り、破滅させるかもしれないという恐れを抱く[30]」。確かにピランデッロは舞台裏を見せ、役者の役作りの仕方を暴露することを通して、作られてきた、そして作られつづける現実を疑って見せた。それだけでなく、彼の悲劇形式は、ロマン主義以来近代ヨーロッパが何よりも大切にしてきた個人という概念、個人という絶対「不可侵の領域」を侵犯する行為を可能にした。個人の概念を打ち消すことは傷みを伴う。しかし、その傷みを経て到達したアナグノリーシスは、社会における新しい関係性を導くかもしれない。思うに、ウィリアムズが「感情構造」を引き合いに出して強調したかったこととはそういうことではなかったか。

ブレヒトとベケット

ウィリアムズのもっとも初期の著作『イプセンからエリオットまでの演劇』は、F・R・リーヴィスが詩や小説で実践した文芸批評を、演劇というジャンルにまで応用したものであった。そこでは、産業革命以降の口語英語が「生の営みの全容」を表現する器ではなくなった以上、演劇が伝達網を広げられるかどうかは、産業革命が悪化させた生活様式とことばとを再生できるかどうかにかかっているというのが、ウィリアムズの主な主張であった[31]。彼はその時期、『大聖堂の殺人』（一九三五）に代表されるT・S・エリオットの詩劇に演劇のことばの可能性を見ていた。しかしながら、斬新な話法と韻律を導入して、それまでのリアリズム演劇のコンヴェンションを打破しようとする詩劇の動きは、『大聖堂の殺人』を頂点として失速する。ウィリアムズは、しだいにエリオットに対する興味を失ってゆく。『カクテル・パーティ』以降のエリオットは、劇詩の表現可能性をその極限まで追求しようとする当初の目的を見失い、劇詩を既存の（リアリズムであれメロドラマであれ）演劇形式を粉飾するだけの意匠にしてしまったと、厳しいコメントまで発表することになる。ウィリアムズがエリオットに幻滅を感じ始めた一九五〇年代後半、イギリスではベルトルト・ブレヒトの戯曲が翻訳上演されるようになっていた。このブレヒト体験はウィリアムズに重要な転機をもたらす。有り体に言うならば、彼がマルクス主義により傾倒してゆく契機になる。しかし、伝統派エリオットからマルクス主義者ブレヒトへという単純な転向の図式を示すだけでは不十分である。よく知られているように、ブレヒトは新しい表現形式や劇のコンヴェンションを作ろうとして、様々な実験を試みている。その実験は、「感情構造」と表現形式と文化形成とのダイナミズムを探っていたウィリアムズ批評の実践と、どこか共鳴し合うところがある。私たちはその共鳴する部分に注意すべきかもしれない。一九六八年にウィリアムズは、『イプセンからエリオットまでの演劇』を大幅に修正して、『イプセンからブレヒトまでの演劇』を上梓する。その改訂は、彼の感情構造論の改訂であったといっても過言ではない。それほどまでに、ブレヒト体験は彼の文芸批評、ひいては後年の「文化の社会学」の底流を流れるものだからである。終生にわたる彼のブレヒト批評を、以下に垣間見ようと思う。

一九六〇年代の公民権運動、労働争議、学生運動が終息した後、ブレヒトはしだいに演じられる回数も減り、代わってサミュエル・ベケットという巨匠の時代が到来する。欧米はもとより日本でも、英文学の領域では、ベケットの登場人物が発するノンセンスを、時代の声として受容する。ベケットは、「支配的な感情構造」のマウス・ピースとなる。ウィリアムズは、現代の「支配的な感情構造」とベケット演劇のもつ特異な閉塞感、手詰まりなムードについても鋭い批評を公表している。ブレヒトを鏡として用いながら、ベケット的な現代社会をウィリアムズはどのように映し出したか、併せて眺めてみたい。

ブレヒトの戯曲の中でもウィリアムズが特に重要視したのが、『肝っ玉おっ母とその子どもたち』（一九三九）と『ガリレオの生涯』（一九三九）の二つの歴史劇である。と言うのも、ブレヒトの「きわだった独創性は歴史劇に現れる。より正確に言うと、歴史劇における中心的な感情構造に現れる」からである。[32] まずは、『肝っ玉おっ母とその子どもたち』から。ウィリアムズは、ブレヒトが歴史劇で用いた複眼的手法が時代の「感情構造」を捉えたアクションになった例として、次の場面を引用している。

従軍牧師　お前さんの商売上手にはほとほと感心するな、いつも見事に切り抜けて行くものなあ。人がお前さんを「肝っ玉」って言うのはもっともだよ。

肝っ玉おっ母　貧乏人には肝っ玉がいるだよ。なぜってお前さん、さもなきゃ身の破滅だものなあ。第一、朝早くに思いきって起きるちゅうことにしてからが、勇気がいるだ。畑を鋤きかえすにしたってそうだし、戦争ともなりゃ、なおさらだ。貧乏人にしたら子どもをこの世に産み落とすちゅうことがすでに、肝っ玉のある証拠だ、育てて行く見込みなんぞは、ちっともねえだからな、貧乏人はお互い同士、首の絞めっこしなきゃやってけねえ、顔合わせたら最期、ぶっ殺しっこしなきゃならねえだ、これもまた肝っ玉のいるこんだ[33]。

肝っ玉おっ母は兵隊に酒を売る行商で一儲けしようと意気込むが、兵隊に取られた二人の息子とは死に別れ、耳の不自由な娘カトリンも襲撃される町を救おうとして射殺される。そこには、生計を維持し、家族を養おうと刻苦するために、かえって家族を破滅させてしまうという主役の矛盾に満ちたアクションがある。ウィリアムズは、この矛盾を直視する眼差しの中に、ブレヒト的「感情構造」が現れていると考えた。「このアクション、この登場人物をまじまじと見ることによって、私たちは自分が何をしているのかを見る。私たちが行っている本質的な矛盾、つまり、生の名のもとに行われる破壊の黙認と、絶え間なくつづく破壊活動の中でも何とか生き抜こうとする生命力とを目の当たりにするのである[34]」。そして、カトリンが太鼓を叩くアクションを通して、私たちは生存することとの「本質的な矛盾」を再度、見せつけられる。敵兵の襲来をいち早く知ってしまった娘は、町の人々の注意を惹きつけようと無我夢中になって太鼓を叩きつづける。彼女にとって、黙認しようと騒ごうと、いずれにしても待っているのは死である。その矛盾の中で彼女が選んだのは、射殺されるのを覚悟の上で太鼓を叩くという、これまた矛盾した行動である。それをウィリアムズは、「絶え間なくつづく破壊活動の中でも何とか生き抜こうとする生命力」と捉えた。その生命力は破壊と隣り合わせであったとしても、「生の名のもとに行われる破壊の黙認」という矛盾の前に、無気力になってうずくまりはしない。そこら辺から、現代社会の閉塞状況を内破しようとする別の「感情構造」が萌芽する可能性はある。ブレヒトが表そうとした「感情構造」は、一九六〇年代末を生きるウィリアムズがかたちを与えようとした「感情構造」でもあった。

次に、ウィリアムズが生涯にわたって読み返しつづけた戯曲、『ガリレオの生涯』について見てみたい。この芝居はガリレオの三〇年にわたる人生を、時間軸に沿って一五場で描いたブレヒト歴史劇の枠と言われてきた。ガリレオは新しい科学を実践することで、既成概念と社会秩序を転覆し、民衆が主体となる新しい秩序の構築を目指すものの、教皇庁の弾圧や肉体苦からその志を曲げ、科学を民衆の手の届かないところにしまいこむ。その結果、彼の著書『ディスコルシ』は歴史を生き延びることになるが、それは民衆を抑圧する新しい装置となるというのが主な筋である。ウィリアムズは分析する。ガリレオは、地球は回っているという真理を公然と撤回することで自らの肉体の保障と満足とを得るが、同時に「大勢の民衆の必要——他の人々の肉体の保障と満足——と彼が主張してきた真理、つまり科学と結びついていたいっさいのものを失ってしまう。自分の命を守ろうとして、民衆とつながっていた生活は破綻し、自分の科学を救おうとして、科学は大きく変更される[35]」。確かにウィリアムズが指摘するように、ガリレオは自らの科学を次のように説明していた。

一番尊ばれていた真理が軽くあつかわれ出した、一度も疑われなかったことが、今では疑われている。そのおかげで新しい風が吹きはじめ、それが王侯や高僧たちの、金で刺繍した上着をまくりあげ、その下から、脂ぎった脚やひからびた脚、われわれの脚と同じ足が見えるようになった。[36]

ガリレオが天動説と呼ばれる嘘を暴くことは、とりもなおさず王侯や高僧を頂点とする社会システムの嘘を暴くことに他ならなかった。ガリレオの科学は、そのように連鎖し合う大きな嘘を暴くことをやめたとき、宮廷にとって好都合な言説を再生産するだけの装置へと性質を変えてゆく。

このようにして科学が変更されたことは、観客に複眼的な視座を要求する最終場面への伏線となる。民衆の生活から乖離してしまった科学、宮廷監視下の研究室で書き綴られてきた『ディスコルシ』は木箱に入れられ、ガリレオの弟子アンドレアによって密かにアルプス国境を越え、欧米各国へともち込まれる。その場面を引用したい。

国境警備間　待った！その箱は何です。
アンドレア（また原稿を手にしながら）みんな書籍です。
第一の少年　こいつは魔女のものだよ。
国境警備間　馬鹿言え、あの婆がどうして木箱をまじない出せるものか。
第三の少年　出来るとも、魔女に手伝ってもらえばさ。[37]

ブレヒト自身も「アメリカでの上演についてのあとがき」(一九四七)で述べており、私たちも思い起こさなければならないのは、「われわれの上演が原子爆弾が製造され、軍事目的に使用され、そのために原子物理学が厚い秘密の中につつみかくされていた時期と国とにおいて行われたということである[38]」。先の引用で禁断の魔術書として形容される科学は、民衆の知らないところで驚異的な発展を遂げ、一九四五年夏、広島と長崎で無数の民衆の生活を消し去ることになった。ただ、人類の過ちがガリレオの選択に始まったとしても、彼は弾圧される中で、他の人々と同じように、たんに生命の保障を求めただけであったことを、ブレヒトは同時に強調している。その意味では、この最終場面は観客に複眼的視座だけでなく複雑に受けとめる感情をも要求している。ウィリアムズは最晩年にブレヒトについて再度振り返り、こう述べている。「もちろん私たちは誰だって、今とは違う生き方をしたい。もっとよい世界が訪れることを待望している。しかし、いかに世界は悪い方へ向かいやすいか、私たちはいともたやすく思い違いを犯すか、だがそれでも、結局人間は生き延びようといかにもがきつづけるか、そうしたことをブレヒトは繰り返し表現した。この種の読みには説得力がある。なぜなら、それは細部において、ここ三〇年間〔つまり一九五〇年代から一九八〇年代まで〕の支配的な感情構造に対応しているからだ。それは、かつてオーウェルがやったことに近い。しかし、オーウェルのときよりも日常化し、諦めの感情に満ちている[39]」。ウィリアムズがブレヒトに対して最終的に下した評価は、アンビヴァレントである。ブレヒトが複眼的な演出法によって、第二次大戦後の複雑な感情の構造を汲み上げたことは画期的ではあった。固定した一点から事物を見るのではなく、絶えず視座をずらしつづけ、様々に感応する重要な機会が与えられた。しかしながら、ブレヒトのあまりにも乾き、冷めすぎた手法は、どうかすると極端な相対主義を啓蒙し、観客の間に無気力とアパシーの感情を呼び覚ましかねなかった。ウィリアムズは、オーウェルのときと同じように、ブレヒトを継承しつつもそれをさらに超える必要を訴えている。

一九五六年にブレヒトが死去した後も、彼がかたちを与えた「感情構造」は次世代の劇作家たちに受け継がれてゆく。後継者の中でも代表的なのが、サミュエル・ベケットである。ウィリアムズは『モダニズムの政治学』（一九八九）の中で、ブレヒトからベケットに受け継がれる「感情構造」が現代社会の中で支配的であることを指摘して、こう述べた。「以来、自意識的なアヴァン・ギャルドの文化政治学に何が起こってきたか、最後に私たちはしかと見つめなければならない。断片化した世界に生きる断片化した自我は、以来ずっと支配的な感情構造として生き延びてきたのである」[40]。ウィリアムズが感情構造概念について言っていたことを思いだしてみたい。演劇形式が観客の間に誘発する感情は、演じられる共同体の中で構造として感じられて始めて、新しい文化を噴出させるマグマになるものである。アヴァン・ギャルド演劇は、ブレヒトが見つけ出した複眼的視座やアンビヴァレントな感情表現を一方で先鋭化したものの、他方で観客に共同性や共通の「感情構造」を意識させない方向へと自らのプロジェクトを推し進めてしまう。晩年のウィリアムズがその流れを忸怩たる思いで見つめていたことは、次の一説からもうかがい知れる。

さらにもっとも不可思議な例を挙げると、ベケットの天才的な劇作から最近のブルヴァールが作る非論理的なブラック・コメディまで、人間の潜在能力と行動のスケールは計画的に縮められてきている。行動（アクション）がもつエネルギーと戯れていた劇形式上のダイナミズムは、今では反復的で、誤解ばかりで意思疎通ができない静止状態に取って替わられてしまった。今の演劇は限定した意味ではアヴァン・ギャルドかもしれないが、そこにはアヴァン・ギャルドの政治学はまるでない。その代わりに、これはよくあることだし（エリオットやイェイツ、それにクローデルのときもそうだったが）アリエール・ギャルデ（後衛）としてのアヴァン・ギャルド（前衛）があるだけだ。つまり、ありえないし受け容れられない状況が今では不可避なものとされ、服従のみが求められている。人間の条件を無効にすることで敗北を正当化し、まずは劇場をその次に演劇のもつ政治学を解体、分散させ、途方もないところへと導いて行っている。[41]

ブレヒトは自らの歴史劇で異化作用を実践しながら、私たちの方向を狂わせた過去の轍を踏まないためにも、私たちが思い違いからいともたやすく誤った判断をしてしまうことを自覚させようとした。しかしながら、その試みは手品のトリックみたいなもので、力点の置き所を少しずらすだけで、まったく異なる効果をもちうる。その効果にすっかり侵されてしまえば、ベケットの登場人物たちのように、この世の終わりをただ待つしかなくなってしまう。それが決定的な「感情構造」であるかぎり、カトリンも太鼓を叩くアクションはできなくなるのである。ウィリアムズは述べている。「力点をほんの少しずらしさえすればいい。そして、私たちを過ちに慣れさせ、過ちを人間的なものとして描き、それを自動化してみればいい。すると、即座にトリックは反転する。もちろん私たちは誰もが、今とは違ったふうに生きてみたい。問題は、どうやったらそれが見つかるかまだ分からないだけだ。過去にだって過ちは避けようと思えば避けられたはずだ。『勝負の終わり』ではなかった」[42]。いかにもウィリアムズらしい言辞ではあるが、そこには「支配的な感情構造」を前にしてうずくまる姿勢は微塵も感じられない。二一世紀になり私たちは新しいテロリズムと戦争とに直面する世紀に突入したが、私たちのうちいったい誰が、その「支配的な感情構造」がもはや自分のものではないと断言できるだろうか。グローバル時代が反語的に自我の断片化、共同体の断片化にさらなる拍車をかけている中、『勝負の終わり』のハムのように「負けた勝負の古ぼけた終わり、負けるのも終わり」と言ってすましたい強い誘惑がある。その誘惑に完全に屈したとき、おそらく「感情構造」はそこで活動を停め、したがって新しい文化を形成する資源もすべて枯渇し、いっさいは「勝負の終わり」となるのだろう。

第五章　「感情構造」を書く
――レイモンド・ウィリアムズの著作実践――

ウィリアムズの著作実践

ウィリアムズの小説『ボーダー・カントリー』（一九六〇）でモデルとなった彼の生家は、今もイングランドとウェールズとの境界地帯（ボーダー・カントリー）にある寒村パンディに残されている。その玄関には、著名人のゆかりの地を示すブルー・プレートが嵌め込まれており、そこに「レイモンド・ウィリアムズ、ライター」とだけ記されている。演劇学教授であり、文化批評家であり、労働党の文化政策諮問委員であり、ニュー・レフトのグルであったウィリアムズは、そのプレートに記されているように「ライター」であることにこだわりつづけた。（彼が考えていたライターは、後に詳しく述べるが、「作家」という訳語にはどうしてもなじまない。せいぜい「もの書き」としか訳出できないのだ。）アメリカや日本の社会科学では、ウィリアムズはコミュニティとコミュニケーション理論の提唱者ということになっている。『文化の社会学』（一九八一）に典型的なように、確かに彼の著作の多くは、文化批評と社会科学との接合が意識されている。しかし、ここで私たちは、その接合の意識と同じ程度に、社会科学ができることと、できないこととを見定めようとする意識も働いていることに注意しなければならない。その意識は、彼が小説などの虚構を書くときにもっとものはっきりと現れる。この章では、『文化と社会』、『コミュニケーションズ』（一九六二）、『テレビ論』（一九七五）を書くウィリアムズを内省させ補足している、もう一人のライター、ウィリアムズの著作実践を見てみたい。

ウェールズ三部作

ウィリアムズは生涯に、「ウェールズ三部作」と呼ばれる連続小説、『忠誠』（一九八五）や『活動志願者』（一九八五）などのサスペンス小説、絶筆となった歴史小説『ブラック・マウンテンの人々』（一九八九）、実験的戯曲『コーバ』（一九六八）や鉄道員の生活を描いたテレビ・ドラマ『公聴会』（一九六七）他数編を制作している。中でも、社会科学や演劇史研究のような学術的著作では描くことのできないものを意識的に描こうとしている点で、「ウェールズ三部作」はウィリアムズのもっとも重要な著作実践である。これらの連続小説は、ウィリアムズの代表的な著作と時間的に平行して書かれている。まず第一作目の『ボーダー・カントリー』は、彼が『文化と社会』を構想中だった一九五〇年代半ばから、雑誌などを通じて、発表されては加筆訂正され、さらにタイトルを替えて発表されるというプロセスを繰り返している。第二作目『第二世代』が書かれていた一九六〇年代前半には、『長い革命』（一九六一）や『コミュニケーションズ』もまた発表されている。一九七〇年代後半になると、ウィリアムズは、グラムシ再評価の立場やフランクフルト派以降の新マルクス主義の立場から、文化概念や近代性の問題を取り上げる。ちょうどその頃、連作最後の『マノッドのための闘い』は上梓されている。著作を年代順に並べてみるだけでも、ウィリアムズの研究者としての著作実践とライターとしての実践とは（もちろん、その二つはもともと切り離せないものではあるが）交わっている。

「ウェールズ三部作」の物語内部からも、社会科学という学のあり方を括弧でくくろうとする意識は読み取れる。この連作には二人の知識人が主人公として登場する。その一人、マシュー・プライスは大学進学のため故郷ボーダー・カントリーを去った第一世代である。二作目のタイトルが表す「第二世代」に属するピーター・オーウェンは、ウェールズで失業した両親の世代がイングランドへ移住し、移住先の工場労働者コミュニティに育った青年である。マシューはすでに講師として大学に職を得ており、経済史の領域で、産業革命期におけるウェールズ地方の人口移動を研究している。しかし、ここ数年、移動を測る基準について懐疑的になり、人口移動の測定に伴う数値化や統計化が何か重大なことを捉えそこねているのではと考え始めている。なぜなら机上の人口移動問題が、自らも移民であるマシュー個人の問題と別のものになってしまっているからだ。他方、二作目に登場するピーターは社会学を専攻し、イギリスのコミュニティの歴史的変容について博士論文を執筆中である。学位取得を目指す彼に求められているのは、対象とするコミュニティから適度の距離を置いて、それを観察する視座である。ところが、自ら生まれ育った労働者階級のコミュニティ、それに祖父母の世代が今も生きているウェールズのコミュニティを知るピーターは、観察主体の位置をどこに置けばいいのか答えを出せずに、モラトリアム状態に陥っている。一つの問題が二つの世代を貫いている。一つの問題、つまり、観察者自身の位置の問題が、アカデミズムの慣習を揺さぶっている。マシューもピーターもアカデミズムの社会に身を置きながらも、その社会の要請に答えられない。有り体に言うと、論文が書けない。論文が書けない知識人を描くこと、論文を書けなくする様々な状況を観察すること、論文では汲みつくせない感情にかたちをあたえること。ウィリアムズのライターとしての実践は、固有の制度と慣習を形成しているアカデミズムの外縁で行われることになる。

以下に、「ウェールズ三部作」を個別に見ることにする。残念なことに、この三部作は小野寺健訳の第一作目を除いては、翻訳もなく日本ではほとんど紹介されていない。冗長になるが、物語の筋も紹介しながら、ウィリアムズの著作実践について考察してみたい。

（一）『ボーダー・カントリー』の二人の父

この小説は、主人公が「父倒れる」という電話を受けて帰郷してから、父の葬儀を終えて家族が待つロンドンに戻るまでの約半年の出来事を、離郷以前の出来事をフラッシュバックしながら語ったものである。第一部では、全一〇章のうち奇数章が「現在」の帰郷時に起こること、偶数章が離郷以前に主人公マシューが経験したこと、特に彼と父ハリーとコミュニティとの間で起こったことを扱っている。第二部は、マシューの二度目の帰郷を「現在」の時点で語っている。父の死、それにつづくコミュニティ流の弔問、人々との対話を経て、離郷以来、主人公が感じてきたエグザイル（亡命）の終焉を暗示しながら、物語は終わる。

後にエッセイ「想像力の時制」（一九八三）の中でも述べているが、ウィリアムズは二人の父親ハリーとモーガン、それに主人公マシュー（故郷ではウィルと呼ばれている）との係わり合いを通して、一九五〇年代末の「感情構造」を浮かび上がらせようとした。矮小化をあえて冒すならば、この小説のモチーフはそれに尽きると思う。小説のその要素を特に取り上げてみたい。主人公の実父ハリーは鉄道の信号員になりたての頃、同じ仕事仲間のモーガン・ロッサーの家に同居する。モーガンには、亡くなった妻との間に生まれた娘エイラがいるが、息子をもたない彼は、マシューに特別な感情をもっている。ハリーとモーガンは、同じコミュニティ、同じ仕事、同じ労働組合活動に献身的に係わり、一心同体の暮らしを営んできた。その彼らに、一九二七年のゼネスト敗北は決定的な変化をもたらす。ハリーがその友について述べるように、「モーガンという男には、やるかやめるかしかない[1]」。ゼネスト敗北以降は、組合も鉄道の仕事もコミュニティもいっさい捨てて起業家となり、資本の論理を積極的に受け入れる。対照的に、ハリーは一方で信号員の仕事をつづけながら、他方で菜園作りや養蜂、散髪屋や球戯場の整備員など、コミュニティの仕事にも頑なにこだわる。そのため、自らの事業に引き込もうとするモーガンの再三の誘いにも、首を縦に振ることをしない。次に引用する場面で、この二人の父親と主人公との三者の緊張はもっとも高まることになる。モーガンはジャム工場の経営に乗り出すにあたり、ハリーとマシューに共同経営の話をもちかける。

「俺は自分の流儀に少しばかりはまりすぎてしまってな」ハリーはソファーから身を乗り出して言った。

「なあ、年寄りじみたことは言うなよ」モーガンは彼の腕に手を置いて言った。「そう思わないか、ウィル」。

ウィルは何も言えなかった。まるで息さえできない感じだった。自分がなぜこれほど強い緊張を感じるのかが分からなかった。何かが彼に迫ってきている、異様なプレッシャーが迫ってきているようだった。それは、声にこそなっていなかったが明らかに注意と警告とを帯びていた。並んで座っているモーガンと父とが自分を見つめているのが分かった。ふとある考えが脳裏をかすめた。もしモーガンが自分の本当の父親だったら、どうなっていただろう。彼はその考えを口に出してしまったかのように、慌てて視線をそらした。[2]

前の章でも見たように、いまだ声として発話されえないプレッシャー、さらにはその波及がもたらす緊張状態こそ、ウィリアムズが伝えようとした感情構造の中身であった。「資本主義の論理」と「コミュニティの価値観」、「産業革命以降の近代」と「その近代が取りこぼした別の近代」、「あれかこれかの二者択一的な決断」と「二者択一をしないという決断」。それらが相克しあうのっぴきならない状態を、主人公はここで生きた経験として感じている。
主人公の場合、そうした大きな（公的な）問題は、彼の個人的な問題とも切り離せない。モーガンは、マシューに大学進学などよして一緒に仕事をしないかと誘うが、ゆくゆくは娘エイラとマシューを一緒にさせて、彼の事業の後継者にしたいというのが本音である。結局、マシューは離郷してイングランドの名門大学へ進学することを選ぶ。その瞬間から、彼のエグザイルは始まることになる。その場面は、この小説中でもっとも印象的な描写になっている。

あからさまな喧嘩の後ではあったが、誰もが想像する以上にすんなりと落ち着いたムードが戻ってきた。モーガンは気分が変わりやすいことは誰もが知っていることだったし、彼はいつでも思うままの雰囲気が作れるのだ。それでも、モーガンとエイラがお茶を飲み終わって席を立ったとき、ある段階が決定的に終わったとウィルは思った。口論の種は、表面的には仕事のことだった。しかし、その本当の中身、あるいはその大もとはずっと深いところに根ざしていた。その出来事ははっきりと引かれた境界線であり、その境界線はその日、踏み越えられたのだった。その後、実際にはどうなったにせよ、それは別離のように感じられた。[3]

人間が境界を越えて移動することは、たんに地理的な移動だけを意味しない。さらには、過疎地帯から都市部への人口流入や経済活動の転換だけでもない。階梯システムによって、労働者階級奨学生がエリート層に組み込まれることだけでもない。ウィリアムズは、人口移動の統計では数字の一としか扱われないものにマシュー・プライスという性格を与えることで、移動やエグザイルの社会的問題に感情的次元を取り込もうとしている。そして、境界線とは地図上に線で引かれるものとは違うことを、移動する主体が公的か私的か区別のつかない総合的な状況の中で線引きを行い、自らもその線引きによって主体形成されていることを悟らせてくれる。

境界が必ずしも所与のものではないと考えるならば、主人公は境界の形成と解消とに主体的に係わってゆけることになる。先の場面で、マシューは自ら境界線を引き、そしてそれを踏み越えた。以来、彼はロンドンで大学講師の地位を得るまでに成功したが、自分はエグザイルだという意識をもちつづけている。そのような彼にとって、ロンドンの支配的な「感情構造」は彼を窒息させるものであった。難しい会議の一日を終えて、マシューはその窒息感を、「走る」という肉体行為を通して発散させている。実際、『ボーダー・カントリー』はその描写で始まっている。

バスに乗り遅れまいと走っていると、彼は嬉しくなった。困難な一日を終えて、ようやく帰宅できるからだけではなかった。走ることそれ自体が心地よかったのである。走ることで、抑制された無関心がロンドンを覆っているという感じを振り払うことができた。[4]

他人をマスとしてしか認識しない都会の中で、マシューは周りの人々のみならず自分自身すらも実体（肉体）のない存在のように感じている。見えてはいても実体はなく、ふれることのできないもののように思っている。かと言って、郷里に戻りさえすれば、にわかに実体（肉体）を取り戻せるわけでもない。影のように浮遊するマシューは、帰郷しても、そこでの生活様式になじめない。実際彼は、よろず屋や花屋に買い物に行っても、誰の息子か名乗らないために、満足に買い物もできない。ここでは、顔のない匿名の「消費者」は存在しないからだ。彼は郷里のコミュニティとの疎外感を抱いたまま、父が小康状態になったのを機に、一度ロンドンの家族のもとに戻ることにする。その旅の途中で、彼に転機が訪れる。駅の雑踏の中、自分がマスにまた同化してゆくのを感じているとき、見知らぬ車掌に呼び止められる。「ウィル、お前のおやじさんだ、また発作が起こったらしい。できれば、みんなお前に帰ってきてもらいたがっている」。逆説的だが、父の最期をほぼ決定的に告知するそのことばが、彼にあるエネルギーを吹き込む。車掌はマシューの顔が父親そっくりなのでまず間違いないと思って、「ウィル」と、つまりマシューが離郷する以前にコミュニティで使われていた名前で呼びかける。そして、ハリーの危篤という事態に、コミュニティの人々が彼を必要としていると告げる。その瞬間から、マシューと郷里のコミュニティの距離が変わり始める。彼の中でかつて知っていたコミュニティ（known community）、今では関係が希薄となったと思い込んでいたコミュニティが、理解できるコミュニティ（knowable community）に変わる。

彼はすれ違う人たちを見ながら、ゆっくりと階段をまた降りて行った。まるで、生まれて初めて彼らも自分と同じなんだと悟ることができたかのようだった。また、彼の肉体の重みも変わったように感じた。エネルギーが体の最深部へと注ぎ込まれているような感じだった。彼は少年時代が蘇ってくるのを感じ取った。しかし、それが蘇るとき、彼は悟った。蘇ってきたのは少年のときの経験そのままではなく、生きている現実の中で記憶と実体とが結び合い始めた感じだった。[5]

主人公が感じているのは、地上を去って逝く父親への執着でもなければ、少年時代へのノスタルジアでもない。新しい「感情構造」が発芽しているのを感じ取っている。ウィリアムズは、コミュニティそれ自体が蓄積する記憶を通して、見ず知らずの人どうしがコミュニケーションを図り、新しい関係を創造するさまを描き出す。そのような関係性の構築を通して、二つの文化の乖離やエグザイルの終わりを志向する。その意味で、この小説の最後に主人公が述べることばはことさら印象深い。

今になってようやく、エグザイルが終わったように思う。帰郷するのではなく、エグザイルが終わってゆく感じだ。距離が測れたんだから。それがずっと問題だった。距離を測ることによって、私たちは家に戻れるんだ。[6]

(二)『第二世代』の母親

「ウェールズ三部作」の第一弾は成功だった。興行的にもかなりの発行部数だったし、何よりも国内、国外のさまざまな層の読者を獲得できた。当然、第二作目への期待も高まった。ところが、その『第二世代』はさんざんだった。好意的な書評は少なく、結局、ペーパー版も出されずじまいだった。いささか弁解じみてはいるが、ウィリアムズは後年、その小説についてよくふれることがあった。前述したエッセイ「想像力の時制」では、三部作中、『第二世代』の解説にもっとも枚数を割いている。その解説をまず見ることにする。多くの書評家が指摘し、ウィリアムズ自身も認めるように、この小説の基礎にあるのは、大学を中心に生きている集団と大学町の周辺部で車製造に従事する集団との「社会的、経済的かつ文化的なコントラスト」である。しかしながら、その基礎は、実際に車工場に取材する準備段階と執筆後の推敲段階にしか意識にはのぼらなかったと、ウィリアムズは言う。物語の根幹が執筆中に意識されていなかったとすれば、いったい執筆中の書き手には何が起こっていたのだろうか。その問いに対して、ウィリアムズは次のように答えている。

そのとき、ひとつの感情構造が立ち現れてきたとしか私には言いようがない。この感情構造ということばを、私はこれまで、他の作者の手による作品を分析するときに使ってきた。出来上がった作品は知っていても、執筆されている過程についてはほとんど何も知らないときに、その概念を使って作品を読んできた。確かに難しいことばだし概念だが、私の知るかぎり経験にもっともしっくり合うことばであった。車工場や大学を小説の題材として意識するより以前から、私は父と子の関係を拡大して、世代間の動きを描きたいと思っていた。私には前々から描いてみたい経験があった。その経験とは、愛すべき実の父親とその父とは全然違う「社会的な父」を同時にもつというものであった。（中略）父と子、教師と生徒、その関係は異なる次元に属しているけれども、まったく別の制度と社会にあってそれぞれにそれぞれの知識や価値を子に伝えるという点で、両者ともリアルだし、ときとして交じり合う。[7]

『第二世代』では、第一作の問題が時間的にも空間的にも拡大される。舞台はウェールズ出身の移民が住みついたオクスフォード市周縁部であり、主人公もウェールズ人の血は引いているもののイングランドに生まれ育った第二世代である。知的エリート層と労働者層とのコントラストは頭で考えられた基礎構造でしかない。その基礎構造とは別の、「感情構造」という基礎が書き手に何らかのプレッシャーを及ぼしている。この小説の中では、主人公の心の中で二つの社会層の父親が融合したり、反発したりする。その辺に、ウィリアムズがかたちにしようとした「感情構造」があり、この小説が遭遇した困難がある。

その問題に入る前に、『第二世代』のあらすじを紹介しておきたい。主人公のピーター・オーウェンは、オクスフォードの対照的な二つの社会の周辺的存在である。まずは、彼の大学社会について。ピーターの「社会的な父親」として登場するのが、社会学者で政治的にはリベラルな志向をもつ指導教官ロバート・レインである。工場のストや教育改革という動乱期に、ピーターは貴重な知識や経験、判断や価値を彼から授かる。さらに、ロバートを媒介として、ピーターは大学社会に生きる人々と出会うことになる。ロバートの同僚、アーサー・ディーンはセクシャリティに関する社会的抑圧の解放論者であり、労働者運動を含むいわゆる左翼運動のシンパである。彼は労働者組合にコミットするピーターの母、ケイトを籠絡し、彼女とは不倫の関係になる。もう一人、ロバートの同僚の妻のローズという若い女性が、この物語において重要な役割をする。アーサーとケイトの不倫関係に平行するかたちで、ピーターとローズとの関係が構想されている。ピーターにとってローズは、かつてロバートのゼミで机を並べた同級生であり、初めて肉体関係をもった女性である。ピーターは、フィアンセのベスとは永年交際しながらも、肉体の関係をもつのをずっとためらっている。三角関係はローズの結婚でいったん解消するが、ピーターは、結婚生活に満ち足りないローズに誘惑されてゆく。

ピーターが所属するもう一つの社会は、同じオクスフォードにありながらも、その大学社会とはまったく接点をもたない。ピーターの父ハロルドと叔父グウィンとは一九二七年のゼネスト後に失業し、故郷ウェールズからオクスフォード周縁部の工場地帯に移り住んだ第一世代である。その二つの家族は隣り合って居を構え、セミ・ディタッチトならぬ「セミ・アタッチト」の生活を送ってきた。こちらの社会にあっては、母親たちがキー・パーソンである。ピーターの母ケイトは聡明活発な女性で、労働組合や女権運動に彼女の知力と精力のすべてを注いでいる。ところが、労働組合の幹部である夫ハロルドには組合の会合があり、息子ピーターには大学院という制度があるのと対照的に、彼女には社会が認知してくれる場所と役割がない。その不安がおそらくは深いところにあって、彼女はアーサーのアパートに足を踏み入れてしまう。ケイトが近代的な女性なのに対して、グウィンの妻マイラは、お人よしで情にもろく、前世代のウェールズの価値を拠りどころとして静かな生活を送っている。娘ベスは、実のところ、前夫と婚前交渉したために出来てしまった子である。つまり、ケイトとマイラという二人の対照的な女性像には、「近代性」と「前近代性」、「不倫」と「婚前交渉」、「男社会からの自立としての恋」と「男社会への服従としての恋」など、いくつかの概念的葛藤が重ね合わせられている。ケイト似の息子ピーターとマイラそっくりのベスがどのように婚約するか、物語のプロットは、その一事に諸問題が収斂してゆくことを読者に期待させながら進む。

今、収斂ということばを使ったが、実際のところ、この小説で提示された諸問題はどこにも収斂していないという印象が、率直な読後感として残る。ウィリアムズ自身、三部作はウェールズの「過去」「現在」「未来」を描いたものだと述べている。『第二世代』は「現在」の状況を小説化したことになるが、ことが進行中の「現在」に係わるために、物語は、そのエンディング（出口）を見つけ出せないままに終わっている。しかしながら、これまで何ら接点のなかった二つの世界が交じり合うときに発する反応熱みたいなものを、ウィリアムズは伝えようとする。それがもっともはっきりと現れる場面がある。ピーターと彼の「社会的な父」ロバートとの決裂の場面である。ロバートはピーターに感化されて、余剰職工削減に反対するデモ行進に参加するが、それ以上のコミットはしない。大学人ロバートは、さまざまな「生の営みの全容」を洗練された整理法によって分類しても、ばらばらの社会の融合を目指すといった試みには、無関心を決め込んでいる。


「目の前のことはどうなるかね。君が書いている論文のことを考えてみたまえ」。

「車工場の現実を見てください」。

「それはまったく別の問題だ。君は、自分の個人的な経験に身をゆだねすぎている」。

「それは違います。別々の町の話をしてるのではなく、同じ一つの町のことなんですよ」。

「現実にはまったく交じり合ってないがね」。

「交じり合うこと、そのことを私たちは今、学んでいるのではないですか。啓蒙しようとしたり、彼らの前に出て行くだけではだめです。ただ、どんな条件があなた自身の慣習の背後にあるかを学ぶだけでいいんです。そうすれば、いつか順応できるはずです」。

「それは、いったいどんな順応なんだい」。

「外から見ている人に、誰でもいいから聴いてみてください。連中はその感じを掴んでいます」。

「その通りだろう。どうせ偏った見方にすぎないだろうが[8]」。


この会話はやがて、決定的な緊張を迎える。

「私はあなたを批判する立場にいません」。ピーターはそう言うと、きびすを返した。「もう失礼します」。

「待ちなさい、ピーター、まだ話がある」。

ピーターは少しためらった後、ほとばしる感情を口にした。彼のこぶしは固く握られていた。

「ロバート先生、ほかの誰からも得られないものを、僕はあなたに求めたのです。僕は、仕事と生活とのつながりをずっと求めてきた。あなたには、私の仕事の中で生きてほしかった。だが、もちろん、あなたにはそれができない。あなたは、どうあっても離れたところに立つしかないんだ。そうしないと、僕たちに呑み込まれてしまいそうだから」[9]。


この会話の終わりで、ピーターはロバートが斡旋してくれた大学ポストの話を正式に断る。そして、これからは、大学制度上の指導教官としてのみロバートと面談したいと言う。(その後、彼は博士論文提出を無期延期し、車工場で働き始める。)二つの社会は、再び接点のない二つの社会に分裂してゆく。決別のことばを吐きながら固く握られたこぶしが(『文化と社会』の印象的な結論のように)、再び開くために握られたとするならば、開くための契機はもはやピーターとロバートの関係にはない。ライターとしてのウィリアムズは、その契機を母ケイトとピーターの関係に探ろうとする。

ローズの口から母とアーサーとの関係を知ったピーターは、精神的に混乱する。母があちらの社会に寝返ったように感じる。ケイトの獅子奮迅の働きのおかげで、余剰職工削減に反対する行進は、ロバートのような人まで巻き込み、二千人規模のデモンストレーションとなった。ところが、そのデモ行進と同じ夜に、ケイトはアーサーと関係をもってしまう。その事件が一つの予兆のように、結局、労働者たちの運動も支配的な価値観の中に回収されてしまう。ピーターが混乱し、憤るのは、なにも母が家族を裏切ったということだけではない。なぜ、その特別な日でなければならなかったのか。その疑問はしだいに膨らみ、仕事と生活とをつなげたいとする彼の野心、ひいては自身のアイデンティティを大きく揺さぶる。そのことばにできない根源的な疑問と不安を、彼は母ケイトの口から聞くことになる。

> 平和のために戦っていると心の底から思ったことある？まったく彼らの言うとおりだわ。矛盾だらけよ。ひとたび闘争を通じてあの感情を経験すれば、もう平和なんて言う資格はなくなるのよ。それでも、ほかに選択肢はないし、戦いつづけなければならないの。私は長いこと、この気持ちを抑えようと努力してきたけれど、もう真実に気付くべきときよ。私たちは、社会の中で人がおよそ考えることのできるもっともひどい民族かもしれないわ。ご覧なさい。人の前に出て自分の主張をし、考えが硬くなった挙句が、この有様よ。私たちは、社会をもっと結び合わせようと戦ってはいても、自身はてんでばらばらな民族にすぎないのよ。私たちが嘲笑されるのも当然だわ。彼らは私たちのことを言い当てているんですもの[10]。

ロバートという「社会的な父」と断絶したピーターにとって、このような母の発言は、頭で考えるかぎりは容認できないものであった。ケイトが言及した（そして、アーサーの顔に常々現れる）嘲笑こそ、あちら側の社会の「究極的な武器」であり、「私たちの方が間違っていた、愚かだったと恥じ入らせ、骨抜きにしてしまう」と、ピーターはアーサーに言っている。[11]それだからこそピーターは、「反対のことを教えてやる。間違っているのは、あんたたちの方だってことを分からせてやる」と、アーサーに対して憤ってみせたのだった。二つの社会はお互いに閉じ合ったままである。しかしながら、小説の終わりで交わされる母と息子の対話は、二つの価値の衝突の上に成立しているこの物語に、かろうじて感情的弛緩をもたらすことになる。先に引用した母の弁解を聞きながら、ピーターは次のような感覚を経験する。

彼女が言ったことは、一つの説明であり、彼女自身の人生の定義であった。それは弁解である、弁解するために拵えられ、矮小化された定義にすぎないと思いながらも、ピーターはそれを拒絶しようとは思わなかった。そうできるほど彼は離れていなかった。また、離れようとも思わなかった。[12]

なぜ嘲笑されるかを認めながら同時に憤ること、母流の生き方とその定義を拒絶しながら引き継ぐこと。ウィリアムズは、そのように全体として感じられる感情を書き込むことで、物語を閉じている。ピーターの固く握られたこぶしは開かれようとしているのかどうか、この小説とその「感情構造」の評価はいまだ分かれている。

（三）『マノッドのための闘い』、未来の父と子

「ウェールズ三部作」の最後の作品は未来小説である。前の章でも見たように、ウィリアムズはSFの形式に特別の関心を抱いていた。それが、「感情構造」からかたちを与えられ、同時に「感情構造」にかたちを与えながら、既存のものではない新しい社会のありようを未来に向かってプロジェクト（投射）できる可能性を秘めていたからである。ウィリアムズはいわゆるSF小説は書かなかったけれども、この『マノッドのための闘い』と『志願活動家』では、物語の時間を未来に設定している。エッセイ「想像力の時制」の中で、ウィリアムズは『マノッドのための闘い』について、次のように述べている。

『マノッドのための闘い』で起こりうる一つの未来を描くにあたって、私は、「現在」を切り離すというSF固有のコンヴェンションを取らずに、SFに通じる思考と議論とをいくらか取り入れてみた。つまり、どんなプランが未来に必要で、望ましいものなのか、そしてどのような経緯でそれらプランが歪められ、頓挫するのか、さらにはこれらのプランが、計画地で生きてきた人々がもつ生きる礎や知識や価値とぶつかる際に生じる、さまざまな困難を描こうとしたのである。[13]

「マノッド」というウェールズの架空の地域に沸き起こった都市開発問題を取り上げているのだから、この小説の設定は近未来とも呼べないほど、目の前の未来である。それか、ウィリアムズが未来に向けて想像力を投射(プロジェクト)する射程であった。

「《現在》を切り離すというSF固有のコンヴェンションを取らない」という書き手の目論見は、まず登場人物の選び方に明示的に現れる。この小説の主人公は、第一作目のマシュー・プライスと第二作目のピーター・オーウェンである。このヴァーチャルな「父と子」によるマノッド計画への係わりを通して、物語の筋は展開する。まずは、その筋について簡単に見ておきたい。二〇世紀に南ウェールズにおける鉄鋼産業が廃れて以降、マノッドでは経済的基盤が不安定となり、過疎化と高齢化が急速に進んでいる。そこにマノッド計画が浮上してくる。今ではイギリス環境省に勤めるロバート・レインは、マシューとピーターをその計画の諮問委員に招聘する。ウェールズ文化の復興やツーリズム産業の導入、農場経営の集団的効率化など玉虫色の側面をもつマノッド計画の実体は、諮問委員のその二人にも見えてこない。それでも、この計画の末端で動く周旋者、地元の不動産業者ジョン・ダンスらによって、土地の買収やガソリン・スタンドの大規模チェーン化は、その地に様々な反応を引き起こしながら進捗してゆく。ヴァーチャルな「父」マシューはマノッドの地で、その土地の反応を観察する一方、「息子」のピーターはその計画の背後に全ヨーロッパ的な計略があることを察知し、単身大陸に渡る。やがて、この計画の実体が見え始める。ABCDと略式コードで呼ばれるイギリス・

ベルギー・コミュニティ開発協力機構という超国家的な組織が黒幕としてあり、それをイギリスの環境省が支援していることが分かる。その機構は、石油に替わる代替エネルギーを全ヨーロッパ規模で導入する投機的プロジェクトを抱えており、マノッドはその新しいエネルギーを生産、消費するパイロット地域に指定されていた。計画の実体を知ったマシューとピーターは、それぞれに違う行動に出る。ピーターはその事実をマスコミに公表し、土地買収に絡む国家規模の投資法違反を告発する。他方マシューは、コミュニティの再開発にマノッドの住民自身が係わってゆける未来に向けて、その地域に新しいコミュニケーション網を作り始める。つまり、第二世代のピーターは短期的な「機動戦」を、第一世代のマシューは長期的な「陣地戦」を取るわけだが、そのような一見対立的な形態を取りながら、「父と子」との連携が生まれている。

小説のクライマックスに、環境省大臣ヒアリングが設定されている。その場面で、「父と子」との連携は、はっきりと見えるかたちで描かれている。ピーターがまず、「これはくそったれの計算だ」と計画に絡む権謀術数を暴いた後、一方的に委員を辞任すると宣言して退室する。彼が部屋を去ってゆくのを横目に見ながら、マシューは次のように語り始める。

外のものに利用されたくないという気持ちが、マノッド地域全体にあります。言うまでもなく、それはまた、ウェールズ全体を貫いている感情です。私は、オーウェン博士とまったく同意見というわけではありません。当初の計画にはいい点もあったからです。そして、すべてを考慮すると、現在改定中の計画のほうがもっといいのかもしれません。しかし、考慮すべきもっと重要なことがあります。誰がそこに住むことになるかということです。この点ばかりは軽視なさらないでいただきたい。この地方は、長引く過疎化で生気を失ってきました。ここからそう遠くない谷あいには、荒廃し不景気に喘ぐかつての工業地帯があります。新しい方法でその二つの要請を両方とも取り上げ、まったく別の未来が生まれるのであれば、人々を安住させ、仕事を与え、遠くに出て行った人たちまでも呼び戻すことができるのならば、人々の移住や、変化に伴ういくばくかの損失や痛みがあったとしても、人々の同意が得られるでしょう。意義ある同意が必ずや。街作りの設計図だけが問題ではないのです。人々の意思が重要なのです。[14]

ウィリアムズ自身、未来小説を書くことは一つの行動なのだと述べていた。『マノッドのための闘い』結末部におけるマシューの発言もまた、この虚構の中では、諮問委員の意見陳述の枠を超えた行動であった。ある特定の共同体や社会集団が、他の共同体や社会集団を搾取することで成立する関係性への異議申し立てであった。『第二世代』では、その問題は図式的にすぎた。表面ばかりを見れば、大学人の社会とそれに搾取される労働者の社会との対立だけが目についた。(アーサーは、ケイトを肉体的にかつ、政治的に利用していた。)それでも、ウィリアムズが問題にしたかったのは、実体としての二つの社会ではなかった。そうではなく、二つの社会の関係性であった。マシューの演説は、その点をみごとに突いている。もし計画が進捗し、マノッド地方が経済的に活性化されても、搾取という関係性それ自体が変わらなければ、イングランドとマノッドの関係も変わらないばかりか、谷あいの工業地帯とマノッドの間にも同様の関係が生じてしまう。その関係性自体を根本から変えるために、マシューは関係性を構築する主体を召喚しようとする。そのスタンスは、搾取の関係を強要してくる支配的社会集団を根こそぎにしようとするピーターのスタンスを補正しかつ、相互補完している。

物語を翻ってみると、マシューとピーターに託された「父と子」の関係は、二人が初めて出会う当初から葛藤と齟齬に満ちたものであった。ピーターの目から見ると、「マノッド計画」に対してマシューはどこか距離を取っており、学者じみていた。その点で、「息子」は「父」を難詰する。

「(中略) 結局、あんたは根本的な闘争を忘れてしまっているのさ」。

「君の言う根本的な闘争とは、何のことだね」。

「支配に対する闘いさ。俺たち自身の未来を支配しようとする動きに対してだ。他にあるかい」。

「今でも支配なのか」。

「そうさ、支配されるかされないか、それがすべてだ」。

「そういう意味だったら、私は闘争を忘れたことなど一度もない。そのことだけを考えてきた」。

「レインに使われていて、闘争なんてできるのかい」。

「私ができる場所でやるだけだ。いつも何かのために動くのさ。何かに反対して動くのは、最後の段階だ[15]」。

このやりとりは明らかに、前述した大臣ヒアリングの伏線を敷いている。マシューの闘いは、マノッドで生きられている「生の営みの全容」のための闘いであり、それを「変化のうちにも継承する」ための闘いである。彼が計画に「反対して」行動するとすれば、計画が住民の意思とは無関係に描かれる「街作りの設計図」でしかなくなったそのときである。怒りを爆発させて会議室を出てゆくピーターを見つめながら、マシューはピーターの握り固められたこぶしをほどいて、何かを獲得する手のフォルムに変えている。

悲劇の死を越えて

ウィリアムズはケンブリッジの演劇学教授の中でただ一人、芝居のプロデュースに携わらなかった教授として冷笑交じりに思い出されることがある。事実はそのとおりである。しかし、彼は専門の演劇に対してもライターとして関わっている。一九六〇年代に彼は『現代の悲劇』を書いて、現代という時代に悲劇は死んでしまったと断じたスタイナーに真っ向から反論した。『現代の悲劇』においてウィリアムズは、悲劇とは何かについて理論上の異論を述べるのみに留まらず、「新しい現代の悲劇」の執筆という野心的な実践も行っている。また同じ時期に、彼はBBCのテレビ・ドラマ向けに実験的な家庭悲劇も書いている。ここでは、「悲劇の死」という当時の支配的で膠着した「感情構造」を流動化させようとした、彼の戯曲執筆を見てみたいと思う。

(一) 革命悲劇『コーバ』

まず『現代の悲劇』に収められた戯曲『コーバ』から始めたい。現存する『現代の悲劇』(一九六六)は実は二種類存在する。一方はアメリカのスタンフォード大学から出版された二部構成のもの、もう一方はイギリスのホガース・プレスから出版された三部構成ものである。このホガース版の第三部にまるごと『コーバ』が収められている。ホガース版の前書きの中で、ウィリアムズは『コーバ』をその本に収めることにした動機について述べている。「私は、悲劇について本を書こうと思い立つ以前の一九五七年から、『コーバ』という戯曲を時折中断しながらも書きつづけてきた。それをほかの文章と一緒に、ここに収めている。『コーバ』が先であったけれども、この戯曲はこの本の他の部分と本質的に係わり合っているように、今日思えるからだ」[16]。『現代の悲劇』の第一部では現代の悲劇概念が考察されている。スタイナーは、革命のような社会的要因では解決できないものを悲劇と見なしていた。「悲劇とはとりかえしのつかないことだ」と定義し、悲劇と革命を切り分けるスタイナーの手法を、ウィリアムズは逆手に取る。つまり、「長い革命」(レーニン主義の機動戦による革命ではない)を悲劇にもち込むことで、「とりかえしのつかない」という感情を変えうる場ができると主張した。そうした発想を肉付けるためにも、『コーバ』をこの本に収める必要があった。第一部の終わりで、「私が悲劇と革命についてこれまで述べてきたことは、ある意味で私の第三部の序文であった」とウィリアムズは述べている。[17]

それでは、その『コーバ』とはどういう戯曲だったのか。その中身に入って行きたいと思う。演出するとなると、『コーバ』という芝居はもっともやりにくいものだろう。プロットの進行にめりはりがなく、第一、極端にアクションの少ない芝居だからである。もちろん、表現主義的な情景や中世の寓意劇を思わせる人物造型、エリオット風詩劇の要素、ブレヒトの異化作用など様々な細工は施されている。しかし、プロットは直線的で、そうした細工が次々に現れては消えてゆく。大胆な比較をするならば、『コーバ』は現代に甦った『タンバレン』である。シェイクスピアで頂点に達するエリザベス朝演劇の先駆けとなった征服王の物語に似ている。一般に、征服王タンバレンはスペインとのアルマダ海戦の時期に舞台に放たれた戦闘機械として理解されている。コーバもまた東西冷戦時代に放たれた支配装置である。党首コーバはしたがって、たんなる人物ではない。人間社会の中枢部分に深く埋め込まれた装置である。主役のジョゼフが伝説の反逆児コーバを手本に自己形成し、さらにはコーバと一体化し、最終的に死ぬことでコーバから離脱する過程を描いた悲劇が、ウィリアムズの『コーバ』である。

ごく簡単にあらすじを追ってみたい。ジョゼフは母子家庭の貧しい家に育ち、奨学金を得て神学校に入学する。類いまれな知性と判断力、篤い義侠心をもつ彼は、社会変革を目指す学生クラブを足がかりにめきめきと頭角を現し、革命党の有力メンバーに成長する。通称コーバとして政府当局に恐れられる彼は、シベリアを思わせる極北の地に抑留されるが、民衆蜂起の混乱に乗じて脱走し、首都での革命を成功させる。新政府が樹立されると、彼は単独政党の党首に納まるが、その頃からコーバ（=支配装置）化してゆく。政策に異論を唱える派を次々に粛清し、社会の隅々を監視、管理できる官僚システムを敷いてゆく。社会の末端では、国家の監視と賦役に耐えかね、多くの市民が自殺し始める中、妻ルース（「慈悲」の寓意性をもつ）もまた抗議の自殺を遂げる。妻の死を期にますます態度を硬化させるコーバであったが、突然の病に倒れ息を引き取る。コーバの死によって権力を奪取したマークは、コーバ派の人間すべての粛清を指示する。そこへ学生姿のジョゼフが忽然と現れ、その指示を撤回させる。最後の幕切れで、和解したジョゼフとマークがコーバの死体を担いで退場してゆく。

あらすじから汲み取ってもらえたかもしれないが、この芝居の最終場面は象徴性に富んでいる。ウィリアムズはコーバの死を描くのに、細心の注意を払っている。今日、悲劇制作が行き詰ったとするならば、悲劇を観劇するコンヴェンションが膠着してしまったからだと、ウィリアムズは考えていた。とりわけ、悲劇を論じる際の常套概念である「悲劇的弱点（tragic flaw）」が膠着を招いていると考えた。言うまでもなく、「悲劇的弱点」という考え方は、主役個人の性格的な欠陥に劇の悲劇性を収斂させる見方である。悲劇を「悲劇的弱点」から見るというコンヴェンションがあるかぎり、どうしても観客は「私は主役とは違う」ということを知り、安心してしまう。ウィリアムズはそのコンヴェンションに挑戦して、死んだのは「悲劇的欠陥」をもった人物ジョゼフ=コーバではなく、観客一人ひとりの内部に巣食うコーバ（人と人との関係を機械的に捉えようとする傾向）であることを伝えようとする。病に倒れたコーバを診ることを「医師」は拒むが、それは彼が、コーバの病は治せる類いのものではないと知っていたからに他ならない。「医師」は呟く。

今となっては敵ということばは意味を失ってしまった。敵とか味方とかいう区別などどうでもいいのだ。私たち自身が私たちの敵となって、自滅の道を歩んでいる。仲間の中でも最善の人たちが敵になってしまった。勇敢な者、聡明な者、しっかりとした考えをもった者、人間味溢れた者たちがだ。彼らも、私たちも間違いなく破滅するだろう。死は彼らに向かってまっしぐらだ。まあ、それも当然の帰結だがな。その姿を見て、私たちは結論を導き出す。結論とはこうだ。私たちの中にあるすべての良質な部分を消し、大切な心を圧殺した方がいい。せめて自分の心に裏切られたり、悩まされたりしないようにと。すると、そのプロセスは加速度を増し、私たちはみなコーバになるのだ[18]。

「医師」が述べる人間の最良の部分とは、共同体に生き生きと見られるはずの忠誠、仲間意識、献身、未来への希望である。そうした部分をコーバにまる投げして託した途端に、官僚システムは暴走し始め、一人ひとりも自己のもっとも最良な部分を失ってゆく。コーバという病巣は、支配する側にも支配される側にも巣食うのである。コーバ死後、政権を掌握するマークはそのことを理解しようとしない。彼は個人としてのコーバの「悲劇的弱点」だけを見ようとする。歴史の要請を容れて社会変革を実践したのは確かにコーバであったが、「彼がその要請に破れ、潰されたことがコーバの悲劇であった」と総括する。[19] 二〇世紀のポリティックスを知り抜いているマークは、コーバの「悲劇的弱点」と共に、彼の社会を葬り去ろうとする。まず手始めにコーバの取り巻き連中から。その彼の前にジョゼフが忽然と(復活して?)姿を現すところが、この芝居の最大の山場である。

物陰に隠れていたジョゼフはきびすを返して、行きかける。しかし振り返ると、戻って来て横たえられたジョゼフ〔原文は大文字〕のデスマスクを覗き込む

ジョゼフ　彼はまたジョゼフに戻った。アクションだけがコーバのアクションだったんだ。そして彼がジョゼフだったのだから、俺もジョゼフだ。アクションが俺たちを変えてしまったのさ。俺たちはひとサイクル回転してしまった。だから今、そのサイクルを壊せるはずだ。俺たちは戦って、変えてきた。これからも悲しみながら変えていこうじゃないか。さあ、彼を担いで、足取り確かに歩いていこう。俺たちが担いでゆくのは俺たちの過去だ。アクションは終わった、さあ新しく始めよう。

マークとジョゼフは屍を担ぎ出てゆく。リュークは二人を見つめている。終幕。[20]

近代の革命はすべて反革命的であった。なぜならサイクルを断ち切ろうとして始めながらも、結果的にはサイクルを保持し、その軌道上の回転を進めているだけだからである。内在化しているコーバを他者＝外在化し、あとはそれを除去するだけの悪循環に陥ってしまっているからである。このような悪循環を自然の摂理だ、仕方がないと私たちが諦めてしまっているとするならば、それが支配的な感情構造だとするならば、悲劇には未来がないのであって、スタイナーが言うように悲劇は死んでしまったことになる。確かにこの最終場面を見るかぎり、ウィリアムズはそのサイクルをどうしたら断ち切れるのか曖昧な書き方しかしていない。しかし「長い革命」を諦めない感情が、現代の悲劇に一つの方向を与えたとは言えるかもしれない。

（二）テレビ・ドラマ『公聴会』

着想から完成まで長い歳月を経て書かれた『コーバ』は、その間にウィリアムズが考えてきたことを凝縮している分、どうしても観念理念が勝ちすぎた硬質の戯曲であった。彼が新たにテレビ・ドラマの筆を取るとき、その硬さはどこかほぐれているように思える。ウィリアムズは六十年代から七十年代にかけて、ＢＢＣ放映用のドラマを何篇か書いている。その中でも、『公聴会』（一九六七）は『ボーダー・カントリー』で描かれた鉄道信号員の生活を舞台に、『コーバ』の悲劇モチーフを展開したおもしろいドラマである。この作品も日本ではほとんど知られていないので、あらすじ紹介から始めたいと思う。

ボーダー・カントリーの信号所が舞台。線路工事のために機関士アーサーの機関車はトムの信号所に足止めされている。二人はずいぶん昔からの同僚で、アーサーは定年が近い。トムは午後一〇時に、息子で同じく信号員のデイヴィッドと交替することになっている。ところが、デイヴィッドは労働組合の方針を投票採決する重要な会議に出ていて、まだ信号所に現れない。ついに、交替時間に行けそうもないというデイヴィッドの電話が父の信号所に入る。トムとしては、息子がこれまでも同じ理由で怠業を犯して、本社から警告を受けているのが気になっている。篤実なトムの心に魔が差す。デイヴィッドが時間通りに交替したと見えるように、業務記録に虚偽の記載をしてしまうのだ。そのことへの良心の呵責が、トムの普段の慎重さを奪ってしまう。別の信号所との連絡がうまくいかないという不運もあって、トムは同じ線路上に二つの車両が停止しているという状況を見過ごし、アーサーの機関車に発車の合図を送ってしまう。二つの車両は激しく衝突し、アーサーは事故死する。事故後、調査のために公聴会が開かれることになる。トムは事故の責任はすべて自分にあると認めるが、勤務記録の改ざんに関しては率直な答弁を避ける。その結果、公聴会議長の心象を悪くしてしまい、トムは早期退職勧告を受けることになる。公聴会以降、デイヴィッドは停職中の父のシフトを肩代わりし、一二時間の過酷な勤務に就いている。そんなある日、トムの友人ルウェリンが信号所を訪れ、父への不義理をなじる。お前のせいでトムはあんなことになった、なぜ謝らないのかと。デイヴィッドは、社会の悲劇を個人の悲劇に変えてしまうシステム自体が問題なんだと語気を荒げて言う。早期退職勧告を受けたその夜、トムは事故現場に姿を現す。急行列車が近付いてきているにもかかわらず、その場を動かない。信号所を飛び出したデイヴィッドが間一髪で父の自殺を防ぐところで、ドラマは終わっている。

このドラマの題になっている公聴会は、現代社会のコミュニケーション体系を強化維持する装置である。鉄道というコミュニケーション体系においては、信号所間の連絡はこと細かくマニュアル化されている。公聴会では、個人がそのマニュアル（唯一絶対のコミュニケーション方法）からどのように逸脱したかを裁き、逸脱の度合いにしたがって個人を処分する。コミュニケーション体系それ自体が問題にされることはまずない。事故後、デイヴィッドは責任を十分に認識していないと周囲から非難されるが、彼はこの事件を、個人が犯した取り返しのつかない悲劇だとは考えない。彼はルウェリンに言う。「あの事故の夜のことを、あのとき実際に何が起こったのかを考えてみてください。コミュニケーションの失敗だったんです。十分避けられた失敗だったんですよ[21]」。デイヴィッドが組合活動に身を投じたのも、そのコミュニケーション体系、鉄道員一人ひとりに「あまりにも大きな重圧をかけている」体系を変えたいその一心からだった。それに対して、父のトムは少し違う次元で「コミュニケーションの失敗」について内省しつづける。トムがそのことをどう捉えていたのか、信号所で二人が事故について語り合う場面から採ってみたい。

トム　つまりだ、私たちに与えられた仕事と私たちに与えられた暮らしのことなんだ。いつでも、ごく当たり前に、日々の暮らしの中で私たちは命を他人の手に預けているんだ。

デイヴィッド　鉄道では、もちろんそうでしょう。
トム　鉄道だけじゃない。今も言ったが、採決の成りゆきも、お前が会議に残ることを選んだことも、そうしなきゃならなかったお前の義務も、すべてだよ。お前は自分の立場から、残ることにした。しかしその瞬間、私は交替できなくなってしまった。あえて言うと、そのときすでに列車はあの事故へと滑り出していたんだ。お前もいない、エーケンスもオールドカッスルの信号所に入るのが遅れていた。そして私一人残された。他に頼るものがなくなった私はミスを犯した。
デイヴィッド　お父さん、私のことを責めているんですか。
トム　お前にも責任はあるかもしれないが、私はお前を責めているわけではない。
デイヴィッド　私が悪いのなら、そう言ってくれたらいいじゃないですか。
トム　うまく説明できないが、全部話しているつもりだ。デイヴィッド、お前だけだとか私だけだとかというんじゃなくて、事件に係わる一切合財だ。つながっているすべてのことさ。[22]

トムにとってのコミュニケーションは、複数のチャンネルが様々につなげられる営みであった。コミュニケーションの全体的な営み（人と人とのつながり）の中に、生きることの意味はあると、生涯信じてきたのである。だからこそ、鉄道員の暮らしのために誰かがやらなければならない組合活動への理解、幼子を抱える息子の生活への親心、定年の歳となり疲労が隠せない同僚アーサーへの気配り、そうしたすべてのことをつなげようとしたのだった。しかしそれが災いして事故は起きた。トムは公聴会で服務規程上のコミュニケーション失態を指摘されたことで、自分を見失い、自殺を図る。
デイヴィッド　さあ戻って来て！今すぐ線路から出て！
トム　自分を何だと思っているんだ。人の生き死にを決められるとでも思ってるのか。
デイヴィッド　だって父さんが私に命を与えてくれたんじゃありませんか。
トム　そうさ、人は人に命を捧げるものさ。
列車がブレーキをかける。大きな警笛音で他の音は掻き消される。トムとデイヴィッドが大声で話しているのが、警笛の合い間合い間に聞こえる。列車は停止する。デイヴィッドはトムを線路の外へと連れてゆく。

デイヴィッド、そうやって人生に意味を与えるんだ。人生ってやつを理解するんだ。
デイヴィッド　じゃあ、こうやって助けたのも意味がありますね。
トム　ああ、だが何の価値もないよ、デイヴィッド。
デイヴィッド　いえ、きっとその価値は見つかります。[23]

このドラマが上映されてから二五年以上経つが、コミュニケーションとは何かについて今日でも多くを考えさせる。「危機管理マニュアル」という発想も大切だが、それもまた一つのコミュニケーションにすぎない。どのようなものであれ特定のコミュニケーションを絶対視することは、私たち自身の「コーバ」化につながるのである。元来、どんなコミュニケーションの理論もコミュニティの理論である。コミュニケーションをコミュニティ全体の「つながり」として捉える意味は、コミュニティが存続するかぎり、やはりあるのである。ウィリアムズが亡くなったとき、スチュアート・ホールは「ただつなげるために」と題した追悼文を書いた。ホールはウィリアムズの仕事に大きな敬意を払いながらも、「ただつなげるため」の営みが九〇年代の社会には合わなくなったことも匂わせた。「分節＝接合（articulation）」のコミュニケーションを唱えるホールらしい視点だった。彼は、いわゆる「連帯」などといった接合のみを訴えてきた左翼活動の脆さを暴きながら、それぞれ異なる利害をもつグループがその違いを大切にしながら、ゆるやかに結び合う可能性をこの「分節＝接合」という概念で表現した。民族、階級、ジェンダーなどの複雑な問題を「左翼」という一枚岩的な看板を掲げた団体で対処したところで、うまくゆくはずはない。何両も連結したトレーラーのように「分節＝接合」しないかぎり、身動きがとれないと考えたのだった。しかし九〇年代以降のカルチュラル・スタディーズは「分節＝接合」とは言いながらも、分節のみにあくせくして、結果的には多くの「つながらない」オタク・スタディーズを産み出した。分節よりも接合がはるかに難しい。その困難な仕事を、ウィリアムズはドラマを書くという（これもまた、彼にとって視聴者とつながるための営みであったが）実践に賭けたのであった。

以上、「ウェールズ三部作」と数篇のドラマを取り上げ、ウィリアムズのライターとしての軌跡を辿ってみた。ライターとしてのウィリアムズが今日的な価値をもつとすると、それは彼が定義した「書くプロセス」にあるように思う。彼は多くの興味深い人物を塑像したが、その人物たちは、作家の自意識が肥大して空間化した世界に、自然発生的に結晶化したものではなかった。かといって、自然主義流に作家が社会の構造を読み解き、それに人物群像としての形態を与えたものでもなかった。ウィリアムズにとって「書くプロセス」は、積極的なフォーメーション（形式の編成行為）であった。ライターは何らかのプレッシャーを感じながらその編成の中に入ってゆくと同時に、自らもその編成過程で自己を再形成するのである。言い換えると、ライターは書きながら、私的な想像力を働かせたり社会を反映＝再現しているのではなく、「いまだ知られていないが、十分に知ることのできる何かとつながってゆく」ことになる。[24] それは英語の「物語る（relate）」の元来の意味である「関係付ける」ことにかぎりなく近い営為であった。

第六章　記号論へのシフト

——「感情構造」から「エンコーディング／ディコーディング」へ——

一九七三年の「言語学的転回」

一九七〇年代以降のオーディエンス研究において、もっとも有効な概念でありつづけているのが「エンコーディング／ディコーディング」である。スチュアート・ホールがこの概念を初めて発表したのは、「バーミンガム現代文化センター（CCCS）」が謄写版で研究成果を報告した一九七三年のことだった。その頃、CCCSではホールが「言語学的転回」と名付けたパラダイム・シフトが起こっていた。それは二重の意味で「言語学的転回」であった。一方で、ロラン・バルト（一九一五～一九八〇）やウンベルト・エーコ（一九三二～）による新しい言語学や記号論を取り込んだという意味で、文字通り「言語学的転回」であった。しかし、もう一つ別の「言語学的転回」も存在していた。つまり、ニュー・レフト第一世代が重視してきたことばと諸概念、例えば「文化」、「上部構造」、「感情にもとづく連帯」などを無効にする転回である。大陸由来の新しい知見を取り込むことで、階級やイデオロギーの問題を実体としての「社会的現実」とは別に、ディスコースの地平で扱う自由を第二世代は獲得した。ウィリアムズなどの第一世代は新しい言語学については押し黙ったままだった。それでも、「言語の牢獄」の外側にあるマテリアルな「現実」を理論化できないまでも、経験的な「現実」を語りつづけた。ホールのことばを借りるならば、「言語学的転回」の時期にウィリアムズが出会った「アルチュセール、バルト、その他の新言語学者たちは、彼〔ウィリアムズ〕のつむじ曲がりなまで無言で進められる理論的再編成にとって、語りかけられない論敵であったのかもしれない」[1]。

他方、ホールは記号論や新しい言語学の波を真っ向から受けて、イギリスのカルチュラル・スタディーズの風土を刷新した。しかし、一九九〇年代にアメリカでカルチュラル・スタディーズのブームが巻き起こったときに彼が述べたことは、つむじ曲がりなまでウィリアムズ的である。

> 権力と政治の問題はいつも表象の中にあるし、またそうでなければならない。また、この問題はディスコースの問題でないと私は考えているわけでもない。それでも、権力を安易に浮遊するシニフィアンとして捉える向きはあるし、そんなことをしていても、権力と文化のなまの実践や結び付きについて何も意味付けできなくなってしまう。[2]

ホールの否定に否定を重ねる言辞に、彼が取ったスタンスの難しさが滲み出ている。「言語学的転回」の頃に、無効化したはずの言語が彼につきまとっている。

ところが、こうしたイギリス内部の錯綜した状況にもかかわらず、ホールの「エンコーディング／ディコーディング」は画期的な転回点としてのみ、その後強調されてゆくことになる。二〇〇三年に出版された『オーディエンス研究読本』は、一九五〇年代のテオドール・アドルノ（一九〇四〜一九六九）やリチャード・ホガートから今日のカルチュラル・スタディーズに至るまでの研究史を、即席で知るには都合のいい読本である。[3] この本によると、オーディエンス研究の歴史は三つの段階に大別できるらしい。まずは、文化産業のメッセージが消費者である読者に直截に伝達され、読者の文化に圧倒的な効力を発揮していると考える第一期。（そこにはＦ・Ｒ・リーヴィスの発想も含まれるだろう。）それへの反動として、一九七〇年代のバーミンガムを中心に「ディコーディング」の考えが出てくる。読者は与えられたメッセージを自在に解釈、転用しながら、制作者が記号化したメッセージを必ずしも消費していないとされる。第三期のオーディエンス研究は、ホールのこの概念を出発点として発展してきたものらしい。一九八〇年代以降、デイヴィッド・モーレーやイエン・アングによって、「ディコーディング」概念をめぐる新しい動きが出てくる。私たちの読みは、私たちが属している「解釈の共同体」に制約を受けるのだから、現代の読者が所属する複数の――人種、階級、ジェンダーなどで形成される――共同体との重層的な関係から、「ディコーディング」を捉えなければいけないとする動きである。

単純化をあえて冒して言うならば、オーディエンス研究史は「エンコーディング」から「ディコーディング」への乗り換えの歴史であったと言えはしないだろうか。『スクリューティニ』派が暴こうとしたのは、視聴者に反応させせようとして、メディアが仕組んでくる感受性であった。ことばこそ違うけれど、エンコードの過程と効果とを問題にしたのである。ニュー・レフト派のホールは、大陸からコード概念を輸入することで、大きなパラダイム・シフトをもたらす。それによって、コード化されたメッセージが視聴者にどのような効果をもたらすかではなく、視聴者の側がメッセージをどのようなコードを用いて消費、利用しているかに重心は移った。このシフトに乗っかるかたちで、先ほど言及したモーレーやアングらによるオーディエンス研究、ジョン・フィスクによるポピュラー文化研究、ポール・ウィリスやディック・ヘブディッジらによる若者文化研究が次々と誕生する。その辺りの経緯については、つまり、「エンコーディング／ディコーディング」概念の応用や修正については実に様々なところで説明されている。[4] しかしながら、その概念の源流へと目を向けたものは意外と少ない。ところが、そのシフト自体の中に、今日の「ディコーディング」重視へと転回してゆく契機が含まれていたように思えてならない。ホールによるシフトは、抽象化され固定化された「視聴者」の解放であったけれども、ニュー・レフト第一次世代の文化観を無効にするプロセスでもあった。この章では、そのプロセスを歴史的に逆遡行しながら検証してみたい。

「エンコーディング／ディコーディング」

まずは、スチュアート・ホールがテレビ視聴研究を展開する中で提示した「エンコーディング／

ディコーディング」概念をおさらいする必要があるだろう。前述したように、ホールは一九七三年にＣＣＣＳ刊行の『謄写版紀要』で、「テレビ・ディスコースのエンコーディングとディコーディング」と題した論考を発表する。その後、ＣＣＣＳが一九七〇年代の活動を一冊のアンソロジー『文化、メディア、言語』（一九八〇）にまとめたとき、その論考は手直しされ、「エンコーディング／ディコーディング」というタイトルで再発表された。今日よく言及される「エンコーディング／ディコーディング」概念は、出版流通経路に乗ったこの論文から引用されることがほとんどだ。印刷版は理論的により練られ整理されているのだが、具体的なテレビ・ディスコースが浮かんでこない。これに対して、謄写版は、レスター大学のマスコミュニケーション調査諮問委員会主催による討論会での口頭発表を活字に起こしたものである。ホールの洞察は未整理のままであるとしても、西部劇のテレビ・ディスコースに密着分析した痕跡が残されている。「言語学的転回」の時代と意味を知るには、理論的な印刷版とケース・スタディーズとしての謄写版の双方に目を通す必要がある。二つのテキストを比較しながら、「エンコーディング／ディコーディング」概念を検証してみたい。

一九八〇年版の前半部分において、ホールは二つの系譜が「エンコーディング／ディコーディング」概念で結び合っていることを示す。その一つは、ニュー・レフトの新マルクス主義である。それまでのメディア研究は、送り手がメッセージを送り、それを受け手が受けるという一方向直線的なモデルを想定してきた。そのモデルでは不十分だとホールは言う。そして、マルクスの生産／流通／消費／再生産という循環モデルをコミュニケーションのプロセスに応用している。メッセージの生産は、それが消費される条件をも再生産していると言うのである。もう一つの系譜に、先ほどから何度も言及してきたように記号論がある。バルトを引用して「言語には零度地点はない」と述べた上で、コードがなければどのようなメッセージも意味をなさないし、コミュニケーションも成立しないことを強調する。そして、このコードが媒体となって、テキストの中に権力やイデオロギーを織り込んでいると述べる。メッセージが循環するプロセスと「エンコーディング／ディコーディング」のプロセスとの相関関係は、次のような図式で説明することができる。[5]

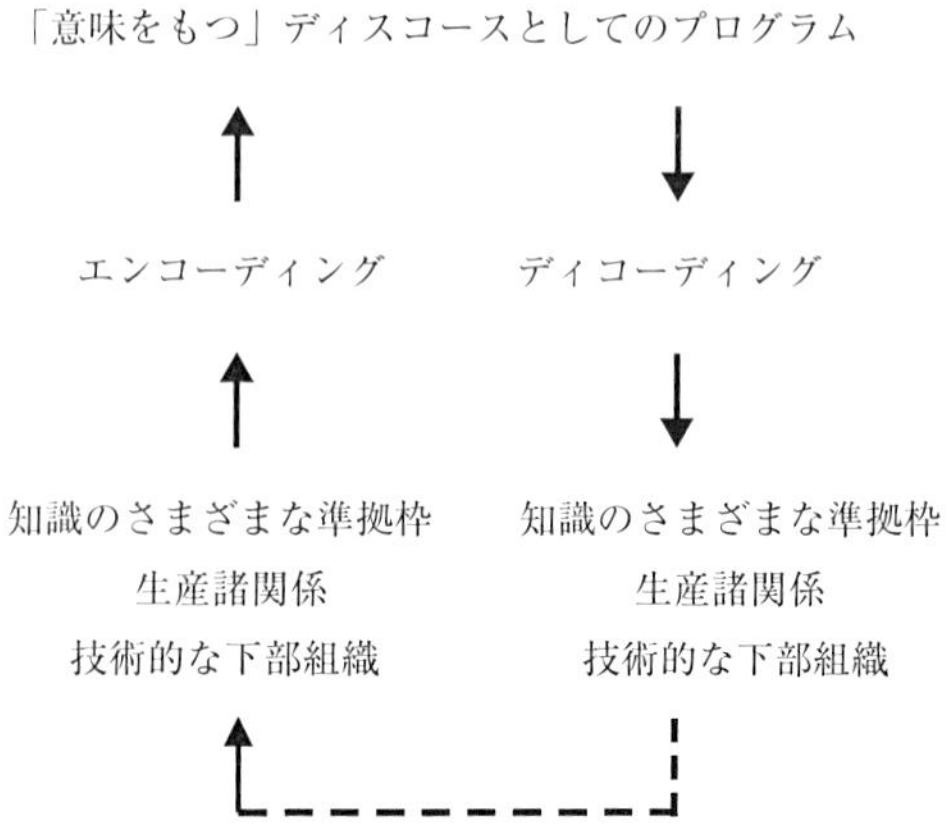

図の中で、上向きの矢印で示された意味生成過程と下向きの矢印で示されている意味生成過程とは必ずしも一致しない。一般に視聴者の誤解と呼ばれるものは、この二つの過程の不整合から起こっていると、ホールは考える。それを前提として、テキスト（テレビ番組）内で意味をめぐってせめぎ合いが起きているというテーゼへと議論は展開する。

ディスコースが「意味をもつ」とき、その意味は「決定」されたものではなく、せめぎ合いの過程で「優勢になった（preferred）」ものである。したがって、優勢な意味もあるならば、優勢でない意味もあるはずだ。誤解とは、そのせめぎ合いの過程で劣勢になった意味が採用された結果にすぎない。そうした見方は、すでに謄写版の中で、具体的な「西部劇ディスコース」の分析と共に明らかにされていた。[6] 決闘は実社会ではもっとも危険な暴力であるはずなのに、西部劇を見る多くの視聴者は、それを「暴力」のメッセージとして受け取らないのはなぜか。ホールはその疑問にこう答える。敵が銃を向ける寸前で主人公が早撃ちを決めるというシーンは暴力のコードではなく、人格品格のコードで解釈される。そうなると早撃ちは暴力ではなく、冷静な判断力とガンマンとしての資質というメッセージとなる。こうした視聴者側の意味生成をホールは「ディコーディング」と呼び、「ディコーディング」には様々な位置取りがあると考えるようになる。

これまで「エンコーディング／ディコーディング」を概説してきたが、さらに次の二点に焦点を絞って、私たちはホールの二つの論文を併せて検討してみたい。その二点とは、マルクス主義の循環モデル（この側面は、今日では等閑視されている）と視聴者側による「ディコーディング」の諸形態である。

まずはマルクス主義の循環モデルから。こちらの方は萌芽的なものを除いて、謄写版には見当たらない。一九七〇年代を通してホールが行ったマルクスの読み直しが、印刷版には反映されている。ホールの「ディコーディング」概念は、視聴者側に位置取りを選択する自由や主体性を認めているかの印象を与える。確かに、そうした側面もある。(実際、ホールの概念を説明した多くの概説書では、その点が強調されている。) しかし、この論文の冒頭で示されているスタンス、つまり生産/流通/消費/再生産という循環モデルでコミュニケーションは捉えるべきだというスタンスが、視聴者の主体性を曖昧なものにしている。このモデルにしたがうかぎり、視聴者が行う「ディコーディング」は意味の生産活動ではなく、意味の消費活動なのである。だからこそ、

「意味」が取られないのなら、「消費」もありえない。実質上意味が明瞭に示されなければ(articulated)、なんの効果もないのである。[7]

したがって、どのようなメッセージでもそれが消費されるためには、「意味をもったディスコースとして私用に提供されなければならないし、意味をもつように《ディコーディング》されなければならない」ことになる。[8] 繰り返すと、メッセージが消費されるには、それが視聴者に何らかの効果を与えなければならない。効果を生み出すためには、明瞭な(articulate)意味が提示され、明瞭な意味と

して受け入れられる必要がある。ホールの言う「消費」としての「ディコーディング」で、商品となっているのは「明瞭な意味」ということになる。

ところが、この「明瞭な意味の消費」はたんなる消費では終わらない。その消費それ自体が、「明瞭な意味」を繰り返し消費するための条件を再提出する。すなわちコードを再生産する。ホールはエーコを引用して、次のように述べている。

だからエーコはこう論じたのだ。アイコン的な記号は「現実世界ではものそれ自体のように見える。なぜなら記号は視聴者に対して認知の条件（すなわちコード）を再生産するからだと」。しかしながら、この「認知の条件」は実質上無意識で行われる高度なディコーディングの結果なのである。[9]

「ディコーディング」がコードを再生産する。そのコードを通してメッセージは生産される。思い出さなければならない。一方向的な伝達ではなく循環こそ彼が最初に述べていたことだ。今の引用で、ホールはエーコを修正しながら、循環の場に視聴者主体を戦略的に介在させる。記号それ自体が「認知の条件」を再生産するのではない。視聴者が半ば無自覚に行っている「ディコーディング」がそれを行っていると言う。この修正の意図は明らかである。「認知の条件」やコードの再生産の場に戦略的に主体を介在させることで、「認知の条件」とコードを改変してゆく視聴者側の契機をホールは探っていた。

「ディコーディング」がコードの再生産をもたらすとすれば、視聴者側にどのようなコード再生産の可能性が想定できるだろうか。この問題は、（謄写版でも印刷版でも）論文後半の主要なテーマになる。後にホールは印刷版において、「ディコーディング」を行う視聴者には異なる三つの位置取りが考えられると訂正するが、謄写版では四つの位置取りを想定していた。その四つの位置取りを見てみたい。

第一の位置取りを、ホールは「優勢でヘゲモニーをもった位置」と呼んでいる。ある視聴者がテレビ・ニュースなどの発信するメッセージの含意を率直に受けとめ、そのメッセージが生成されるときに用いられた参照コードをそのまま用いて解読したとする。この場合、その視聴者は「優勢なコードの内部だけで解読作業を行っている」と言える。[10] つまり、視聴者は自分が置かれた状況を形成している優勢なコードに合意しており、コードと視聴者の間にヘゲモニーの関係が成立している。その結果、視聴者は「ディコーディング」を通して、既存の優勢なコードを全面的に承認しつつ再生産することになる。

二番目の位置取りは一番目の位置取りと微妙な共犯関係にある。そのため、この位置は一九八〇年版では削除され、一番目の中に取り込まれてしまう。その位置で働くコードをホールは「専門家のコード」と呼んだ。[11]「専門家のコード」とは、独自の専門技術と実践上のノウハウを織り込んでいる点で、優勢なコードからある程度自律している。しかし、あくまで優勢なコードのヘゲモニー下でしか機能しない。例えば、南米で起こるクーデターがどう報道されるかを想像してみるといい。南米の政治状況に詳しい識者が呼ばれ、彼は専門的知見から事件を解説したり、アンカー・パーソンと討論をするだろう。その際、誰を識者として呼んでくるのか、何を討論のアジェンダとするかは、この「専門家のコード」にしたがう。一見、ニュース制作者や識者たちは、優勢なコードとは別の自律したコードにしたがっているように見えて、実質は優勢なコードを暗黙裡に承認、再生産している。

以上二つの位置取りに対して、優勢なコードに合意を与えないという位置取りもある。この第三の位置取りは「交渉を行う位置」として説明されている。この位置における「ディコーディング」は適応と反発の両面を併せもつ。優勢なコードが大多数の様々な視聴者とへゲモニー形成するためには、必然的に抽象化されて一般化したものでなければならない。(例えば、このコードは「国益」や「地球規模のエコロジー」などと容易に結び合う。)「交渉を行う位置」にある視聴者は、優勢なコードにもとづく意味を一般論としては受け入れる。しかしながら、視聴者が生きている個々の状況の中には、一般化された意味では収まりきれない事象も起こっている。そのため、この位置の視聴者はいくつかの留保をつけて、優勢なコードにしたがうことになる。この場合、「ディコーディング」によって再生産されるコードには、局所的な介入の余地が残されることになる。例えば、「国益」を考えるとインフレ抑止のための生産制限やむなしという議論を、工場労働者が一般論としては認めたとしても、自らの働くローカルな場所において、賃金カットには反対する場合も起こりえるように。

局所的な介入でも不十分に感じる視聴者が、第四の「対抗的な位置」を選択する。この位置取りの場合、視聴者はメッセージの含意を理解しながらも、全体的に対抗しながら解読する。こうなると視聴者は「ディコーディング」でコードを再生産するのではなく、ラディカルなコードの転換を要請することになる。例えば、「国益」や「地球規模のエコロジー」などの言辞の基盤となるコードを無効にして、支配集団（それが階級によるものであるにしろジェンダー、民族によるものであるにしろ）の利害を暴くコードに転換しようとする。その際、視聴者は「対抗的なコードと名付けなければならないものを用いて、解読をしている」ことになる。[12] この第四の位置取りに関して述べられていることは、一九七〇年代にCCCSがカウンター・カルチャーや抵抗の問題へと傾倒してゆく指針になったはずである。にもかかわらず、第四の「ディコーディング」はあまりにあっさり書かれていて、疑問点をいくつも残している。（実際分量だけでも、その部分の説明は他の三コードの説明の三分の一にも満たない。）この論文の最後でホールは、「交渉を行う位置」が、ある条件下に「対抗的な位置」にずれる可能性をほのめかす。[13] また、意味付けの政治の場、つまりディスコースをめぐる闘争の場で、異なる立場に連帯結合が生じる可能性を示唆している。しかしここで疑問が湧いてくる。構造主義記号論の議論に戻って、コードが主体の無意識に作用する「認知の条件」であるのならば、そもそも意識的にコード転換を意思することができるのか。ホールの議論では、ニュー・レフト第一世代の主意主義と構造主義記号論とを「分節＝接合」するには避けては通れないはずの問題は、曖昧に処理されている。

バルト、エーコそしてホール

今日に至るまで、バルトやエーコが依拠した構造主義記号論の思考枠とニュー・レフトの思考枠とは接合されてこなかった。二つの世代間の接合の失敗。その始まりはホールの「言語学的転回」でなかったか。次に私たちは、バルトやエーコの記号論が「言語学的転回」にどのように転用されたかを見てみることにする。

『謄写版紀要』第七号に「テレビ・ディスコースのエンコーディングとディコーディング」が書かれたのとちょうど同じ頃、CCCSの刊行物『カルチュラル・スタディーズ報告』(一九七二年秋号)に、もう一つの論文「ニュース写真の決定作用」が掲載される。この論文の理論的バックボーンになっていたのが、『モードの体系』や『神話作用』、それに「映像の修辞学」といったバルトの初期の著作であった。本来、歴史的事象であるはずのニュース写真が脱歴史化(神話化)されるプロセスにホールは着目しているが、それを説明するのにバルトを援用している。バルトによるとこうなる。イデオロギーを帯びた記号は、社会の利害を参照表としながら、固有の神話を歴史に結びつける。しかし、その結び付きは偽装されていて見えない。そのため視聴者は、歴史に付加された抑揚を普遍的でごく自然なもののように捉えてしまう。なぜなら神話作用がそこに働いていて、イデオロギーの目論見を隠しながら世界の事象を脱歴史化しているからである。神話作用によって歴史的現実は隠蔽され、ごく自然なものに映るよう鋳直されるからである。その議論をもとに、ホールはニュース写真もまたイデオロギーを帯びた記号だと捉え直す。

イデオロギーのレベルで、ニュース写真は何か別なものとしていつも通用している。写真を通して、歴史的事件はイデオロギー的に解釈される。しかし、写真は事実であり歴史なのだという根拠を与えようとするときに、写真は「普遍的な」記号になる。凡百のメッセージ原型の一例となる。歴史として自然に受け取られるが、「現実」ではなく神話となる。[14]

バルトの記号論を吸収することで、この時期のホールは次のように確信するに至る。イデオロギーは、前世代がこだわった虚偽意識や人間の意識の問題とは別に、意味作用を行う記号システムとの関連で論じることができるし、また、そうすべきであると。

もう一人、ホールのコード理論に直接的な影響を与えた記号論者がいる。ウンベルト・エーコである。CCCSのメディア研究グループは、かねてよりエーコの仕事に注意を払っており、『カルチュラル・スタディーズ報告』（一九七二年秋号）でも翻訳している。「テレビ・メッセージの記号論に向けて」と訳されたその論文の中で、エーコはコードを次のように定義していた。

コードという概念によって私が意味したいのは、語と語とを系列的に結びつけ、一連の記号媒体を一連の意味素（意味）に結びつけ、さらに、その二つの体系（中略）からなる構造体を形成し、要素と要素（記号媒体と意味素）が系列的に連結される、そのされ方を確定している体系的な伝達上の約束事である。[15]

いささか抽象的すぎる定義なので、彼が用いた具体例を見てみたい。「翼をもった少年」という記号媒体があるとする。これを、記号媒体と意味とを連結する約束事の一つ、「神話のコード」で解読すると、「キューピッド」という意味と結び合う。他方、このコードを知らない人が解読するならば、「矛盾した状況」という意味に取られるかもしれない。解読者が「聖書のコード」を選択したとすれば、「翼をもった少年」は「聖天使」になるかもしれない。このように、メッセージは、視聴者が依拠する文化的なコードいかんで様々な意味と結び合う。初期のエーコが述べた「記号論のゲリラ戦」は、この現象にヒントを得たものである。

『不在の構造』（一九六七）の中で、また私は「記号論のゲリラ戦」の可能性についても提言したつもりだ。伝達されたメッセージと受け取られたメッセージとの溝は、それがないことを理想とするような類いの逸脱などではない。受信者の自由度を高めるためにその溝を発達させることもできるのだ。[16]

ホールの「ディコーディング」戦略やひいては「陣地戦」という発想は、ここに挙げたエーコの発想に明らかに共鳴している。

以上見てきたように、「言語学的転回」は思考枠の取替えであった。そのために、ホールを中心としたCCCSは、ニュー・レフト第一世代が使ったことばとは違う別のことばで語る必要を感じていた。その結果として、ニュー・レフト第一世代のキー概念は、構造主義の真新しい言辞に変換される。次にその経緯を見てみようと思う。

一九七〇年代初めにホールがコードという概念を使い始めたとき、彼は必ずしも前世代のキー概念であった「コンヴェンション」を無効にしようとしたわけではなかった。（結果として、そうなってしまったが。）ウィリアムズの「コンヴェンション」をより精密な概念に発展させたいという意図も働いていたように思える。そのことは、一九七二年春号の『カルチュラル・スタディーズ報告』で、ホールが発表した大衆誌『ピクチャー・ポスト』研究に顕著に窺える。この研究において、ホールは『ピクチャー・ポスト』に掲載される写真の記号機能に着目するのだが、その際、ニュース写真にカラーではなく白黒が使われるというコンヴェンションからまず始めている。その際、「視覚的リアリズムは社会のコンヴェンションの問題、つまり共有された合意と集団的な認知の問題であり、メディアに固有な技術の問題ではない」と断言するが、ここまではウィリアムズの主張の繰り返しである。[17] ホールはそこから始めて、次のように考察する。

どうしてもカラーは「リアル」で、白黒はコンヴェンションになる。コードになる。(中略)この二つの優勢なコードの下には様々な下位コードがある。例を挙げて較べてみたらいい。カラーの場合、最近のスナップ写真の「自然な」色合いやスタンリー・ドーネンのミュージカルとかアンドレックスの広告に使われる「ぼやけた」感じが一方にあって、他方に、そう『南太平洋』の誇張された「テクニカラー」がある。白黒の場合でも、オーソン・ウェルズの『市民ケーン』で使われた濃淡の強い鮮明な白黒とニュース写真の「ぼやけた灰色」とでは対照的だ。『ピクチャー・ポスト』の写真に現れる灰色の多様な色合いは、イメージにどこか歴史的なドキュメント性を与えているが、私たちはその性質ごと「読んでいる」のだ。そして、この歴史性という次元が今日の読者を取り囲んできたようだ。[18](強調筆者)

ルビを打った部分に象徴的なシフトがある。ホールは明らかに「コンヴェンション」を「コード」と読み替えた。そうすることで、「コンヴェンション」の表層的な意味での「慣習」に則ったものか、それとも「リアル」なものかという単純な二項対立を斥けようとした。『ピクチャー・ポスト』のニュース写真が他の「慣習」的な大衆紙より「リアル」であり、だからこそ世論形成に重要な役割を果たしたなどという空論を斥けようとしたのである。そうすることで、コードを構成している下部コードへの目配りが可能となり、議論にある種の精密さが加わったと言えるだろう。しかし、それはウィリアムズが危惧した「実体化」の危険を大きく孕んだ構造論の出発点でもあった。それを契機として、様々なコードが想定され始めたし、コード間の関係性へと人々の関心も移った。だが同時に、ウィリアムズが語源に遡って再定義した「コンヴェンション」、つまり「書き手」と「読み手」との合意形成が成功と失敗を繰り返した痕跡としての「暫定形式」の意味を失い、「コンヴェンション」生成のダイナミックなプロセスは、カルチュラル・スタディーズの議論から閉め出されることになった。

文化の捉え方も様変わりする。もはや文化は、経済的土台との関係で論じられる構造でも経験主義に偏りすぎた「生の営みの全容」でもない。生の営みを構成する様々な要素の闘争状態として文化を捉えた点では、ホールはE・P・トムソンに近い。しかし、その闘争が繰り広げられる地平をテキスト＝地形図に措置した点で、ニュー・レフト第一世代とは大きく異なっていた。コードがもつれ合いながら地層化した社会とそこでの文化実践について、ホールはこう説明している。

> 意味の地平内部で記号がどのように参照されるかは、様々なコードの使われ方で「相対的に決定される」。ファッションや普段着のコード、または家庭生活のコードやロマンチックな出来事のコードなどなどの使い方で決まる。こうした意味と含意との縞模様の地層は社会生活の領域につながっている。この地層が、ある文化における「意味の地形図」を構成している。[19]

当然のことながら地形図は、縮尺法、等高線、果樹園等のアイコンなど厳密なコードにしたがって作成される。地形図の比喩は、それまで漠然としていた文化実践を明瞭に浮かび上がらせる効果はあった。また地形図の比喩がなければ、グラムシを転用した「陣地戦」の議論も生まれなかっただろう。コードをもたなければ意味をもつ記号として地形図に現れることはない。意味をもつ記号がなければ文化の地平における闘争も起こりようがない。もっともな議論である。ところが、コードをもたないために「明瞭な（articulate）」意味にいまだなりきれずにいるざわめきや感情は、地形図の中の文化実践に入る余地はないのである。しかし、その部分をニュー・レフト第一世代は文化力学の初動因と見ていた。ホールもその部分を否定したわけではなかろうが、彼の用いた比喩のために、その部分はすっぽりと削ぎ落とされることとなった。

ホールの感情構造論

ここで歴史を遡って初期のホールの仕事を眺めてみたい。一九六〇年、『ニュー・レフト・レヴュー』誌の創刊に向けて、若きホールが東奔西走したことはよく知られている。この頃ホールは、同雑誌やニュー・レフト系の定期刊行物で文芸批評や書評劇評をいくつか書いている。主なものに、『ニュー・レフト・レヴュー』第六号（一九六〇）に掲載の『チャタレー夫人の恋人』論と『アンコール』誌に寄せられた『怒りを込めて振りかえれ』の劇評（一九五八）がある。その中で、D・H・ロレンスの小説は「私たち〔労働者〕みんなが使う、単刀直入で飾りっけのない、それでいて意味深長なことば」で書かれていると、またオズボーンの芝居がカリブ系移民の現実を「痛々しいまでに正確無比に」舞台化していると聞けば、ホールがなぜこれらの作品を取り扱ったのかは容易に想像できる。まずは彼の批評実践を少し丁寧に見ておきたい[20]。

『チャタレー』論から。ロレンス中期の小説『恋する女たち』と『チャタレー』とを連続した実験的著作だと、ホールは考える。つまり、「文明」と呼ばれる障壁によって堰き止められている「同情の流れ」が社会に隈なく行きわたったら、今あるのとは違うどんな社会が到来するかをロレンスは想像していると言う。例えば『恋する女たち』に出てくるバーキンとアーシュラとの関係についてだが、二人は関係の破局、同性愛的偏向、奔放なセックスなどを周囲で見てきた結果、「同情の流れ」に満たされる感じを掴みかける。しかし、その一歩手前で立ち止まってしまう。この小説の何ともすわりの悪い結末――(「あなたには耐えられないわ、だって嘘だもの。ぜったい無理だわ」彼女は言った。「僕はそうは思わないな」彼は答えた)――を、ホールはこう読む。

この二人の関係を描きながら、彼〔ロレンス〕は感情のコンヴェンションを極限まで引き伸ばし、破裂させている。人生の殻を内から突き破り、潜在的にはありえる新しい人生を垣間見る。バーキンとアーシュラの関係でさえ脆いものだ。お互いを誤解し、口論をしては和解する。同情の流れは確かにあるのだが、たびたび堰き止められ澱む[21]。

二人は、「同情の流れ」が充満した社会とそれが堰き止められている社会との臨界点において、それら二つの社会を行きつ戻りつしている。ホールに言わせると、ロレンスはその臨界点上で「潜在的にはありえる新しい」関係性のあり方を実験していることになる。『チャタレー』ではこの実験がより徹底化される。読者はこの小説を読むことで、実験場に否が応でも引きずり込まれる。この小説の赤裸々な性描写を読めば、読者は「羞恥心」という境界線をどうしても越えなければならないからだ。「コニーが愛し方を学んだように、読者は読み方を学ばされる」。ロレンスは、イギリス人誰もがもつ感情のコンヴェンションを公然と侮辱する。ホールは次の表現でこの評論を終えている。

この小説は勇敢な行動であり、彼〔ロレンス〕は猥褻（obscene）なのだ。[22]

もちろんロレンス流の「猥褻」である。画面（scene）からはみ出て（ob）いるのだ。このように、感情の臨界点を描こうとするロレンスの著作実践の中に、ホールは新しい関係性や文化を見出す糸口を探っていた。

『怒りを込めて振りかえれ』の場合も同じく、この芝居が観客に行う感情教育が話題の中心である。このジョン・オズボーンの代表作は、戦後イギリスの「怒れる若者たち」運動を代表する芝居である。全幕を通して、型破りのカリブ系イギリス人ジミー・ポーターが激しく鋭利なことばで、大英帝国の栄華を羨望しつつ唾棄し、なんら「勇ましい大義」も残されていない現代を呪詛し、三角関係の迷路に嵌まり込んだ妻を虐め自らも虐めつづける。ホール流に言うと、「息の詰まるような無気力で閉塞した生の形態」に怒り、喚き狂っている。それに付き合わされる観客が、ジミーのことばは聞くに堪えないと感じるということは、とりもなおさず、観客自身も関係の窮屈さを知り始めていることになる。明らかにホールは、怒りの感情から認知に至る微妙なプロセスをここでは問題にしている。劇評をつづけて、彼はこう述べる。

『怒りを込めて振りかえれ』を見て気付いたのはその言語だった。少なくとも上演中は私たちの生の感覚を掴み取っていたその言語だった。それは絶えず批判的なことを口走りながら、たんなる反応以上の何かを私たちに求めてきた。私たちに感情のレッスンを施したのだった。[23]

ウィリアムズの感情構造論を思い出してもらいたい。ある時代のある社会に「萌芽的な」感情が「書き手」によってかたちを与えられ、新しい言語となって観客に作用し、文化形成活動を巻き起こすという発想が、右のホールの表現にはありありと出ている。間違いなくこの頃のホールにとって、感情構造論は彼が文化研究を実践する上で、中核となる概念であった。

もちろんホールは、F・R・リーヴィスやホガートのように文学テキストにどこか特権的な役割を担わせることに批判的だった。一九六〇年代にホールは、いわゆるポピュラー・カルチャーにまで研究の裾野を広げてゆく。一九六四年にホールはパディ・ファンネルと共同で、『ポピュラー芸術』という概説書を著す。そこで概説されている対象は、映画や人気テレビ番組からビートルズに代表されるロック音楽、コミック誌やファッション誌まで実に幅広い。この本はリーヴィス以来のイギリスの文化批評に、視聴者調査とマーシャル・マクルーハン（一九一一〜一九八〇）のメディア論とを接ぎ木した「ハイブリッド」なもので、成人教育機関や中等学校の教師たちに読まれることを期待して書かれていた。（この頃、かつてリーヴィスに学んだ人たちの多くが教職に就いていたことを考えると、この本の出版はリーヴィスの伝統へのカルスタ的介入でもあった。）文学的感受性や良質のことばが大事だと教室で頑なに言いつづけても、校門の内と（メディアが浸透した）外との、また世代間の乖離は進むばかりである。この本の中で著者たちは、ポピュラー・カルチャーを「芸術（art）」として読み直すことで、距離を埋めようとしている。ホールに「芸術」とはもっとも馴染まない組み合わせに見える。しかしこの頃のホールは、ポピュラー・カルチャーを分析する際、メディア技術決定論が取りこぼした「感情」や「快感」を組み入れることに必死だった。そのために、ウィリアムズの舞台芸術論を参考にせざるをえなかった。ここにもウィリアムズの感情構造論が顔を出す。

メディアの内部では、意味はいつでも同時代の生活に固有のものである。情報は（たんに「何が」起こったかだけではなく「どのように」起こったかは）重要な意味で「新しい」態度や価値観に呼応しながら、情報源から視聴者へと伝達される。その中で、選ばれたいくつかの生活様式と感情構造が他の生活様式や感情構造を抑えて強化され、承認される。同時代の生活は同時代の意味を完全には受けとめられないかもしれないが、こうしたメディアのチャンネルを通して、視覚化され表現されることがよくある。[24]

ホールらの主張を繰り返せばこうなる。メッセージの中身だけでなく、容器に目を向けなければならない。なぜならその容器にこそ新しい生活様式と「感情構造」が溶け込んでいるからであると。だからこそ「感情構造」の選択、つまり一つのメッセージが生まれるときに、ある「感情構造」が前景化され他のものは見えなくなるという選択は、どのようにして起きるのかけ重要な考察課題になってくる。メッセージが形成される（エンコードではない）感情上のプロセスが想定されていた。

しかしながら、「感情構造」という概念はあまりにも大雑把な概念である。ホールたちは「感情構造」を別のことばで説明する必要を感じていたように思える。例えばそれは、恋愛コミックを分析した次の一節に端的に現れる。

〔恋愛コミックには〕多くの恋愛ごっこ、キスや抱擁がいつも付いてくるが、誘惑やベッドシーン、予期せぬ妊娠にまで行き着くことはない。コードが若い読者の慎みの感情を護衛しようと介入してくるからだ。しかし、このコードは直接喚起されることはない。完全に内部化されてしまっているのだ。そのコードは、この物語の総合的な感情構造の一部にすぎない。[25]

ホールは、様々なコードの総体として「感情構造」を捉え直す。思春期の若者たちに性交渉を禁止するコードはずっと後ろの方に後景化されてしまっている。それでは他のどんなコードが前面に出てきているのか。ホールは「一〇代であるというコード」が大きな役割を果たしていると考える。一〇代の女の子は男の子と出会い、ときめき、恋に落ちるが、その感情は「一〇代であるというコード」に拘束されていると言う。このコードでは、女の子が恋に焦がれているという状況にいることが何よりも重要なことであって、「この状況にいないということは思春期といえるほど成熟していないことを意味し、一〇代のコードに属していないことを意味する」[26]。言い換えると、このコードが読者の女の子たちに促すのは、第二次性徴を向かえ肉体的に発育し、男の子たちの視線を釘付けにし、誰もが羨むほど素敵な男の子と恋に落ちることである。恋愛コミックは、そうしたコードに則った感情教育を施すが、そのために思春期という時期を切り抜き、過剰にロマンチックに仕上げてしまう。その結果、恋愛コミックの物語は恋が成就した二人のその後や性交渉まで進むことはない。「一〇代であるというコード」は性交渉を禁止するコードを後景に追いやりながら、きわどい連携を取っている。そうホールたちは分析している。明らかにこの時点でホールがコードにふれる場合、様々な感情のコードが層を成してできた「感情構造」を遠くに見据えていた。

それだけではない。ウィリアムズの感情構造概念は、ホールの初期のメディア研究にも深い痕跡を残している。それがもっとも顕著に現れた例が、先にも挙げた『ピクチャー・ポスト』の分析である。『ピクチャー・ポスト』は一九三八年から一九五七年まで発行された大衆誌である。特色のあるニュース写真が当時の読者に受け入れられ、最盛期には週一四〇万部以上も刷っている。ホールの紹介によると、『ミラー』紙と双璧で「前衛」を謳い、「市井の人々が実際にしゃべっていることや感じていることに耳を傾け、その力強く変わってゆく《感情構造》に合わせて論調を変えてきた」らしい[27]。事実、大戦勃発のわずか数週間のうちに当時の宰相チェンバレンを失脚させ、一九四五年に労働党が政権を握るまでの流れを形成している。なぜそれほどの影響力を、『ピクチャー・ポスト』が短期間ではあるがもちえたのか。直接の理由はその独創的なドキュメンタリー・スタイルにあったと、ホールは言う。それは何もヒトラーやゲッペルスの顔と、彼らから迫害を受けていたユダヤ人科学者や芸術家たちの顔とを生々しく対比させる技術のみを指すのではない。その編集上の技術も含めて『ピクチャー・ポスト』のスタイル全体が、戦時下の特異な状況の「結晶」として表出してきたものである。こうした歴史的局面においては、

他の状況だったらイギリス社会の支配的な言説に隠れて見えなかった（周縁に追いやられていた）表現がほんの束の間、市民の大勢が抱く感情構造と一点に結び合うことがある。その流れに乗って、商業ベースで、写真をふんだんにあしらったニュース雑誌であっても、そのドキュメンタリー・モードは形式を微調整しながら有効なレトリックになるのである[28]。

「スタイル」やら「レトリック」、「形式」などホールが様々な言辞を弄して言おうとしていること

は、要は「感情構造」に与えられた「かたち」のことなのだ。彼の言うドキュメンタリー・スタイルには、異なる二つのレベルが混在している。

確かにあるレベルでは、ドキュメンタリー・スタイルは記事を書き、写真を撮り、それを編集し、記録する際の形式だった。しかし別のレベルで見ると、社会意識の「萌芽的な」形式であったのだ。社会的なレトリック形態を通して、戦前、戦中の「萌芽的な」感情構造を記録していたのである。[29]

この引用の中に、イギリスのカルチュラル・スタディーズの分岐点が隠されていると言うのは穿ちすぎだろうか。しかし、こう思えて仕方がない。前者のレベルでスタイルを考える場合、記事執筆のコードや写真掲載のコード、編集のコードといくつかのコードを想定することは容易だ。もちろん技術的なコードだけでなく生産諸関係のコードやイデオロギーのコードも併せて考えることもできるだろう。ところが後者のレベルで考えると、「社会意識の《萌芽的な》形式」であり「感情構造」である以上、「かたち」にならない「かたち」である。言説以前の言説である。コード化以前のコードである。（そのいわく言いがたさは、なぜ「スタイル」「レトリック」など多様な言辞をホールが使わなければならなかったかを説明している。）この後、ホールはあれほどまでに執着した「感情構造」ということばをめっきり使わなくなる。結果としてホールは、この二つのレベルを「分節＝接合」できなかった。「言語学的転回」は、「感情構造」を無効化することによってのみ可能となったのだ。

「言語学的転回」以降

冒頭に挙げた論考「エンコーディング／ディコーディング」に話を戻したい。ホールが仮説として示した「ディコーディング」の四つの位置取りのうち、「対抗的な位置取り」はもっとも自覚的なものだ。メッセージの優勢な意味合いとコードとを十分察知しながら、あえて違う別のコードで解読するのである。自覚的で戦略的な解読にならざるをえない。他方で、構造主義の思考枠はそのような解読を行う主体を認めない。優勢なコードが視聴者に対してその「臣下＝主体」になるように呼びかける状況で、「対抗的な位置」を可能にするのは何なのか。ニュー・レフト第一世代の主意主義を批判したホール自身も、曖昧な主意主義に陥っている。しかし、おそらくはその主意主義も一九七〇年代初頭におけるCCCSの戦略だったのかもしれない。二一世紀の今日ほどシニカルにならずに、「抵抗」や「カウンターなもの」の地熱を感じることができた時代の「スタイル」だったのかもしれない。

対照的に、第三の位置取りである「交渉を通して統合された位置」は、今日でも有効なものとして言及されることが多い。その位置取りには適応と反発の揺らぎが認められるからである。その揺らぎが社会変容のダイナミズムを説明する余地を残すからである。具体例で考えてみたい。国際的な紛争地帯に第三国が派兵を決定する際に、「国際秩序の正常化」や「究極的な国益」が一般化された優勢なコードとして、大多数の視聴者に受け入れられるとする。それでは派遣兵士の家族が視聴者の場合はどうか。ホールの議論にしたがうと、彼らはそのコードに留保事項をつけて交渉することになる。(戦傷、戦死の保障のことかもしれないし、除隊の時期についてかもしれない。)しかし思うに、局所的な「ディコーディング」が社会的にインパクトを与えるのは、「留保事項」や「交渉」というかたちを取る以前に感じられる感情の「揺らぎ」ではなかろうか。ウィリアムズなら感情が揺らぐその振幅の大きさ小ささを、「感情構造」ということばで説明するところだろう。ポピュリストと批判されたウィリアムズは、ポピュリストであるがゆえに、現場で感じられてはいるがことばにはならない「揺らぎ」を無視することができなかった。イギリスのカルチュラル・スタディーズが記号論へとシフトする過程で、「分節＝接合」されなかったものがいくつかあった。その決定的なものは、コード化できない感情であった。

「感情構造」がホールのコード概念に「分節＝接合」されなかったというのには、二重の意味がある。上に述べたように、「感情」がコード概念からこぼれ落ちたというだけではない。ウィリアムズの「構造」に対する概念自体もまた棚上げされる。構造主義の言う「構造」や「コード」という概念は、私たちが日常で無自覚的に行っている「読む」とか「書く」という実践を視覚化するには確かに便利である。そのような意図で、ホールは「エンコーディング」と「ディコーディング」という二つの相対的に自律した系を想定し、両者の関係を説明しようとした。前述したように「ディコーディング」によってコードが再生産されるのであって、それによって二つの系には循環が生じると考えるわけだ。ところが、この図式からは視聴者側の「ディコーディング」実践は見えてきても、「エンコーディング」の実践は曖昧なままである。「エンコーディング」系は「ディコーディング」系を介在してのみ相対的に存在できる。（その辺に、オーディエンス研究における「ディコーディング」偏重の理由が隠されているように思う。）

問題は二つの系の想定である。二つの相対的に自律した系とは、あくまで「読み書き」の社会実践を自覚的に考えるための仮説であって、現実には両者は区分できないほど交じり合っている。私が今日の朝刊のコラムを読んだとして、私の社会生活のある文脈において、表明であれ引用であれ何らかの方法を用いて読んだということを伝達（エンコード）しないかぎり、読んだという事実は残らない。ホールの理論においては、送信系と受信系との間の関係がすべてである。そこからこの二つの系の自律性をさらに括弧にくくって、議論を展開することはできない。ホールたちが一九七〇年代に「言語学的転回」を行ったとき、つまり構造主義の思考枠組みを取り入れ始めた頃、ウィリアムズは別の思考枠組みで構造を捉えていた。彼は、構造主義者たちの議論において、もともと分析のための概念であった構造がいつの間にか社会の実相と同一視されがちなことを批判していた。彼にとっての「構造」は、ホールの図式のような落成した構造物ではけっしてなく、流動しつづけるプロセスであった。ある時期にある社会で働いているすべての要素が、「連結や衝突といった独自の関係性をもって立ち上がった配列組み合わせ」であった。ホールのコード概念において想定された二つの系が「連結や衝突といった独自の関係性」を失ったとき、イギリスのカルチュラル・スタディーズは「プロセスの中の構造」というダイナミックな発想をも失うことになる。

第七章　知識人の機能と「表象＝代弁」行為

――「感情構造」を接合する――

表象の二つの意味

「言語学的転回」によって、コンヴェンション（慣例、約束事）はコードに変換される。しかし、ニュー・レフト第一世代が重要視したコンヴェンションにはすべてがあった。コンヴェンションの動詞形「コンヴィーン（convene）」が示すように、コンヴェンションとはそもそも書き手と読み手との「出会い」であった。両者が出会う劇場では、書き手は読み手から感じる無言の圧力によって、当然書き方を制限される。つまり、コンヴェンションを考えることは、書く主体が担い、担わされる「表象」を考えることに通じる。表象の方法、主題、媒体の問題は、時間とともに変化してゆく社会、制度、文化と呼応しながら変化していく表象者と被表象者との関係の問題でもある。フランス語や英語で言う「表象（representation）」には、言語学や芸術において用いられるような表象、再現という意味と政治において使われる代弁、代議という意味とがある。これら二つの意味――一方では対象をことばや記号を使って表すことと、他方では直接語る機会のない人々の代わりになって語ること― は、相互に補いながら表象の概念を支えている。ところが今日、以上のような十全な意味合いで表象が理解されることは少ない。少し穿った見方をするならば、イギリスのカルチュラル・スタディーズの歴史は、表象の二つの意味が分離してゆく歴史であったと言えるかもしれない。一九七〇年代初めの「言語学的転回」は、表象を記号のレベルで精密に議論することを可能にしたけれども、主体の代弁行為というもう一方の意味合いを著しく薄めてしまった。その後、サッチャリズムという前代未聞の「新しい時代」が到来したとき、ホールは主体の代弁行為に戻って行ったかに思える。イギリス文化批評の行き詰まりを克服するために、ホールは一九八〇年代に、グラムシなどの大陸の思想の読み直しを図っている。この章では、一九八〇年代以降に文化批評が国際化、学際化してゆく過程に注目しながら、「言語学的転回」以降の「表象＝代弁」を見てみたい。そのとき問題となるのは、かつて知識人と呼ばれていた人たちによる書く行為である。

知識人とは何か

教室で「知識人とは何か」について考えてみようと学生に提案して、まず困ったことは、彼らのボキャブラリーの中に、そもそも「知識人」なることばだとか概念だとかが存在しないということであった。それほどまでに、今日では、知識人をめぐる議論が古色蒼然めいたものになってきている。

しかしながら、二一世紀を迎えた今日、前世紀のことを思い返してみるならば、二〇世紀は知識人の世紀であったと言ったとしても言い過ぎではない。知識人をめぐる議論は、世紀初頭のマルクス主義前衛から一九七〇年代前半までのサルトル的アンガージュマンまで、古今東西、多くの人々の頭脳を魅了し、かつまた消耗させてきたことは事実である。日本では、知識人でいう知識とは、仏教用語の「智識」とは別に、西欧との文化接触の中で生まれたことば、および概念であり、日本の近代化や国家形成と深い関係があった。とりわけ、戦後に起こった知の大衆化の中で、「知識」や「知識人」の概念はもっとも意識化、先鋭化され、気の遠くなるほどの数の議論が展開された。今日のデータベースなどを使って、「知識人の機能」、「知識人階級」などを検索してみると、おびただしい数の文献が一九六〇年代、七〇年代に集中していることが分かる。また近頃、嘲笑を込めて頭にカタカナ書きで「サヨク系」と冠されるタイプの知識人たちがもっとも活躍したのもその時期であり、彼らの文章を掲載した（これも廃刊か凋落傾向にある）総合雑誌の発行部数がピークを迎えた時期でもあった。

今日では、「サヨク系」を付けなくても、知識人ということばには否定的な意味合いが集中している。仮に「知識人らしい発言ですね」とか「君はインテリだから」などと人から言われたとして、そこに皮肉を読み取らない人はいないであろう。しかし、これは何も今日的な現象ではない。「知識人とは何か」を再考するにあたって、まず、知識人という語の輸入元の一つである英語の「インテレクチュアル（intellectual）」という語が何を意味してきたのか、『オクスフォード英語辞典』の記述をもとに、少し乱暴な概観をしたいと思う。

「インテレクチュアル」は「インテリジェンス（intelligence）」の形容詞形として一四世紀に誕生し、知の広さ深さを形容する際に使われた。この時期、「インテリジェンス」は人間の理解能力一般を意味していたからである。「インテレクチュアル」の名詞としての最初の使用例は、人間の知的能力や知的器官の意味で一六世紀頃から見られる。しかし、それが、他の人々と比較して特別な知的能力をもつ人々のカテゴリーを指すようになるのは、一七世紀半ばまで待たなければならない。一七世紀半ばから一九世紀の半ばにかけ、「インテリジェンス」がときとして統治能力を指すことばとして使われていることから判断して、この時期の「インテレクチュアル」のカテゴリーは、国家や権力の中枢に近い位置で、政治活動を行なう知的集団を指していたと考えられる。

いわゆる知識人、知識人層を指す名詞として「インテレクチュアル」が一般に使われるようになるのは、一九世紀の半ば頃からである。「インテリジェンス」の方が概して肯定的な意味で使われたのと対照的に、「インテレクチュアル」は名詞として使われる場合は、この頃からすでに、揶揄や否定的なニュアンスを伴っていた。つまり、知識人いうことばは、近代ヨーロッパから輸入された当初から、ある種の汚れを伴っていたことになる。レイモンド・ウィリアムズの『キーワード集』（一九七六）にはこう記述されている。ある知的集団を指す名詞として一九世紀に定着した「インテレクチュアル」は、その知的集団の何事にも冷めた態度、抽象論を振りかざす性癖、社会への無貢献に対する非難をも含んだことばであったと。[1]

マイナスの遺産を負った「インテレクチュアル」にことばの上でも、社会編成上も転機が訪れるのは、二〇世紀初頭に新しいことばとして「インテリゲンチャ（intelligentsia）」（日本語では「インテリ」と省略される）がロシア語から輸入されてからである。ロシアでは一九世紀半ばから、社会変革への意識を強くもった知識人の形成が言説レベルでも起こっていた。言説レベルで、ロシアの進歩派は、「インテリゲンチャ」をラテン語から造語する。そうすることで、社会改革を担う階級の形成を意図したのであった。「インテリゲンチャ」が英語として最初に使われた例は、一九〇七年に出版されたモーリス・ベアリング（一八七四～一九四五）の『ロシアの年』の次の一節に見られる。「革命家たちは、万一共和制への疑問が提出されれば、教育を受けたブルジョア、いわゆるインテリゲンチャの大量虐殺が起こるだろうと恐れている」。こうして、「インテリゲンチャ」は、固有の文化と政治的指導力とを有している一知的集団として、言説上も社会編成上も定着したのである。

マルクス主義の洗礼を受けたインテリの指導を抜きにしては、一九一七年の一一月革命や一九二六年のイギリスのゼネストなど、社会を流動化させる運動は起こらなかったであろう。だが、それと同様に、右と左、体制と反体制といった戦後の二項構造もまた、彼らの語る物語なしには、つい最近までの長期間の存続はなかったであろう。パリの五月革命、プラハの春、アメリカの公民権運動、日本の全共闘闘争など世界規模でそれぞれの社会構造に地殻変動が起こった一九六八年という年は、左翼系知識人（インテリ）がもっとも目に見えるかたちで社会に登場した年であった。同時に、機動戦で一気に社会を変革する試み自体の無謀さと知識人の無力さとを露呈させる契機にもなった。その後、一九八〇年代には左翼系知識人の機能や責任をめぐる議論は勢いを失い、サッチャーおよびレーガン政権のブレインたちや記号至上主義を唱えるポストモダニストといった新しいタイプの知識人——彼らは自分たちを知識人とは認めないだろう——が登場してくる。前章で詳しく見たが、ホールは「ディコーディング」における四つの位置取りを一九八〇年の印刷版では三つに修正した。その修正で削られたのが、二番目の知識人の位置取りであったことは象徴的である。相対的に自律していたはずの知識人は、優勢なヘゲモニーに回収されてしまう。さらに、一九八〇年代末から雪崩のように起こった共産圏国家の解体と再編は、左翼をサヨクに変え、知識人やインテリを死語にするのに拍車をかけたのであった。

それでは、知識人やインテリが現代社会に存在しなくなったと言い切れるだろうか。答えはノーである。オリエンタリズム論で有名なエドワード・W・サイード（一九三五〜二〇〇三）が的確に論じたように、「知識人なくして近代史における主要な革命は存在しなかったが、逆に、知識人なくして主要な反革命運動も存在しなかった」のである。現代の知識人は、識者とか有識者、文化人、解説員、評論家、アナリスト、リサーチャー、スポークスマン、アンカーマン、番組プロデューサーなど肩書きを変えてはいるが、隠然たる勢力をもって存在しつづけている。しかし、その一方で、彼らは自分たちが知識人であるとは公言しない。そして、受信者を操作するのに圧倒的な力をもつメディアと共犯関係を保ちながら（その陰に隠れて）、「グローバライゼーション」、「地球にやさしい商品」、「危機管理」、「近代の超克」などと聞こえのいい物語を紡ぎ出しつづけている。その意味で、メディアの暴力に早くから警鐘を鳴らしつづけてきたピエール・ブルデュー（一九三〇〜二〇〇二）の次の洞察は的確である。

もはや偉大な知識人になる必要などない。しかし、こう言い切ることで、警察監視の記号による野蛮な操作、知識人を規定するすべてのこと——例えば、権力者から自由な位置にいること、既成概念の批判、単純化されたあれかこれかの議論の否定、問題の複雑さへの配慮——と矛盾する操作を行なう知的創造者なるものが、知識人の完全な意味に合致する知識人としてジャーナリストたちに崇め奉られている。[2]

現代の知識人たちは隠然たる勢力をもっている。とりわけ冷戦構造の崩壊後、知識人の生態系は、目に見えないところで変わりつつある。この新しい知識人たちは、知識を伝達する声とペンとをもち、聴衆や読者が何かについて考える指針、考える方向を、恒常的に指し示しつづけている点で、権力機構の中枢に隠然たる地盤を保持している。一七世紀以来、「インテリジェンス」が政権を担った為政者の指導能力をも意味することを思い起こすならば、知識人が権力と深い関係にあることは何も現代の特徴ではない。今日の知識人は、「知識人の完全な意味に合致する」のだ。

あるインタビューの中でステュアート・ホールは一九七〇年代を振り返って、当時のCCCSの活動目的とは、「有機的知識人を生産するために一番いいカルチュラル・スタディーズの制度的実践を模索することであった」と答えている。[3]

カルチュラル・スタディーズが知識人を問題にするとき、必ず引き合いに出すのが、二〇世紀初めに有機的知識人の形成を提唱したアントニオ・グラムシ（一八九一〜一九三七）である。両大戦期間に、グラムシはレーニン主義前衛論を修正しつつ、知識人を二つの型に大別した。それが、「伝統的知識人」と「有機的知識人」である。前者は、社会的に確立した知的領域（文学、芸術、医学、神学など）の内部だけで活動するスペシャリストたち、後者は、社会と文化のあらゆる諸相を隈なく観察し、その発言で世界を指導する人たちを指す。

求むべきは、知的建設者、組織者、「不断に説得をつづける者」である。しかも、抽象思考と統計的な思考をもつ者にけっして劣らぬ者である。人は労働としての技術から科学としての技術へと、ひいては人間的で歴史的な文脈へと進んで行く必要がある。この意気込みがなければ、人はたんなるスペシャリストに留まりつづけるだろうし、「指導者」にはなれないだろう。[4]

グラムシはさらにこの有機的知識人の機能について、獄中からの手紙の中でこう書いている。「国家は、普通、政治社会（あるいは独裁、あるいは所与の時代の生産様式と経済にしたがって人民大衆を順応させるための強制装置）として理解されていて、政治社会と市民社会（あるいは、教会、組合、学校、等々のような、いわゆる私的な機関を通じて行使されるところの、国民社会全体にたいする社会的集団のへゲモニー）との均衡としては理解されていません。まさにこの市民社会においてこそ、知識人は活動するのです[5]」。

知識人の活動はへゲモニー形成と深い関係がある。しかし今日、私たちは「へゲモニー」ということばを使うのに戸惑いを覚える。グラムシの言う「へゲモニー」が、世界システム論などで言われる「覇権」と混同されがちだからではない。ペリー・アンダソンが『ニュー・レフト・レヴュー』誌一〇〇号（一九七七）で明らかにしたように、二九冊にも及ぶノート、おびただしい書簡、拘束される前に発表された政治パンフレットなど、あちらこちらに出てくるへゲモニー論自体に矛盾が多いためである[6]。どのような社会編成であれ、それを説明するには、力による強制を強調するだけでは不十分である。合意をもたらす教育や指導という意味でのへゲモニーが不可欠になる。その点に関しては、グラムシの主張は一貫している。しかし、この強制とへゲモニーとの関わりについて、グラムシは三つの矛盾する見解をしている。一つ目は、へゲモニーを強制と対立関係に置き、国家の強制に対して市民のへゲモニーがカウンター的な力を発動するという見解である。この見解は、一九六〇年代半ばに「サヨク的」市民運動のバックボーンとなった。グラムシは別のところでは、「社会編成＝強制＋ヘゲモニー」というテーゼも提出している。ここで、強制は編成上の最終手段として想定され、あくまで市民社会におけるヘゲモニー形成（陣地戦）が社会編成上もっとも重要な役割を果たす。三つ目の見方の特徴は、第一の場合と対照的に強制力が重視されることである。強制力は最後に控えているにしても圧倒的な決定力をもっており、それをカモフラージュするかのように学校や道徳などのヘゲモニー装置が起動すると考えられる。ルイ・アルチュセール（一九一八〜一九九〇）やニコス・プーランツァス（一九三六〜一九七九）は、この三つ目の見解に触発されてイデオロギー装置論を展開することになる。一九七七年、イギリスのニュー・レフト運動が行き詰まり、サッチャーの台頭を目前に控えていた時期、アンダソンがグラムシ批判を展開した理由は戦略的なものであった。強制とヘゲモニーとの三つの関係性のうち第一（ないしは第二）の見解を強調しすぎたために、ニュー・レフトはかつての革新性を失い、妥協に妥協を重ねる陣地戦に終始してきたと、彼は言いたかったのだ。

一九八〇年代になり、イギリスではサッチャーによるまったく新しい保守体制が生まれる。そのアメーバーのような新種の体制下では、どのような異物（異議申し立て）も包摂され、体制の栄養分に変えられた。ステュアート・ホールが再びグラムシのヘゲモニー概念を再評価するのには、そうした背景があった。グラムシのヘゲモニー論に矛盾はあるにしても、次の点でそれはやはり意義深かった。つまり、一方で市民全体への知的、道徳的教育と、他方で国家権力への介入という双方向的な働きかけをヘゲモニーに意味付けようとした点でである。有機的知識人は市民社会での教育活動を通じて市民の真の代表者に成長し、ときとして政治社会（つまり権力）に批判的に働きかけることもできることを、後の構造主義者と違いグラムシは疑わなかった。以下の『獄中ノート』からの引用は、有機的知識人が二つの社会で果たす機能を端的に表している。「知識人とは、優勢なグループの《代表者》であり、社会的なヘゲモニー形成と政治的統治のためのサバルタン（下士官）の役割を果たしているのだ[7]」。彼らは「サバルタン諸集団の中から頭角を現し、党を介在してヘゲモニーを行使するか、その兆しを示すことになる[8]」。グラムシの知識人論の特徴は二点に集約できるだろう。一点目として、知識人が彼の属する市民グループと一体化しており、それゆえに真の代表が可能であるということがある。二点目は知識人がサバルタンの機能を果たすという見解である。グラムシは、知識人を中央政権の周りを取り巻く知的集団（上官）でもなく、法治国家や社会の外に生きるアウトサイダーでもない、市民社会の指導主体（下士官）だと見なしていた。

混迷する今日の知識人論

激動の一九六八年以降、知識人の生態は様変わりをする。パリの五月革命を経験した知識人の中から、ポストモダニストと呼ばれる新しい知的集団が台頭してくる。彼らは歴史的真実、アイデンティティ、解放、サルトルのアンガージュマンなどの概念を疑問視し、知識人をめぐる議論をその土台ごと揺さぶった。グラムシがかつて説いた有機的知識人の形成や代弁行為は、理論上不可能であると断言することで、彼らは知識人という名前を廃止し、自らを知識人という機能から解放したのであった。知識人不在のポストモダニズム（幻想）の時代はこうして始まった。

『ポストモダンの条件』（一九七九）を著したジャン＝フランソワ・リオタール（一九二四〜一九九八）は、グラムシが形成を訴えた有機的知識人を墓場に送り込んだポストモダニストの一人である。彼はその評論『知識人の墓場』（一九九三）の中で、知識人の代弁行為の諸条件を検討した後、その条件を満たしえたのはカール・マルクス唯一人であったと言う。

過ち（不正）が共有されることなく、被害者は被害者であり、加害者には弁明の余地がないときにしか、われわれの歴史を形づくっている諸々の「名」の世界において、少なくともそうした「名」のうちのいくつかが欠けるところなき純粋な理念として輝きわたっている（中略）ときにしか、人は不名誉であることなしに「知識人」たり得ないのである。マルクスは、そうした意味で、その賃金条件によって労働者に対してなされる「純然たる不正」を繰り返し告発し続けたのだ。[9]

リオタールが拒絶反応を示しているのは、知識人はすべからく市民になりかわって代弁しなければならないという知識人論の基調であった。彼は疑問を投げかける。知識人は、適切に自らを表現することばをもたない市民たちを表象、再現し、それと同時に、彼らになり代わって彼らのための物語を提出することができるのか、また、そうしなければならないのか。この問いこそ、一九六八年のパリの五月革命後に、ポストモダニストたち――かつてのサルトル派ヒューマニスト知識人たち―― の精神と頭脳とを消耗させた根源的な問題であった。リオタールは、いかなる知識人も声をもたない人々を「表象＝代弁」しえないと考え、今日における有機的知識人の死と「大きな物語」(世界観)の終焉を論じた。「もはや《知識人》なるものは存在する筈がないし、もし存在するというのであれば、それは彼ら《知識人》たちが(略)新たな事態(データ)に目を閉じているからだ。すなわち、現実のなかから合図を送る普遍的な主体＝犠牲者、その名においてこそ、思想が論告――それがまた同時にひとつの《世界観》(中略)でもあるような論告を起草することができる、そんな主体＝犠牲者は存在しないのである」[10]。

「表象＝代弁」行為を否定する中で、ポストモダニストたちが導き出した指針は、自らが不正を受けた当事者(犠牲者)の資格を得ること、そして、声をもたない被害者たちが自分で語れるような条件を見つけることであった。ジル・ドゥルーズ(一九二五～一九九五)はミシェル・フーコー(一九二六～一九八四)との対談「知識人と権力」の中で次のように話している。

私の意見では、あなたがひじょうに根本的なことを教えてくれた最初の人でした。根本的なことというのは、他人になり代わって語ることが厚顔無恥な行為であるということです。私たちは、代弁＝表象をばかにし、その時代は終わったと言いましたが、その「理論的な」転向の結論を導き出せませんでした。つまり、直接の当事者のみが彼（彼女）の独自の方法で、自らを代弁することができるという理論的事実を、正しく認識できなかったのです。[11]

もはや「表象＝代弁」行為は存在しない。「表象＝代弁」する知識人も死に絶えた。他人になり代わって語ること自体、厚顔無恥な行為である。このようなポストモダニズム言説は、今日でも大きな力をもっているように思われる。

こうした思潮への不満から、一九九〇年代以降、非ヨーロッパ圏で、あるいはヨーロッパの周縁部で、知識人形成の試みが行われてきた。一九九四年にエドワード・W・サイード――彼はアメリカで活動したパレスチナ人であった――による一冊の知識人論、『知識人の代弁表象』が出版された。邦訳は『知識人とは何か』と付けられたこの本は、知的領域に属する読者たちを挑発して話題をさらった。サイードは、ポストモダニズムがもたらした弊害の一つとして、社会の中に自らの特定専門領域以外のことに無感覚になった知識人たちが増えたことを挙げている。現代の「知識人」たちは、社会とのつながりを切り、自らに与えられた特定の知的活動をディシプリン（学問伝統）にしたがって無批判に行なうことで、権力にとってこの上なく便利なお抱え商人になってしまっていると告発する。その上で、サイードはグラムシを引用しながら、今日における有機的知識人の再編成を呼びかける。「私にとってもっとも中心的な事実は、知識人とは、民衆になり代わって、また同時に民衆に向けて、メッセージや価値観、姿勢、哲学あるいは意見などを表象＝代弁し、具体化し明瞭に言語化する資質をもった個人なのだということだ」[12]。また、西ベンガル出身でポストコロニアル批評の論客、ガヤトリ・C・スピヴァク（一九四二〜）は、近代における他者監視システム、ロゴス中心主義の成立過程を分析したポストモダニストたちを取り上げ、彼らの「知識人」としてのスタンスに厳しく異議を申し立てている。「《他者》形成のメカニクスについてのデリダやフーコーによる継続的で発展的な研究が有益なことは認める。（中略）その研究は、西欧の没落に関心をもつ知識人たちにとっては利用価値が高いのである。この種の研究は彼らを魅了しても、私たちを不安にさせる。と言うのも、その種の研究は、研究する主体（男性もしくは女性の専門家）の隠れ蓑になり、彼らが透明な存在になる手助けをしかねないからである」[13]。さらにもう一人、ギリシア出身の新マルクス派、コルネリュウス・カストリアディス（一九二二〜一九九七）がいる。次の引用には、ポストモダニズム言説の虚偽を見抜こうとする著者の眼光鋭い眼差しが感じ取れる。

確かに、あれらの〔ポストモダンの〕「哲学者たち」の大半は、聞く気になっている人びとに対して、民主主義、人権、反人種差別、等々への自分たちの忠誠を叫んでいます。しかし、何の名においてか。彼らが現実に絶対的相対主義を主張し、すべては一つの「物語」――俗にいえば、無駄話――でしかない、と宣言している時に、どうして彼らが信じられましょうか。もしすべての「物語」に優劣がないとするなら、アズテック人の「物語」や彼らの人身御供を、ヒトラーの「物語」とそれがまきこんだすべてのものを、何の名において断罪するのでしょうか。

それに、「大きな物語の終わり」の宣言それ自身が、一つの物語ではないのでしょうか。こうした状況のもっとも明確なイメージは、「ポストモダニズムの諸理論」によって供給されていますが、これらの理論は、現在の状況を問い直すことの拒否（ないし無能力）の、もっとも鮮明な――私にいわせれば、もっとも臆面もない――表現です[14]。

カストリアディスはポストモダニズム言説に仮借ない批判を加えながら、自らは（アリストテレスを引いて）「統治することも統治されることもできる」市民の育成を訴えつづけた。この主張は、私たちをグラムシの市民社会という考え方に立ち戻らせる。同様に、先ほど引用したサイードやホールは知識人の「表象＝代弁」行為について、スピヴァクは知識人の機能について、いずれもグラムシが提出した問題の再考を促している。次のセクションでは、もう一度、統治する者と統治される者、指導する者と指導される者、知識人とサバルタン（従属民）との関係について見てみたい。

代弁される人々の声は聴こえてくるのか

知識人の「表象＝代弁」行為を議論する以上、「表象＝代弁」される「非知識人」の存在が当然、前提となるはずである。しかしながら、グラムシの知識人論でユニークなのは、彼が「表象＝代弁」されるべき「非知識人」など存在しないと考えた点である。「知識人について論じることはできるが、非知識人についてはは論じることはできない。なぜなら、非知識人などといったものは存在しないからだ[15]」。彼の有名なテーゼにしたがえば、「人はみな知識人」である。なぜなら、知識とは「すでに意識的な指導体制のもとに行われている組織的な教育活動によって教え込まれたわけではなく、コモンセンス（共通感覚、常識）という名のもとに日々の経験を通して形成されてきた」からである[16]。グラムシが階級間の経済格差が改善されない一九三〇年代のイタリアに導入しようとした「実践の哲学」とは、知識人＝市民たちがすでにもつコモンセンスの刷新であった。その刷新は、前衛的知識人による教条主義的な教え込みではなく、コモンセンスによる「コモンセンス」の批判、つまり、市民が自身の共通の経験および共通感覚をもとに、既存の常識を批判する実践を通してのみ可能となるのである。「有機的知識人」がこの実践を指導するわけだが、指導する対象もまた知識人＝市民なのだから、その教育関係は当然、双方向的なものになる。教える者と教えられる者との関係は、「流動的で、相互交流的なものであり、そのため、どんな教師もつねに生徒であり、どんな生徒もまたいつも教師なのである[17]」。

市民はみな知識人であると見る観点は、市民こそが社会を流動化させる運動の主体だと考えたいマルクス派の知識人にとっては必要なものだった。しかし、知識人がそのように述べることこそ、フランスの著述家ジュリアン・バンダ（一八六七～一九五六）が「知識人の裏切り」と呼んだ行為に他ならない。

> これ〔知識人による世俗的指導〕が半世紀以来、民衆の現実主義を抑制することが責務であったのに、全力をあげてこの現実主義を煽ってきた人々の態度、つまりこの理由から私が知識人の裏切りと呼ぶ態度なのである。（中略）〔これが起こった〕主要な原因の一つは、現代世界が知識人を市民とし、そのさまざまな役目を果たさせるようにしたため、先人よりも、世俗的情熱を軽蔑することがはるかに困難になったことである。（中略）〔真の知識人であれば〕カエサルのものはカエサルに返す、すなわち、たぶんその生命さえも返すだろうが、それだけだ。[18]

前述のサイードは、グラムシとバンダとを二〇世紀における知識人論者の双璧として紹介したが、二人の考え方は対照的である。英語としても定着した「知識人の裏切り（trahison des clercs）」ということばは、教育者や作家や哲学者が妥協案を出し合って、市民を世俗的な関心に導いている状況への警句であった。フランス語で知識人を表す「クレール（clerc）」（英語では clerk は役人を意味する）は元来、聖職者を指し、道徳的宗教的な側面で民衆を導く責務を負っていた。バンダにとって、知識人とは聖別されていて、世俗的市民生活とは距離を取るべき存在であった。そのため、市民を知識人に仕立て上げて連帯しようとする態度は、とうてい容認できない裏切り行為であった。

晩年のバンダはサルトルとも交流し、アンガージュマンを説くこの左翼系知識人とときとして対立したが、サルトル以降の世代にも後継者を残した。前述の対談の中でドゥルーズは、市民と同じことばで、市民になり代わって代弁する行為を「知識人の厚顔無恥」として否定したし、フーコーも「大衆は十分完全に、明瞭に知っている。（中略）知識人よりもずっとよく分かっているし、自分たちのことをうまく表現できている」と述べて、生涯、代弁をしなかった。[19] 彼らは、市民こそが社会を流動化させる主体にならなければならないし、またなることができると考えた点で、グラムシの系譜に属している。その一方で、彼らポストモダニストたちは、市民のものは市民に返し、聖別とは言わないまでも市民から見えない位置から語っている（他者の形成のメカニクスについての考古学に没頭した）点では、バンダの考える「真の知識人」に近い存在にもなっている。

ドゥルーズやフーコーが、民衆は自らの声で語ることができると述べたことに激しく反発したのが、スピヴァクであった。語ることのできる民衆や被抑圧者という言説は、スピヴァクの視点からは、ポストモダンの「知識人」の常套手段であり、民衆が語っているように思わせる腹話術にすぎないと批判される。歴史上、それぞれの社会において不当な行為を受けて死んでいった人々の数は数えきれない。ときたまに運よくその不正が糾弾されたときに、その不正を覚えている人々の語りによって、犠牲者の姿が物語の人物のように「表象＝代弁」される。しかし、だれも不正の犠牲者が何を感じ、考えたかを、当事者の口から聞くことはできない。スピヴァクは、状況的に産み出される不正の犠牲者を、その多くは死んでしまったか、語る手段と機会、それに語る場所をもたない人々のことをサバルタンと名付けた。彼女はこの用語をグラムシから借りてきたのだが、グラムシのサバルタンが市民社会と有機的に結びついた知識人であったのに対して、そのカテゴリーから代弁する（腹話術をする）知識人をあえて外す。その上で、サバルタンは語ることができるのかという問いに立ち戻ってゆくのである。

その際、スピヴァクが思い描いているサバルタンとは、西ベンガルにあって、まずは土着の男性中心的な慣例によって、次に帝国主義が押し付けてきた価値および監視のシステムによって抑圧され、声を奪われてきた女性たちであった。スピヴァクは次のように疑問を投げかける。

> フーコーとドゥルーズによると〔中略〕〔第一世界の〕被抑圧者たちは、機会が与えられさえすれば、連帯政策を通じて団結し合う中で〔中略〕彼らの置かれている状態を語り知ることもできることになる。〔しかし〕私たちは別の問題に直面せざるをえない。社会化された資本とは異なる国際的分業を営む側〔第三世界〕ではどうか。帝国主義的な法律と教育が欧化以前の経済的テキストを補足する反面、認識上の暴力を揮っている世界の内部および外部ではどうか。サバルタンは語ることができるのか。[20]

この問いに対して、一九八八年に活字になった最初の論稿の中でスピヴァクが出した答えは、サバルタンは語ることはできないという否定的なものであった。その発言は、彼女自身が後にあまりにも感情的に反応しすぎたと振り返った、ある調査事例と深く関係している。[21] インド独立運動期の一九二六年に北カルカッタで一人の独身女性が自殺する。当時、彼女の生涯は、周囲の人々が語る物語により「表象＝代弁」された。彼女は独立運動という大義と暗殺に対する良心的疑問に挟まれて自殺したのだという解釈が先行し、独立運動のためにインドの男性と共に戦った女戦士であるという言説が彼女を取り囲む。ところがスピヴァクは、その女性が自殺を決行するのにわざわざ生理になるのを待っていたという事実を掘り起こす。そして、その死を、インドの中上流階級で行なわれていた寡婦の後追い自殺、「自らの意志で」夫の火葬の炎に身を投げる慣例への異議申し立てであったと読み直す。なぜなら慣例上、生理中の寡婦には殉死の権利が認められていなかったからだ。「寡婦の殉死」の名のもとでのインド女性の身体の管理、その慣例を野蛮だと禁制することで新たに女性の身体を監視する帝国主義の眼差し、こうした事象への異議申し立ての声は聞こえてくることはない。スピヴァクはその論稿をこう締めくくっている。

　サバルタンは語ることができない。グローバル・ランドリー・リストに「女性」というご立派な項目を記載してみても、何の効果もない。表象＝代弁行為はいまだ衰えてはいない。女性知識人には知識人として果たすべき一定の仕事がある。女性知識人は、派手な身振りを交えて、その仕事は自分の仕事ではないと否定して、放棄すべきではないのである。[22]

知識人の「表象＝代弁」行為はいまだ衰えてはいない。そう言い切ることで、スピヴァクは第一世界のポストモダニストたちに反論した。確かに、それまで第一世界では議題にすら挙げられなかった「第三世界の女性」の問題を「表象＝代弁」した意義は大きい。しかし、スピヴァクが語ることのできないサバルタンの「表象＝代弁」を再評価したことを期に、代弁する知識人と様々なサバルタンの関係は一九九〇年代にさらに錯綜してゆくことになる。

スピヴァクの論稿「サバルタンは語れるか」が公表された一九八八年以降、おそらくは共産圏国家の解体と再編および冷戦構造の終焉など世界秩序の変動と連動するかたちで、少数民族を始めマイノリティと呼ばれるグループの発言や社会運動が目に見えて活発になる。そして、一九九〇年代はカルチュラル・スタディーズが爆発的なブームを迎えた一〇年であったと言えるだろう。一九七〇年代からのＣＣＣＳを磁場としたカルチュラル・スタディーズの活動は、炭鉱労働者階級や旧英国領移民、パンクミュージック・クラブの青少年などのマイノリティに焦点を合わせたものであった。それがアメリカに輸入されると、おそらくはメディアの市場戦略とアカデミズムを刷新しようとする動きとが重なり、アメリカ国内の様々なマイノリティを「表象＝代弁」する発言や文章が氾濫するようになる。大学にはいくつものマイノリティ研究やカルチュラル・スタディーズのコースが新設され、カルチュラル・スタディーズを紹介する入門書や論集が相次いで出版された。そして今日、マイノリティの「実情」だとか「真の物語」を「表象＝代弁」するテレビ番組が日々の生活を覆っている。ブラウン管には、少数派先住民族、不法移民、ＨＩＶ感染者、カルト集団、刑の執行を待つ死刑囚などなどが顔の見えないナレーターに「表象＝代弁」されて、映し出されている。

新しく危惧すべき問題が生じている。メディアが力をもつ今日の社会の中では、代弁する知識人たちは、サバルタンやマイノリティのために、代わりになって語ることで、サバルタンをますます不利な状況へ追い込む可能性がある。早くも一九五〇年代からメディアが民主主義に果たす役割を重視したレイモンド・ウィリアムズも、メディアが提出する議論が実質的には少数派エリートの独占物になり、有形無形に多数派の大衆を搾取していることを懸念した。[23] ウィリアムズの多数派大衆と少数派エリートという整理は今日の状況にはそぐわないかもしれない。なぜなら、大衆は状況により様々な少数派になり、自分も社会から不当に扱われていると思う（思わせられる）ようになっているからだ。今日、少数派エリートは、自ら知識人であることを意識せずに、この状況的に作られたマイノリティに同化できる。そして、誰にでも分かることばでマイノリティを「表象＝代弁」するのだ。前述のカストリアディスは今日の「知識人」の生態をこう描写した。

知識人の批判や職業は、かつてよりもずっと、はるかに強烈な形で、組織に組み込まれています。すべてはメディア化し、共謀の網はほとんど全能です。不調和な異端派の発言は検閲によって、窒息させられているのではありません。それらは全面的な商業化によって窒息させられています。紊乱は、流行しているもの、普及されているもののどれにでも見られます。ある書物を宣伝するために、人はすぐに「ここに、この領域を革命する本があります」といいます。[24]

メディアに囲まれた現代の日常の中に、「革命的な本」「画期的な真実暴露」「革新的な新説」「時代の新しい風」は氾濫し、私たちを窒息させる。もし仮に不当を訴え、異議を訴えるサバルタンの声がそこに含まれていたとしても、前者と聞き分けることはきわめて困難になっている。現代の代弁する「知識人」たちはマイノリティになり代わって語ることで、同時に彼らの口を塞いでいる。

知識人と代弁される人々とのヘゲモニー形成のために

カルチュラル・スタディーズやポストコロニアル批評の「表象＝代弁」を肯定する態度は、実は資本主義の文化産業にとって好都合なものになりうる。確かに彼らの政治的姿勢は、政局の安定化と経済構造の固定化を図る人々とは相容れないものである。しかしながら、理念的戦略として代弁を肯定することと文化産業の実践で起こっていることとは、しばしば重大なずれを伴う。メディアを機軸とした文化産業のレベルでは、「表象＝代弁」を意識した知識人の存在は無用なものである。そこでの代弁はむしろ、黒子の語り手が被代弁者の問題を抽象化し、耳にやさしいキーワードや流行語を与え、その問題が他の社会問題にも多様に連結してゆく可能性を示せば、それで十分である。絶え間なくことばの新商品を生産し、しかも、これまであった様々な境界を越境して新商品を大量生産する資本主義の文化産業は、「表象＝代弁」行為に無自覚な「知識人」を取り込みつづけている。

このような状況があるからといって、私たちはポストモダンの諸条件を受け入れるわけにはいかない。テリー・イーグルトンが『ポストモダニズムの幻想』の中で暴いて見せたように、ポストモダニズムは自我の分裂、断片化、価値の絶対的相対主義、記号至上主義などをキー概念として、別の次元で消費型資本主義の露骨な文化産業を支えてきたからである。[25]そして何よりも、ポストモダンの条件は知識人がもはや死に絶えたという言説を作り出すことで、文化産業と共犯関係にある「知識人」を隠蔽してしまうからだ。知識人の「表象＝代弁」行為を衰えさせてはいけない。確かに、サバルタンの声を直接聞くことは現状では困難ではあるが、聞く可能性は残されている。ひょっとすると、彼らはすでに彼らのことばで語っているのに、理性の耳しかもたない私たちが聞き取る器官を十分に発達させていないだけかもしれない。問題は、サバルタンが語れるか、それとも知識人が「表象＝代弁」する資格があるかの二者択一にはないのだ。グラムシが強調しつづけたように、（理想論だとしても）語ることができないと思われている市民が語り、有機的知識人が代弁することが、ヘゲモニー形成の根本的条件なのだから。エルネスト・ラクラウはヘゲモニー概念を今日の文脈で継承している論客である。彼は、ヘゲモニー関係が今日の社会文化状況に妥当するかぎり、「表象＝代弁」行為は避けて通れないと断言する。

「代表＝表象」はヘゲモニー関係の構造の本質をなす。あらゆる代表＝表象が取り除けるというのは、全体的解放という考えにともなう幻想である。しかし共同体の普遍性が、なんらかの個別性を媒介としなければ達成不可能であるなら、表象関係は本質的になる。[26]

かつてマルクス主義者たちが唱えたような個別的解放から全体的解放への移行など起こらなかった

し、これからも起こりそうにないことを私たちは知っている。個別の次元で行われていた「表象＝代弁」が拡大され、グローバルな解放を目指す「表象＝代弁」になればそれだけ、もともとの個別的な「表象＝代弁」は後者の拡大された「表象＝代弁」とのつながりを失ってゆく。拡大された「表象＝代弁」は、ますますラクラウの言う「空虚なシニフィアン」になってゆく。しかし逆に、この「空虚なシニフィアン」も個別の次元で行われていた「表象＝代弁」の残余を取り除くことはできない。それを取り除けば、大きな「表象＝代弁」はシニフィアン（記号や名前）であることすらできないからだ。必要なのは、「空虚へと向かうシニフィアンが作られることであり、これは普遍と個別の通訳不可能性を保ったままで、後者が前者の代表＝表象を引き受けられるようにする」からだ[27]。ラクラウを通じて、今日のヘゲモニー関係には新しい性格が与えられた。つまり、今日のヘゲモニー関係は構造的に決定されるものではなく、あくまで偶発的に形成されるものであり、その関係の中では個別と普遍とはどちらかに回収されることはないのである。これはサバルタンと知識人との関係にも当てはまる。サバルタンと知識人とが偶発的に手を結び合うとき、両者の語る声は交じり合い不協和音となる。不協和音であるからこそ、社会に対して強いプレッシャーを与えることだってありうる。そう解釈できはしないだろうか。

最後に、今日の「表象＝代弁」行為をめぐる問題を三つ指摘して終わりたいと思う。第一に、知識人たちがどの場所から語っているのかという位置確認である。第二に、いったい被代弁者の何を代弁しようとする（代弁できると考える）のかという判断である。三点目として、「表象＝代弁」したその声を誰に聞かせようとしているのかという問いがある。この本を結ぶにあたって、最後にこの三点を「感情のカルチュラル・スタディーズ」に絡めて考察してみたい。

代弁する知識人はいったいどの位置から語りうるのか。その問題を今日的なものとして受けとめるとき必要なのは、私たちが他者や他の文化を眺め、それについて語ったり書いたりする土台がつねに動きつづけているという認識である。対象を鳥瞰できると思われていた頂上点はもはや存在しない。東経一三五度という地点も、経度零地点がグリニッジである根拠を失えば日本である必要はない。もはや絶対的な「表象＝代弁」は不可能なことを認めなければならない。ウィリアムズの有名な定義にしたがえば、文化とは、止まることなく変容しつづける人間の様々な関係性の中から立ち上がってくる「生の営みの全容」であった。それでは、代弁する知識人は被代弁者に対して、いったいどのような関係を取るべきなのであろうか。左翼系知識人の凋落とともにアンガージュマンやコミットメントということばや概念は古びたものとなったが、マルクスが土台と上部構造との議論で用いた連携（alignment）は再検討すべき重要な概念のように思われる。マルクスが「書くこともまた連携することになる」と言った意図は必ずしも明確ではないが、連携は、その語感からしても漠然としたつながりを表し、階級闘争のための連帯のような一枚岩的なつながりを意味しない。その語が内包する線（line）が感じさせるように、「線をつくる」ことや「直線に並ぶ」ことを意味する。「表象＝代弁」行為は、代弁する者と代弁される者との連携（線の形成）であり、特権的に定まった点はどこにもないのだから、線は状況に合わせて無数に引けるはずだし、また引かなければならない。その連携、線形成は引いたり、消したり、引き直したりの連続で不安定なものではあるが、客観的観察や完全な代弁が不可能であると気付いた知識人の唯一の位置取りなのである。

知識人の立つ位置が被代弁者の立つ位置（地点）に完全に重なることはない。知識をそのペンと声とで多数の読者や聴衆に恒常的に伝達できることは、知識人の特権に他ならない。現状では、知識人と被代弁者との間には乗り越えられない位置の隔たりがあるのだ。知識人は被代弁者を「表象＝代弁」しながらも、大多数の人々に向かって語るために、ときとして被代弁者の心情を犠牲にしてでも大多数の人々に分かる言語を使わざるをえない。そこに、「表象＝代弁」する中身と方法をめぐる二つ目の問題が生じてくる。読者や聴衆の言語で語る行為が陥る最悪のシナリオは、代弁者が被代弁者の問題を聞こえのいいキーワードを用いて、その問題に一つの規格を与え、自らもその問題の権威に納まってしまうことである。先に紹介したスピヴァクはサバルタンというキーワードを作り出した造語主ではあるが、彼女はそのことばと概念を読者に提供する際に、一つの付帯条項を付けている。

サバルタンとはエリートでないすべての人を指しますが、このような種類の命名で問題となるのは、政治的関心をもち合わせているかぎり、その名前が将来、消え去ることを願いながら名前を付けるということです。その階級が消え去ることただそれだけを望むこと、階級意識とはそういうものです。私たちが政治的に望むことは、その名前がもはや存在不可能になる状況です。だからこそ、私の最大の関心事は、何よりも私たち自身をサバルタンの名付け親であると認めることにあります。もし幸いにしてサバルタンが語ることができれば、サバルタンはもはやサバルタンでなくなるのです。[28]

名付ける側のこのような批評意識はきわめて重要である。身近な例で考えれば、「従軍慰安婦」という命名は確かに、そのことばの使用と戦後補償との両面において、私たちに新しい問題意識を呼び起こした。しかしながら、当事者たちが五〇年以上の歳月を経て、新たに二次的な差別や苦悩を抱いている現状がある以上、この問題を代弁する知識人たちは、従軍慰安婦ということばを消去する方策をも同時に考えてゆく責務があるのだ。

スピヴァクの脱構築派としてのスタンスは一貫している。彼女は、西欧から学んだ知識を「忘れ去ってみる (unlearning)」ことの必要性を指摘し、付けた名前を消去することの意義を強調する。そうした自らの知のありようを容赦なく括弧に入れて、疑問視せずにはすませないその挑発的姿勢は、知識人の「表象＝代弁」行為を考える者すべてにぴりぴりとした緊張感を与えている。しかしながら、このような張り詰めた批評意識を啓蒙するだけでは、「表象＝代弁」の問題は片付かない。名前を名付けた後で良心に駆られて「表象＝代弁」の問題を考え詰めるだけでは、名前を付けられたサバルタンの問題が今日の文化産業ネットワークの中にまったく恣意的に絡め取られる現状を変えられない。それほどまでに、理性のみで提案されたキー概念やキーワードは危険性を孕んでいる。私は、「表象＝代弁」する知識人がサバルタンの問題を理性的に整理して、「スタンダード (standard)」を提示することはあってはいけないと考える。「スタンダード」に二重の意味を込めているのだが、「スタンダード」には、一方で「規格・見本」という意味と、他方で「旗・団体旗」という意味がある。サバルタンの問題を理性的に処理して一定の規格を与えて紹介し、それを団体旗にして自ら旗手（standard-bearer）となって掲げること。このような行為は、厚顔無恥な「表象＝代弁」行為と言われても仕方がないように思われる。

いったい知識人はサバルタンの何を代弁しようとすべきなのか。この問いに対するヒントを、知識人と市民（民衆）との有機的関係を一一年間も獄中で模索しつづけたグラムンにもう一度求めてみたい。

民衆は「感じている」が、いつも知りえて、理解するとはかぎらない。知識人は「知りうる」が、いつも理解できるとはかぎらないし、とりわけ、感じることができるとはかぎらない。（中略）知識人の過ちは、理解せずに、ひいては感じたり、共感したりしないで知ることができると思い込んでしまうことにある。（中略）政治的歴史（物語）を産み出そうと思う者であれば、誰もが知識人と民衆との感情的な結び付きを作り出さなければならない。そのような結び付きがなければ、知識人と民衆との関係は、たんに官僚的で形式的な関係に陥らざるをえないだろう。そして、知識人たちは一つのカーストないしは一つの教会になってしまう。知識人と民衆との、指導者と被指導者との、統治者と被統治者との関係が、感情＝情熱から理解を、さらには知識を産み出すような有機的な紐帯によって形成されるのであれば、そのときだけ、その関係が表象＝代弁の関係になるのだ。[29]

グラムシは、力強い「知識を産み出すような」知識人と民衆の関係は、両者間の感情や情熱に端を発さなければ生まれないと考えていた。理論的には陳腐でナイーブに思えるかもしれない。それでも、そもそもの初めに共感がなければ、どんな「表象＝代弁」も虚偽になるというのは、考えてみれば当然である。現代の代弁する「知識人」たちも、不当な処遇を受けている人々を観察した際に、憤りや同情や何らかの感情をもつに違いない。その感情はきわめて大切なものであるにもかかわらず、彼らはその感情を感傷主義として抑え込み、なぜ自分がそこに共感したのか語ろうとはしない。（ホール流に言うと、感傷は関係性を生産し、文化を生産するのだから、けっしてばかにしてはいけない。）多くの場合、社会の矛盾を冷徹に指摘し、既存の概念を修正しながら、造語で新概念を導入する。ときとして、語りの戦略としてサバルタンの感情を「表象＝代弁」するが、それはおおむね頭で理解しただけの感情を描写しているにすぎない。代弁する知識人が自らの語る位置に十分自覚的になり、被代弁者との線形成を目指すのであれば、代弁者が自らを透明な存在にすることは許されない。有意義な「表象＝代弁」が可能になるのは、読者や聴衆が分かる感情の言語ではなく、自らの身体に染みわたった被代弁者の感情の言語を通して、知識人が語るときだけなのである。

イギリスにおいて、被抑圧者や民衆の感情を彼らの言語を用いて書く実践をした人物はレイモンド・ウィリアムズをおいて他にはいないだろう。彼の有名な著作『田舎と都会』は、彼が生まれたボーダー・カントリーがロンドンの資本の流入によって変貌するプロセスを分析したものとしても読める。この本がいまだに色褪せないのは、著者がその変貌を眺める土地の人々の感情を「表象＝代弁」しているからかもしれない。彼は、イプセンからブレヒトまでの民衆劇の展開を考察する際にも、劇場を起点として地熱のように湧き上がってくる感情、劇の作り手と観客との双方に共有される感情、抽象的な概念を与えるには未発達、無定形な感情だが、社会を流動化するエネルギーを備給した感情を「表象＝代弁」することに力を注いだ。繰り返し見てきたように、ウィリアムズはこうした感情に一過性ではない構造性を与えようとした。

私が感情構造と呼ぶものは、どんな抽象的な内容とも異なっているように思える。それは、現実の深刻な関係が感じ取られるように、最初から強烈に感じ取られるものであり、同時に一つの構造を形成している。これこそが社会秩序の現実的な形態に対抗する個別的な反応であると思う。それは、ドキュメントとして記録されるというよりむしろ（中略）私的な感情か公的なものか、個人的な感情か社会全体の経験か、そうした区別をあらかじめ付ける前に、全体として総合的に理解されるのである。[30]

生身の民衆の意識、感情は、彼らの日常の中で形成されているものであって、形成されていると考、えられているものにかぎらない。この意識や感情は、「そのどれもが十分に分節＝表明され、定義されたことばになる以前の萌芽期の状態にある」のだ[31]。しかしながら、構造化された共有感情に変化が起こるとき、抽象的概念化や合理的な説明を待つまでもなく「体で感じられるプレッシャー」が生まれることもある。語る位置にある知識人が「表象＝代弁」する中身はこの感情構造であり、「感じ取ることのできる思考であり、思考しうる感情」についてである[32]。ウィリアムズの文体は、感情を「表象＝代弁」するためにしばしば難解ではあるが、その難解さの中に分かりやすい抽象概念では捉えられない、深い洞察が込められている。

「表象＝代弁」行為に関する三番目の問題に移りたい。「表象＝代弁」した声をいったい誰（どこ）に向かって発すべきなのかということである。不正を受けている人々を「表象＝代弁」し、彼らのことを知らない共同体や権力に向けて提出することはもちろん重要である。しかしながら、代弁する知識人は「表象＝代弁」した内容を代弁される当事者に向けても提示していることも忘れてはならないだろう。それは、従来であったらフィード・バックと呼ばれるものだが、旧来の「表象＝代弁」行為が存在しない以上、この概念も無効である。今日の代弁する知識人にとっては前衛も後衛もない。双方的なヘゲモニー形成のためには、代弁される人々と彼らを知らない人々と両方を同時に向いて、「表象＝代弁」の声を発しつづける必要がある。知識人が語り、代弁されている人々も語る状況は、その双方的な「表象＝代弁」なくしては生まれてくるはずもないからだ。今日、不正を受けた人々が自ら語る機会は依然としてかぎられている。だが、彼らの自発性を問題にして悲観するのは、知識人たちの傲慢である。人間の歴史の中では、自発性と自律精神を完全にもち合わせた人間が存在しないように、完全に歯車や機械である人間も存在しないからだ。現代の代弁する知識人の保つべき姿勢は、グラムシが獄中で自らに言い聞かせて書いた次のことばの中に刻まれている。

知性のペシミズムと意志のオプティミズムと[33]

試みのエピローグ

——「読み書き」の日常文化を知るために——

放送大学大阪学習センターで知ったこと

この本のプロローグの中で、放送大学大阪学習センターで学ぶ人たちの「読み書き」体験に学びたいと書いた。どうかすると文学研究は、社会学が行う数量化や抽象化に反発するあまり、人々が実際にはどのように「読み書き」を行っているかについての社会学的な問題を避ける傾向にある。しかしながら、「感情構造」に注目する以上、その問題は避けて通れない。ただ目下のところ、その問題に切り込む適切な手段が見つからないのが実情だ。物語構造から読者を割り出す読者理論も、社会学の読者調査による定性、定量研究もどこか恣意的に感情を汲み上げている感じがする。しかし繰り返すが、その問題の大きさと複雑さを口実に、日常で営まれる「読み書き」を知らないですますことは、もはやできないだろう。まずは試みとして、人々の「読み書き」体験の肉声を聞くことから始めてもいいのではないだろうか。

　この三年間、私は放送大学大阪学習センターで学ぶ人たちと定期的に接してきた。以下に挙げるのは、私が教える機会を得た人たちのうち、一二一名の方から聞いた話や書いてもらった事にもとづいている。（教員と学生との間の権力関係を無視するつもりはない。こうした聞き取り結果が、客観的なデータにはならないことは承知の上で、あえて挙げたい。）放送大学大阪学習センターには、学部大学院併せて三九四〇名が在籍している（二〇〇四年一月時）。年齢別で見ると、三〇歳代が一番多く全体の二八・七％、それに二〇歳代の二〇・六％、四〇歳代の二〇・一パーセントとつづく。男女比では女性が全体の五六・六％を、男性が四三・四％を占める。放送大学の性格からか、職業別で見ると千差万別である。会社員と公務員が割合では多いが、以下に見る例には、私が接した定年退職者や一〇代のフリーター、創作舞踏家やパートの介護ヘルパーなど、さまざまな職種の人々の声が含まれている。大阪学習センターが二〇〇二年度に実施したアンケート結果によると、卒業生の半数が学位取得を入学動機に挙げ、半数が生涯学習を動機に挙げている。また、全体の四割強の人たちが、何らかの仕事をもちながら生涯学習をつづけている。私は彼らの声を「表象＝代弁」する位置にいると考えるほど思い上がっていない。彼らの肉声を紹介しても、それをまとめて仮説を提示するつもりなどない。それでもやはり、ここでの紹介も恣意的であって、「表象＝代弁」の難点は克服されていない。以下に紹介するものも、すぐに書き換えられる「表象＝代弁」となればと思う。

日常生活の中で「読む」

放送大学に在籍する人たちは、それぞれの日常の中で、どうしたときにどのようなところでどんな風に読んでいるのだろうか。私はまず、そのことから聞いてみた。すぐさま何を読むのか、その対象が問題になる。私はいわゆる本に限定せずに、ことばを主な媒体として、相対的な完結性をもった物語（ナレーション）をすべて含んでみた。そのため回答の中には、映画や漫画誌、テレビ番組やロール・プレイング・ゲームを対象としたものもあった。少しだけ具体例を挙げるに留めるが、氷室冴子の漫画『なんて素敵にジャパネスク』、オペラ『魔笛』、映画『シンドラーのリスト』、能の『巴』、インターネット上のRPGゲーム『ルーン』、テレビ番組『プロジェクトX』など実に様々である。彼らが何を読んでいるかも重要だが、私の関心はむしろ、彼らがどのように読んでいるかの方にある。具体的な回答を見てみたい。

（具体例①：六〇歳代の女性）

彼女は放送大学が提供している教材『地球の歴史』を挙げている。おそらく彼女は自然史関連のコースを受講し、四六億年前から現在に至るまでの地球の変化過程を学習しているのだろう。彼女の回答には、客観的事実としての地球史に関心を抱いている部分とそうでない部分とが含まれている。

長い時間、地球上で営まれてきた生のありようを見るうち、「今までこだわっていた《死》というものがごく自然に受け入れられる」ようになったと述べている。自分の存在を相対化し、より大きな時空の中で自分はどこら辺にいるのかと考える瞬間は、おそらく誰もがもつものだろう。しかし、そうした「悟り」に近い瞬間はなんら特別なきっかけがなくても（哲学書や宗教書を読むとか、身辺に大きな事件があったときだけではなく）、理科の勉強をしている日常にも起こりえる。その何でもないように見えて重要な事実に、私は彼女の回答を通して気付かされた。

（具体例②：三〇歳代の女性）

映画『タイタニック』とはどんな映画かと聞けば、歴史的な海難事故に設定された運命の恋の物語という答えが普通は返ってくるだろう。この映画を彼女は三人目の子どもを懐妊中に見ている。そして、ことばでは表せない動揺を感じて、「生きること、死ぬことの運命をなぜか考えされられた」と言っている。彼女がことばで表していないものを、勝手な想像で補ってもしかたがない。ただ、これだけは想像しても許されるだろう。おそらく読み手の身体的な状況は意味生成に深く係わっていて、そのことを読み手本人も意識しているということを。彼女もそのことを察知していたから、「三人目の子どもを妊娠中に」とわざわざ言ったのではないかと思う。

（具体例③：六〇歳代の男性）

この男性はハイデッガーの『存在と時間』を読んだときのことを書いてくれた。何でその本をという質問に、「存在することにミステリーを感じて」と答えている。書いてもらった文面全体から、彼が相当のミステリー小説好きだと想像できる。さらに、彼は『存在と時間』を読んだことで、「永遠のミステリーを解く楽しさを知る」ことができたと言う。私など構えて机に向かわないとハイデッガーは読めない。ハイデッガーをミステリー小説のように（それと平行して）読む読み方もあることに驚かされた。

（**具体例④：六〇歳代の男性**）

いわゆる中年のサラリーマンが、通勤電車の中で時代小説を読む図は、もはやステレオタイプになった感がある。競争の熾烈な市場経済の場を戦乱や幕末の動乱に重ね合わせて、歴史上の人物から処世訓や帝王学を学んでいるという説明がよくされる。しかし、彼らは処世術を得るハウ・トゥーものとして、時代小説を使用、消費しているだけだろうか。この六〇歳代の男性は、高度成長期に商事会社で若手社員として「夜昼なく働きまわっていた」世代である。彼はその激務の中でわずかばかりの時間を見つけては、司馬遼太郎の『坂の上の雲』を読んでいる。この長編小説を読むうちに、彼はしだいに「日本人としての芯の強さを求めるようになった」と言っている。私は彼の使う「芯の強さ」ということばが気になった。動き回る身体と不動の芯とが微妙なコントラストを示していたからだ。日本のサラリーマン群像は（特に海外のメディアによって）しばしば戯画化されてきたが、時代小説を読むとき彼らの感情はどう起伏しているのか、その動きについて私たちはまだ何も知らない。

（**具体例⑤：六〇歳代の男性**）

この男性は登山と読書を趣味としている。二〇代の初めに登山を始めた頃、井上靖の『氷壁』に出会った。彼はそれを読んだ時の印象をこう述べている。「遭難をモチーフにした中にも、登山と人間のロマン性を感じた。主人公、魚津恭太のキャラクターに惹かれた」。その後も登山を題材にした本の読書をつづけるうち、登山家吉尾弘の自叙伝『垂直に挑む』に決定的な影響を受ける。彼は「厳しい冬の岩壁に挑みつづける著者の情熱に全生活的に影響」を受け、「三〇歳半ばに仕事を投げ打って、著者のヒマラヤ登山隊に参加」している。そして吉尾弘の「全人格的」な「社会思想に影響を決定的に受け、社会革新の道を選ぶようになった」と述べている。逆算すると一九六〇年代末から七〇年代前半のことだろうか。彼の話には「キャラクター」や「全人格的なもの」ということばが何度も出てくる。この時代の革新思想を正当に理解するには、山の経験によって社会が相対化される過程や「全人格的な」求道心などのパーソナルな要素も考慮に入れなければいけないような気がする。

(**具体例⑥：五〇歳代女性**)

織田信長や徳川家康の世界は何も男性サラリーマンの独占物ではない。この五〇代の女性は、二〇代の頃、「仕事上のトラブルや難題に行き当たったときに、昔、授業中に先生が言っていたのを思い出して」、信長や秀吉、家康の作とされる和歌や俳句を読んでいたそうだ。

(**具体例⑦：五〇歳代女性**)

任侠映画もまた男性の独占物ではない。この女性は幼い頃、任侠映画好きのお父さんに連れられて、月に一度、映画館に通っている。彼女の映画の読み方は、「獣医であるが、人と話をするのがあまり好きでなく医者を採らずに動物の方を選択した」お父さんを理解しようとする試みと重なっている。お父さんの好きな任侠映画をいくつも見るうちに、彼女は複雑な（両義的な）気持ちに駆られたと言っている。「下町の世界にも素直な性格、仁義、恩義がある」と知って心を揺さぶられるが、「命と引き換えに事を終結させるシーンが多いが、これは本当に良いのか」と考え始めたと言う。誰がそばにいるときに見る（読む）のかということも、読み方に何らかの影響を与えているのかもしれない。

（具体例⑧：二〇歳代女性）

国立大学で二〇歳ぐらいの学生と接してきた経験から、私は最近の学生はテレビをそれほど見ていないのではないかという印象をもっている。（深夜番組はどうも例外らしいが。）メディア・リテラシー論で喧しいが、それらの議論の多くは「まじめに」最初から最後まで番組を見る視聴者を想定している。私の質問に回答してくれたこの女性のテレビの見方は、そうした想定から外れるもののようだ。彼女がテレビで放映されていた洋画『ショーシャンクの空に』を見たのは高三の一月だった。しかし、時間がなかったのだろうか、その半分しか座って見ることはできなかった。その後、この映画が気になった彼女は、レンタル・ビデオ店でその映画を借りてきて見直している。この映画への関心はそれに留まらず、彼女は原作でその物語を読んでいる。この例から分かるように、テレビ視聴は他の二つのメディアで物語を見る（読む）ための情報入手程度の役割しか果たしていない。メディアが多様化する今日、かつてのように日常生活の中のテレビの位置を絶対視する時代ではなくなったのかもしれない。

（具体例⑨：二〇歳代女性）

この女性はロック・バンド東京少年のファンだった。そのＣＤを好んで聴いていたのだろうが、あるとき東京少年のヴォーカル、笹野みちるが書いた『カミング・アウト』に出会い、読んで感銘を受ける。その読書体験がきっかけとなって、彼女は笹野みちるが出る「ライブ・ハウスに通いつめている」。読書が趣味を楽しむ方法に変化をもたらした一例かもしれない。

日常生活の中で「書く」

ウィリアムズの「感情構造」でもホールの「エンコーディング／ディコーディング」でも、読むことと書くこととは循環する関係として捉えられていた。彼らの時代から三〇年以上経過し、メディアの技術的側面は大幅に変わった。電子メールや電子掲示板の日常生活への普及、私的ホームページの開設などで、不特定多数の人々に自分の書いたものを読んでもらう機会は圧倒的に増えた。（だからと言って、ＩＴ革命以降、誰もが作家になり、誰もがメディア制作者になる時代が到来したと考えるのは早計である。書いたものに「信憑性」や「客観性」が容易に与えられる「知識人」はやはりいる。）こうした技術的側面の変化に伴って、読むことから書くことへと（あるいはその逆の）循環する速度は速まっているようだ。私が聞き取りをしたある学生は、インターネット上で読んで印象的だったニュース記事をすぐさま自分のホームページに引用し、解説やコメントを載せていると言っていた。大阪学習センターの人たちはそれぞれの日常の中で、どうしたときに何のために書くという行為を行っているのだろうか。次に、その点を眺めてみたい。

私の質問に答えてくれた人たちのほぼすべてが毎日、何らかのかたちで書いていると答えてくれた。書くための道具としては、筆記具はもちろんだが、パソコンの文書作成ソフトや携帯メールやメモ機能も含まれる。ただ大急ぎで付け加えなければいけないが、答えてくれた人の中には、パソコンやメールで文書を作ることと筆記具で文字を書くこととを同じ「書く」という行為に含めることに抵抗を感じた人も少なからずいた。何のために書くのか、その目的を尋ねてみた。回答を大雑把にまとめると、①コミュニケーションを取るため、②実務的な目的で、③備忘を目的として、④日記として、⑤創作や書を楽しむためになると思う。①では、電子メールのメッセージ作成、礼状や時節の挨拶などの手紙やはがきを書くことと家族への書き置きなどが主である。②に関して言うと、大学でノートを取ることや仕事上の文書作成という答えがほとんどだが、家計簿やショッピング・リストを作るという答えもこれに加えていいかもしれない。③についても、仕事上の重要事項やスケジュールの備忘を目的としたものが多い。それ以外に、買い置き品をチェックするためという答えもあった。また、インターネットで関心事を検索している際に、役に立つ情報をメモするという答えもあった。インターネット上の情報の種類と分量によって、筆記具でメモを取ることとメモ機能のあるソフトにカット&ペーストする操作のどちらが効率的かを判断しているようだった。⑤について。多かったのは同人誌等での活動のために小説やエッセイ、俳句を創作することであった。他に水墨画やペン字の練習というのもあった。

それでは、実際に彼らが日常のどんなときに、何が動機となって書いているのだろうか。当然、こんな大きな問題に答えられるはずもないし、いただいた反応も様々で、まとめることはできない。以下に、大阪学習センターで私が受けもったあるクラスでの回答を順不同で列挙してみたい。

・社会での出来事（特に自分に関係する出来事があったとき）日記に書く。
・何かに感動したときなど、気持ちをつづることがある。
・社会で起きた出来事を整理するため日記を付ける。
・使いたい語句に出会ったとき、書き留める。
・特別に嬉しいことがあったときや、ものすごく腹が立つことがあったときに、気持ちを整理して精神を落ち着かせるために書く。
・何気ない日常のことでも後年、読み返して「あのときこんなことを考えていたんだっけ」と意外な驚きを得るための記録を採っておく。
・愚痴のあるときに書く。
・「よし書くぞ」と意気込んだときに書く。
・寂しいときに書く。
・自分の心理状況がよく分かるように、見た夢をノートに書く。
・「二〇年日記」に取り組んでいて、二年目ですでに昨年との比較検討を楽しんでいる。

・客観的に第三者として自分を見つめ直した方がいいと思うときに書く。
・友人などへメッセージを送りたくなったときに書く。
・人に話を聞いてもらいたいときに書く。
・勉強のときに書いて覚える。
・イライラして目的意識が見えなくなったときに書く。
・創作するのが喜びだから、書いていたい。
・自分の意志を伝達したいことが出てきたときに書く。
・友人とのやりとりが楽しいから書いている。
・音楽、本、映画から刺激を受けたときに書く。
・毎日、記録の中に自分の目指しているものを発見するために書く。
・文章がうまくなりたいので書きつづける。
・手を動かしてものを書くことが好きだから書いている。
・パソコン等のフォント文字では失礼だと思うとき手書きする。
・書いた方が早いとき手書きする。
・個人的な感情を整理するために日記を付ける。
・将来のことを想像して家計簿を付ける。

いくつかの回答から、私が本論で理念的なレベルで問題にしてきた「読むこと」と「書くこと」との循環が萌芽的に浮かび上がってくるような気がする。メディアを通して再現される社会的出来事をどう読み取り感じたかの記録や、後年に読まれることを想定して書かれる日記などは、日常における「読み書き」実践の場になっているのかもしれない。また、そうした場に感情的なエネルギーが備給されていることも、右の例から推察できるだろう。イライラしているときやものすごく腹が立つときにしばしば「ことば」は生まれているからだ。書くことで心的エネルギーが解放されたり、転移や昇華が起こっていると精神分析するだけでは不十分である。その説明が正しいとしても、書くというかたちで解放されたエネルギーは個人的な領域に閉じ込められるのではなく、社会全体に放たれてゆくからである。社会の中に充満する感情のエネルギーにかたちや構造を与えることこそ、ウィリアムズが目指したカルチュラル・スタディーズの仕事であった。

今日のグローバライゼーションの状況は、覇権的な権力が私たちの日常のすみずみに行きわたっていることを体現しているかもしれないが、それに対する感情的反応もまた様々に充満していることを意味する。グラムシやホールが理想とした「有機的知識人」がまだ出てくる可能性があるとするならば、その「有機的知識人」とはこうした感情にかたち＝構造を与える人に他ならないだろう。イギリスの「古い」カルチュラル・スタディーズを掘り返してきた本書のエピローグが、新しいプロローグとなって「変化の中に継承」されれば、まだ「勝負の終わり」ではない。

〔注〕

プロローグ

1 『英語青年』Vol. LXXII, No. 1 (October 1, 1934), p. 2.
2 『英語青年』Vol. XCIV, No. 11 (November 1, 1948), p. 338.
3 『英語青年』Vol. XCVIII, No. 12 (December 1, 1952), p. 533.
4 『英語青年』Vol. XCIX, No. 9 (September 1, 1953), p. 410.
5 『英語青年』Vol. XCIX, No. 12 (December 1, 1953), p. 581.
6 『英語青年』Vol. C, No. 3 (March 1, 1954), pp. 113-115.
7 『英語青年』Vol. CIV, No. 4 (April 1, 1958), pp. 180-181.
8 『英語青年』Vol. CIX, No. 5 (May 1, 1963), pp. 268-269.
9 『英語青年』Vol. CVII, No. 3 (March 1, 1961), p. 148.
10 『英語青年』Vol. CVII, No. 4 (April 1, 1961), p. 205.
11 『英語青年』Vol. CVII, No. 11 (November 1, 1961), pp. 801-802.
12 『英語青年』Vol. CXI, No. 7 (July 1, 1965), pp. 434-436.
13 『英語青年』Vol. CXVII, No. 2 (May 1, 1971), pp. 68-70.
14 『英語青年』Vol. CXXIII, No. 9 (December 1, 1977), pp. 421-422.
15 『英語青年』Vol. CXV, No. 2 (February 1, 1969), pp. 72-75.
16 『英語青年』Vol. CXXXV, No. 11 (February 1, 1990), pp. 522-533.

第一章

1 Francis Mulhern, *The Moment of 'Scrutiny'* (London: Verso, 1981, originally published by NLB in 1979), p. 45; 225.

2 F. R. Leavis, 'Valedictory', *Scrutiny* Vol. XIX, No. 4 (October 1953), p.257.

3 F. R. Leavis, *New Bearings in English Poetry: A Study of the Contemporary Situation* (London: Chatto & Windus, 1954, 2nd ed., originally published in 1932), pp. 213-214.

4 *Ibid*., p. 231.

5 F. R. Leavis, 'Retrospect of a Decade' , in *A Selection from Scrutiny* Vol. 1, ed. F. R. Leavis (Cambridge: Cambridge U.P., 1968), p. 175.

6 F. R. Leavis, 'The State of Criticism: Representations to Fr. Martin Jarrett-Kerr', *Essays in Criticism* Vol. 3, No.2 (Oxford: Basil Blackwell, 1953), p. 227.

7 E. P. Thompson, 'The Segregation of Dissent' , in *Writing by Candlelight* (London: Merlin, 1980), p. 1.

8 E. P. Thompson, *The Struggle for a Free Press* (London: A People's Press, April 1952), p. 15.

9 E. P. Thompson, 'Agency and Choice –1', *The New Reasoner* (Summer 1958), p. 90.

10 *Ibid*., p. 19.

11 *Ibid*., p. 2.

12 *Ibid*., p. 6.

13 Q. D. Leavis, *Fiction and the Reading Public* (London: Chatto & Windus, 1932), pp. 272-273.

14 F. R. Leavis and Denys Thompson, *Culture and Environment: The Training of Critical Awareness* (London: Chatto & Windus, 1959, originally published in 1933), pp. 71-72.

15 F. R. Leavis, *For Continuity* (Cambridge: Minority Press, 1933), pp. 164-165.

16 *Culture and Environment*, p. 105.

17 *Ibid*., pp. 68-69.

18 E. P. Thompson, 'Comments on a People's Culture', *Our Time* (October 1947), p. 37.

19 *Ibid*., pp. 36-37.

20 *Ibid.*, p. 38.

21 E. P. Thompson, *William Morris: Romantic to Revolutionary* (London: Lawrence & Wishart, 1955), pp. 759-760.

22 E. P. Thompson, 'William Morris and the Moral Issues To-day', *Arena* Vol. II, No. 8 (June-July 1951), p. 29.

23 F. R. Leavis, *English Literature in Our Time and University* (London: Chatto & Windus, 1969), p. 180.

24 *For Continuity*, p. 13.

25 F. R. Leavis, *Education and the University: A Sketch for an 'English School'* (London: Chatto & Windus, 1943), p. 16.

26 F. R. Leavis, 'The Literary Discipline and Liberal Education', *The Sewanee Review* Vol. LV, No.4 (October-December, 1947), p. 608.

27 F. R. Leavis, 'Literary Criticism and Politics', *Politics & Letters* Vol. 1, No. 2 & 3 (Winter-Spring, 1947), pp. 60-61.

28 *Education and the University*, p. 265.

29 *William Morris*, p. 763.

30 E. P. Thompson, 'The Condition of the Arts', *The Highway* Vol. 40 (April, 1949), p. 138.

31 E. P. Thompson et al. (ed.), *There is a Spirit in Europe. . . A Memoir of Frank Thompson* (London: Victor Gollancz Ltd., 1947), p. 20.

32 The Editors, 'Scrutiny: A Manifesto', *Scrutiny* Vol. 1, No. 1 (May, 1932), p. 6.

33 *For Continuity*, p.9.

34 *Education and the University*, pp. 28-29.

35 F. R. Leavis, 'Valedictory', *Scrutiny* Vol. XIX, No. 4 (October 1953), pp. 256-257.

36 *The Guardian* (Friday October 25, 1963), p. 9.

37 F. R. Leavis, *D. H. Lawrence: Novelist* (London: Chatto & Windus, 1955), p. 105.

38 *The New Reasoner* (Summer 1958), p. 109.

39 *Ibid.*, p. 122.

40 *Ibid.*, p. 103

41 F. R. Leavis, 'The Literary Racket', in F. R. Leavis (ed.), *A Selection from Scrutiny* Vol.1(Cambridge: Cambridge U.P., 1968), p. 161.

42 *For Continuity*, p. 15.

43 F. R. Leavis, *Nor Shall My Sword* (London: Chatto & Windus, 1972), p. 120.

44 E. P. Thompson, 'Socialist Humanist', *The New Reasoner* Vol. 1, No. 1 (Summer, 1957), p. 142.

45 Henry Abelove et al. (ed.), *Visions of History* (Manchester: Manchester U.P., 1983), p. 22.

第二章

1 鈴木みどり編『メディア・リテラシーの現在と未来』（世界思想社、二〇〇一年）、ii頁。

2 Len Masterman, *Teaching the Media* (London: Routledge, 2001, originally published in 1985), p. 25.

3 菅谷明子『メディア・リテラシー――世界の現場から』（岩波新書、二〇〇一年）、viii頁。

4 山内祐平『デジタル社会のリテラシー――「学びのコミュニティ」をデザインする』（岩波書店、二〇〇三年）、二二一―二二二頁。

5 James Collins and Richard K. Blot, *Literacy and Literacies* (Cambridge: Cambridge U.P., 2003); 菊池久一『〈識字〉の構造――思考を抑圧する文字文化』（勁草書房、一九九五年）。

6 *Teaching the Media*, p. 38.

7 *Ibid.*, p. 46.

8 *Ibid.*, p. 26.

9 *Fiction and the Reading Public*, p. 59.

10 *Ibid.*, p. 32.

11 *Culture and Environment*, p. 3.

12 Denys Thompson, *Voices of Civilisation: An Enquiry into Advertising* (London: Frederick Muller, 1943), pp. 42-43.
13 *Ibid*., p. 189.
14 Denys Thompson (ed.), *Science in Perspective: Passage of Contemporary Writing* (London: John Murray, 1953), p. vii.
15 *Voices of Civilisation*, p. 107.
16 Richard Hoggart, *The Uses of Literacy: Aspects of Working-Class Life, with Special Reference to Publication and Entertainments* (London: Chatto & Windus, 1957), p. 18.
17 Raymond Williams, *Politics and Letters: Interview with New Left Review* (London: NLB, 1979), p. 67.
18 *The Uses of Literacy*, p. 30.
19 *Ibid*., p. 101.
20 *Ibid*., pp. 136-137.
21 *Ibid*., p. 158.
22 *Ibid*., p. 269.
23 *Ibid*., p. 161.
24 *Voices of Civilisation*, p. 206.
25 *Ibid*., p. 134.
26 Denys Thompson, 'The Old Secondary Schools', *The Highway* Vol. 42 (December 1950), p. 57; 63.
27 *Voices of Civilisation*, pp. 186-187.
28 *Teaching the Media*, p. 13.
29 Richard Hoggart, 'What Shall the W.E.A Do?', *The Highway* Vol. 44 (November 1952), p. 48.
30 *The Uses of Literacy*, p. 260.
31 水越伸『新版デジタル・メディア社会』（岩波書店　二〇〇二年）、二一二頁。
32 Richard Hoggart, *Speaking to Each Other* Vol. 1 (London: Chatto & Windus, 1970), p, 151.

33 *Ibid*., p. 278
34 Richard Hoggart, 'Literacy is Not Enough: Critical Literacy and Creative Reading' in *Between Two Worlds: Essays* (London: Aurum Press, 2001), pp. 195-196.
35 *Ibid*., p. 197.
36 『新版デジタル・メディア社会』、九二―九三頁。
37 Raymond Williams, *Culture and Society 1780-1950* (London: Chatto & Windus, 1958), pp. 261-262.
38 *Essays in Criticism* Vol. VII, No. 4 (October 1957), p. 425.
39 『メディア・リテラシーの現在と未来』、一〇四頁。

第三章

1 L. C. Knights, *Drama and Society in the Age of Jonson* (London: Chatto & Windus, 1937), p. 28.
2 L. C. Knights, 'The Social Background of Metaphysical Poetry', in *Future Explorations* (London: Chatto & Windus, 1965), p. 101.
3 Raymond Williams, *Drama from Ibsen to Eliot* (London: Chatto & Windus, 1952), p. 12.
4 *Politics and Letters*, p. 92.
5 *Drama and Society in the Age of Jonson*, p. 11.
6 C. H. Herford Percy and Evelyn Simpson (ed.), *Ben Jonson* Vol. 6 (Oxford: Clarendon, 1938), p. 199.
7 *Ibid*., p. 194.
8 Raymond Williams, 'A Dialogue on Actors', *The Critic* Vol. 1, No. 1 (Spring 1947), p. 21.
9 *Drama from Ibsen to Eliot*, p. 35.
10 *Ibid*., p. 28.
11 *Ibid*., p. 26.

12 *Ibid.*, p. 14.

13 *Drama and Society in the Age of Jonson*, p. 1.

14 *Culture and Society*, p. 274.

15 L. C. Knights, 'Poetry, Politics, and the English Tradition' , in *Further Explorations* (London: Chatto & Windus, 1965), p. 65.

16 *Drama and Society in the Age of Jonson*, p. 12.

17 *Culture and Society*, p. 31.

18 Raymond Williams, 'The Idea of Culture', *Essays in Criticism* Vol. III, No. 3 (July 1953), p. 245.

19 Raymond Williams, 'Soviet Literary Controversy in Retrospect', *Politics and Letters*, Vol. I, No. i (1947), pp. 21-31, in John McIlroy and Sallie Westwood (ed.), *Border Country: Raymond Williams in Adult Education* (Leicester: National Institute of Adult Continuing Education, 1993), p. 44.

20 Raymond Williams, *Marxism and Literature* (Oxford: Oxford U.P., 1977), p. 132.

21 *Culture and Society*, p. 256.

22 *Voices of Civilisation*, p. 98.

.23 Raymond Williams, 'A Kind of Gresham's Law', *The Highway* Vol. 49 (February 1958), pp. 107-110, in McIlroy, p. 87.

24 *Ibid.*, p. 86.

25 L. C. Knights, 'Literature and the Study of Society: Inaugural Lecture' (Sheffield: U. of Sheffield, 1947), pp. 4-5.

26 *Ibid.*, p. 6.

27 L. C. Knights, 'Bacon and the Seventeenth-Century Dissociation of Sensibility', in *Explorations: Essays in Criticism Mainly on the Literature of the Seventeenth Century* (London: Chatto & Windus, 1951, originally published in 1946), p. 111.

28 Raymond Williams and Michael Orrom, *Preface to Film* (London: Film Drama Limited, 1954), p. 21.

29 Richard Hoggart, *Speaking to Each Other* Vol. 2 (London: Chatto & Windus, 1970), p. 222.
30 *Marxism and Literature*, p. 129.
31 Raymond Williams, *The Long Revolution* (Harmondsworth: Penguin, 1984, originally published by Chatto & Windus, 1961), pp. 64-65.
32 Raymond Williams, *Drama from Ibsen to Brecht* (London: Hogarth Press, 1993, originally published by Chatto & Windus, 1968), p. 18.
33 Raymond Williams, *Writing in Society* (London: Verso, 1983), p. 264.
34 *Marxism and Literature*, p. 130.
35 *Ibid.*, p. 132.
36 *Drama from Ibsen to Brecht*, p. 19.
37 *Marxism and Literature*, pp. 133-134.
38 Raymond Williams, 'Theatre as a Political Forum', in *The Politics of Modernism* (London: Verso, 1989), p. 93.

第四章

1 *Marxism and Literature*, p. 133.
2 Raymond Williams, 'Film as a Tutorial Subject', *Rewley House Papers*, Vol. III, No. II (Summer 1953), pp. 27-37, in John McIlroy, p. 186.
3 *Preface to Film*, p. 31.
4 *Ibid.*, p. 14.
5 *Ibid.*, p. 14.
6 Raymond Williams, 'Fiction and the Writing Public,' *Essays in Criticism* Vol. VII, No. 4 (October 1957), p. 424.
7 *The Uses of Literacy*, pp. 226-227.

8 *Essays in Criticism* Vol. VII, No. 4 (October 1957), p. 427.

9 Raymond Williams, *Orwell* (London: Fontana, 1971), pp. 88-89.

10 *Culture and Society*, p. 289.

11 *Orwell*, p. 89.

12 *The Complete Works of George Orwell* Vol. 6 (London: Secker & Warburg, 1986), p. 129. ジョージ・オーウェル『カタロニア讃歌』、橋口稔訳（筑摩書房、二〇〇二年）、二一二―二一三頁。

13 アントニオ・グラムシ『知識人と権力―歴史的・地政学的考察』、上村忠男編訳（みすず書房、一九九九年）、二一一頁。

14 Raymond Williams, 'Science Fiction', *The Highway* Vol. 48 (December 1956), p. 44.

15 James Blish, *A Case of Conscience* (New York: Ballentine, 1958), p. 41.

16 Ursula K. LeGuin, *The Dispossessed* (New York: Harper & Row, 1974).

17 Raymond Williams, *Problems in Materialism and Culture* (London: Verso, 1980), pp. 211-212.

18 *Ibid*., p. 212.

19 *Culture and Society*, p. 335.

20 ソポクレース『アンティゴネー』、呉茂一訳（岩波書店、一九六一年）、六〇―六一頁。

21 Raymond Williams, *Drama in Performance* (Milton Keynes: Open U.P., 1991, originally published by Frederick Muller 1954), p. 39.

22 Greg Walker (ed.), *Medieval Drama* (Oxford: Blackwell, 2000), p. 292.

23 *Ibid*., p. 297.

24 *Ibid*., p. 59.

25 *Drama from Ibsen to Brecht*, pp. 57-58.

26 *Ibid*., p. 58.

27 『チェホフ全集』第一一巻、松下裕訳（筑摩書房、一九八八年）、三六九頁。
28 *Drama in Performance*, pp. 123-124.
29 『ピランデッロ戯曲集Ⅱ』、白澤定雄訳（新水社、二〇〇〇年）、二九一―二九二頁。
30 *Drama from Ibsen to Brecht*, p. 165.
31 *Drama from Ibsen to Eliot*, p. 28.
32 *Drama from Ibsen to Brecht*, p. 284.
33 『ブレヒト戯曲選集』第二巻、千田是也訳（白水社、一九九五年）、二三五頁。
34 *Drama from Ibsen to Brecht*, p. 286.
35 *Ibid.*, p. 287.
36 『ブレヒト戯曲選集』第三巻、千田是也訳（白水社、一九九五年）、七八頁。
37 同右、二二〇頁。
38 同右、二二六頁。
39 Raymond Williams, 'Brecht', in *What I Came to Say* (London: Hutchinson Radius, 1989), p. 262.
40 *The Politics of Modernism*, p. 93.
41 *Ibid.*, p. 94.
42 *What I Came to Say*, p. 263.

第五章

1 Raymond Williams, *The Border Country* (London: Hogarth, 1960), p. 152.
2 *Ibid.*, p. 248.
3 *Ibid.*, p. 254.
4 *Ibid.*, p. 9.

5 *Ibid.*, p. 317.
6 *Ibid.*, p. 351.
7 Raymond Williams, 'The Tense of Imagination', in *Writing in Society* (London: Verso, 1983), pp. 263-264.
8 Raymond Williams, *Second Generation* (London: Chatto & Windus, 1964), p. 251.
9 *Ibid.*, p. 252.
10 *Ibid.*, p. 340.
11 *Ibid.*, p. 318.
12 *Ibid.*, p. 341.
13 *Writing in Society*, p. 266.
14 Raymond Williams, *The Fight for Manod* (London: Hogarth, 1979), pp. 193-194.
15 *Ibid.*, p. 186.
16 Raymond Williams, 'Forward to 1966 Edition', in *Modern Tragedy* (London: Hogarth, 1966).
17 *Modern Tragedy*, p. 84.
18 *Ibid.*, p. 273.
19 *Ibid.*, p. 278.
20 *Ibid.*, p. 282.
21 Raymond Williams, *Public Inquiry*, in *Stand* Vol. 9, No. 1 (June 1967), p. 47.
22 *Ibid.*, pp. 37-38.
23 *Ibid.*, pp. 52-53.
24 *Writing in Society*, p. 261.

第六章

1 Stuart Hall, 'A Critical Survey of the Theoretical and Practical Achievements of the Last Ten Years', in Francis Barker et al. (ed.), *Literature, Society and the Sociology of Literature: Proceedings of the Conference* (Colchester: U. of Essex, 1976), p. 2.

2 Lawrence Grossberg et al. (ed.), *Cultural Studies* (New York: Routledge, 1992), p. 286.

3 Will Brooker and Deborah Jermyn (ed.), *The Audience Studies Reader* (London: Routledge, 2003).

4 一例を挙げると、吉見俊哉編『メディア・スタディーズ』（せりか書房、二〇〇一年）。

5 Stuart Hall et al. (ed.), *Culture, Media, Language* (London: Hutchinson, 1980), p. 130.

6 Stuart Hall, 'Encoding and Decoding in the Television Discourse: Paper for the Council of Europe Colloquy on "Training in the Critical Reading of Televisual Language"', organized by the Council & The Centre for Mass Communication Research, University of Leicester (September 1973), *Stencilled Paper* 7 (1973), p. 10.

7 *Culture, Media, Language*, p. 128.

8 *Ibid*., p. 130.

9 *Ibid*., p. 132.

10 'Encoding and Decoding in the Television Discourse', p. 16.

11 *Ibid*., pp. 16-17.

12 *Ibid*., p. 18.

13 *Ibid*., p. 18.

14 Stuart Hall, 'The Determinations of News Photographs', in *Working Papers in Cultural Studies* 3 (Autumn, 1972), pp. 83-84.

15 Umberto Eco, 'Towards a Semiotic Enquiry into the Television Message', in *Working Papers in Cultural Studies* 3 (Autumn, 1972), p. 108.

16 *Ibid.*, p. 121.

17 Stuart Hall, 'The Social Eye of Picture Post', in *Working Papers in Cultural Studies* 2 (Spring, 1972), p. 86.

18 *Ibid.*, p. 86.

19 *Working Papers in Cultural Studies* 3, p. 65.

20 Stuart Hall, 'Lady Chatterly's Lover: The Novel and its Relationship to Lawrence's Work', *New Left Review* No. 6 (November-December, 1960), p. 33; Stuart Hall, 'Something to Live for', *The Encore Reader: A Chronicle of the New Drama* (London: Methuen, 1965), p. 113.

21 *New Left Review* No. 6, p. 34.

22 *Ibid.*, p. 36.

23 *The Encore Reader*, p. 114.

24 Stuart Hall and Paddy Whannel, *The Popular Art* (Boston: Beacon Press, 1964), p. 46.

25 *Ibid.*, p. 186.

26 *Ibid.*, p. 187.

27 *Working Papers in Cultural Studies* 2 (Spring, 1972), p. 95.

28 *Ibid.*, p. 102.

29 *Ibid.*, p. 100.

第七章

1 Raymond Williams, *Keywords: A Vocabulary of Culture and Society* (London: Fontana, 1976), pp. 169-171.

2 Pierre Bourdieu, *Acts of Resistance: Against the Tyranny of the Market,* trans. Richard Nice (New York: New Press, 1998), p. 93.

3 Stuart Hall, 'Cultural Studies and its Theoretical Legacies', in Lawrence Grossberg et al. (ed.), *Cultural Studies* (London:

Routledge, 1992), p. 281.

4 Antonio Gramsci, *Prison Notebooks* Vol. 2, trans. ed. Joseph A. Buttigieg (New York: Columbia U.P., 1996), p. 243.

5 アントニオ・グラムシ『グラムシ＝獄中からの手紙』、上杉聰彦訳（合同出版、一九七八年）、一五〇頁。

6 Perry Anderson, 'The Antinomies of Antonio Gramsci', *New Left Review* No.100 (1977), pp. 5-78

7 Antonio Gramsci, *Selections from the Prison Notebooks*, trans. ed. Quintin Hoare et al. (New York: International Publishers, 1999, originally published in 1971), p. 15.

8 *Ibid.*, p. 53.

9 ジャン＝フランソワ・リオタール『知識人の終焉』、原田佳彦、清水正訳（法政大学出版局、一九八八年）、一三―一四頁。

10 同右、一五―一六頁。

11 Michel Foucault and Gilles Deleuze, 'Intellectuals and Power: A Conversation between Michel Foucault and Gilles Deleuze', in Michel Foucault, *Language, Counter-Memory, Practice* (New York: Cornell U.P., 1977), p. 209.

12 Edward W. Said, *Representations of the Intellectual* (New York: Vintage Books, 1996, originally published in 1994), p. 11.

13 Gayatri Chakravorty Spivak, 'Can the Subaltern Speak?', in Cary Nelson and Lawrence Grossberg (ed.), *Marxism and the Interpretation of Culture* (Chicago: U. of Illinois P., 1988), p. 294.

14 コルネリュウス・カストリアディス『意味を見失った時代―迷宮の岐路Ⅳ』江口幹訳（法政大学出版局、一九九九年）、九〇頁。

15 *Selections from the Prison Notebooks*, p. 9.

16 *Ibid.*, p. 51.

17 *Ibid.*, p. 156.

18 ジュリアン・バンダ『知識人の裏切り』右京頼三訳（未来社、一九九〇年）、二一〇頁。

19 *Language, Counter-Memory, Practice*, p. 207.

20 *Marxism and the Interpretation of Culture*, p. 283.

21 Cf. Gayatri Chakravorty Spivak, *A Critique of Postcolonial Reason: Toward a History of the Vanishing Present* (Massachusetts: Harvard U.P., 1999).

22 *Marxism and the Interpretation of Culture*, p. 308.

23 *Culture and Society*, p. 314.

24 『意味を見失った時代―迷宮の岐路Ⅳ』、一〇一頁。

25 Cf. Terry Eagleton, *The Illusions of Postmodernism* (Oxford: Blackwell, 1996).

26 ジュディス・バトラー、エルネスト・ラクラウ、スラヴォイ・ジジェク『偶発性・ヘゲモニー・普遍性―新しい対抗政治への対話』、竹村和子、村山敏勝訳（青土社、二〇〇二年）、八三頁。

27 同右、八二―八三頁。

28 Gayatri Chakravorty Spivak, *The Post-Colonial Critic: Interviews, Strategies, Dialogues*, ed. Sarah Harasym (New York: Routledge, 1990), p. 158.

29 *Selections from the Prison Notebooks*, p. 418.

30 *Writing in Society*, p. 264

31 *Marxism and Literature*, p. 130.

32 *Ibid.*, p. 132.

33 Antonio Gramsci, *Prison Notebooks* Vol. 1, trans. ed. Joseph A. Buttigieg (New York: Columbia U.P., 1992), p. 172.

補遺　未完の長い革命

――冷戦イデオロギーへの英国初期カルチュラル・スタディーズの介入――

初めに――二つの文化間の長い革命

C・P・スノウ（C. P. Snow, 1905-1980）とF・R・リーヴィスとの間の「二つの文化」をめぐる論争。これは政界、アカデミズム、文壇、市民社会を巻き込んだ一つの事件であった。一九五九年五月七日、理系出身の文化人の代表格であるスノウは、ケンブリッジ大学での毎年恒例の「リード講演会」で、「二つの文化と科学革命」という演題のもとに挑発的な演説を行う。文系と理系との間に文化の深い溝があり、これを埋めないかぎりイギリスの国力は米ソ初め、先進国から大きく水を空けられ、後進国になりさがると言うのである。そうならないためにも、テクノロジーや産業の仕組みに無理解な文系に猛省を促し、社会が一致団結して「科学革命」に着手すべきだと提言した。これに対して、「ケンブリッジ英文学」の頭領であったリーヴィスは、スノウの名誉を毀損し、裁判沙汰さえ噂されるほどの辛辣な批判を展開する。一九六二年二月二八日、リーヴィスは「リッチモンド講演会」

の演壇に立つ。その冒頭の発言からして、すでに毒々しい。「私たちの文明というどきりとする問題について、権威を持って発言できる能力と洞察力、それに知識を持ち合わせているのだという自負、自分こそ指導者なのだという自信。これをもって天才と名付けるとするならば、チャールズ・スノウ卿は疑いようもなく天才である」[1]。

この論争は一見すると、政界や教育界で影響力を持つ名門校出身者たちが人文学を偏重することへの不満、名門校の文系文化が排除している理系文化を中層・下層の階級に広めようという思惑、メリトクラシー（能力主義）による社会階層の流動化など、どれも二〇世紀半ばのイギリス限定の議論のように思える。ところが実際はそこに留まらなかった。「二つの文化」論争は、大西洋の対岸に飛び火し、ロバート・オッペンハイマー（Julius Robert Oppenheimer, 1904-1967）やオールダス・ハクスリー（Aldous Huxley, 1894-1963）、ライオネル・トリリング（Lionel Trilling, 1905-1975）のような著名な文化人に筆を取らせた。ハクスリーは、次のように述べて調停を図る。「スノウかリーヴィスか？〈二つの文化〉講演の退屈な科学主義か、リッチモンド講演会の激烈で、お行儀の悪い、それに狭量で説教臭い文学主義か？　他に選択肢がないのなら、私たちの先行きは暗い。だが幸いにして、真ん中の道もある」[2]と。ここでハクスリーが、演者の洗練されない「語り口調」に言及して、中庸を説いているのは示唆的である。

大西洋を横断して広がる論争の余波から分かることがある。冷戦構造を保持したまま冷戦をうまく生き抜くこと。これがスノウのリード講演会の通奏低音として響いている（スノウ自身は明示的には冷戦に触れてはいないが)。この講演の中で、スノウは合衆国やソ連では一八歳までの人口の教育機会が、エリート教育に拘泥するイギリスと較べて格段に豊富であることを指摘し、教育の裾野を広げることが急務であると主張していた[3]。つまり、メリトクラシーに期待をかけることで、既存の秩序からの解放を実現しようとしていた。河野真太郎はこの点に注目し、「二つの文化」があれほどまでヒステリーに満ちた論争になった理由を分析している。「そのメリトクラシー擁護という点においてこそ、スノウとリーヴィスの文化批評は一致する。(中略)と言うのは、この二人はまさに、二〇世紀イギリスに進展したメリトクラシーの落とし子だったからだ[4]」。スノウの場合は、レスターの靴工場の事務員を父に持ち、大学へ息子を送るまでの収入がある家庭に育たなかった。奨学金を得て大学で科学を学んだ、いわゆる「スカラシップ・ボーイ」(奨学生)である。他方、リーヴィスが育ったのも楽器商の家庭であり、ケンブリッジ英文学のリーダーと呼ばれながらも、ついに教授の職位を得ることはなかった。河野がいみじくも指摘している通り、既成の秩序からの解放という試みは、「いっぽうでは冷戦下における非(反)政治性としてのリベラリズムに、もういっぽうではメリトクラシー下における自由競争としてのリベラリズムに限定され」ることになる[5]。つまり、「二つの文化」論争は論争を偽装しているけれども、実は冷戦期イデオロギーの両輪の役割を果たしていた。

河野が示唆している通り、「二つの文化」という認識のイデオロギーは、今日、依然として強力である。最初に極端に二つに分けて示すことで、バランスの取れた妥協策を探るのが「大人」の「現実的な」姿勢であることが暗黙裡に示されるからである。リーヴィスがあれほど「こどもっぽく」感情的に反応したのは、ひょっとしたらこのイデオロギーへの挑発的な介入だったのかもしれない（結果として、彼はそのイデオロギーに取り込まれてしまったけれども）。近年、リーヴィスの「リッチモンド講演会」を含む論争を再編出版したステファン・コリーニ（Stefan Collini, 1947-）は、次のような仮定を立てる。もしリーヴィスが『タイムズ・エデュケーショナル・サプルメント』（*The Times Educational Supplement*）のような権威ある雑誌やメディアで、ある部分ではもっともだと同意し、ある部分では批判する体の建設的な反論をしていたらどうなっただろうかと。コリーニが推測するように、国内外におそらくあれほどまでの関心を巻き起こさなかったばかりか、スノウの立場を遠回しに強化していただろう[6]。

この補遺では以下のことを確認してみたい。二〇世紀半ばにイギリスにざわめき起こる社会・文化運動の中には、偽装された論争・闘争とそれに乗らない一派とのせめぎ合いもあったということである。そのことを象徴するのが、この時期の言論に頻繁に登場する「革命（revolution）」ということばである。語源的には天体の転回を意味していた revolution は、一六〇〇年ごろからいわゆる社会的な意味の「革命」を指すようになり、新旧秩序が短期間で総入れ替えとなる状況を含意するようになる。スノウの講演タイトルの「二つの文化と科学革命」には、まさに、この意味が意識されていた。一連の論争の中で、「原爆の父」と呼ばれ後に、水爆実験反対運動に身を投じたオッペンハイマーも次のように述べて、二〇世紀半ばという時代が未曾有の革命期であることを強調した。「私たちは、人一人の短い寿命のうちにきわめて大きく、後戻りのできない変化が起きる異常な世界を生きている」と[7]。ショート・スパンで起こる後戻りの効かない大変化。それを表現するのにハロルド・ウィルソン（Harold Wilson, 1916-1995）内閣の「白い革命」、発展途上国の穀物生産を倍増させる「緑の革命」など、けっして赤くはない（共産主義革命ではない）革命が矢継ぎ早に造語されることになる。こうした事態を予測していたのか、レイモンド・ウィリアムズは、早くも、一九六一年に『長い革命』（*Long Revolution*）を発表し、ロング・スパンで思考することの重要性を力説していた。後述するが、彼にとって大切な転機となった年、労働党を離党した一九六六年に、次のように述べて、長い革命の必要性を説いていた。

革命が必要となる社会とは、社会の根本的な関係性を変えないかぎり、すべての人びとが人格を持った人間として一つになることのできない社会である[8]。

「社会の根本的な関係性を変える」長いプロセス、それを考慮に入れない「革命」は、どれも既存の秩序を補強するだけのショート・スパンの似非革命にしかならない。この補遺ではそのような彼の視点をもとにおいて、二〇世紀半ばのイギリスの様々な「革命」と「論争」を眺め直してみたい。

引き継がれたブラウ論争

一九五〇年代半ば、「こんな良い時代はなかった」が流行語になる。朝鮮戦争の特需もあり、イギリスは戦後の経済復興を遂げ、「アフルーエンス」（豊穣・物あまり）を迎えていた。好景気のさなか労働力も不足し、一九四八年には西インド諸島からウィンドラッシュ号が来航するなど、移民ラッシュの時代でもあった。「階級解消」や「消費文化」ということばが囁かれ始めたのも同時期である。労働者階級の文化や消費力が注目されていたが、それも降って湧いた現象ではなく、大戦間期モダニズムの「ミドルブラウ（middlebrow）」観と深い関係にある。「ミドルブラウ」ということばが英語で初めて使われたのは、一九二四年三月の『フリーマンズ・ジャーナル』（*Freeman's Journal*）誌上であった。つまり、マスコミの造語であった。この新語は「ひたい」を意味する「ブラウ」という古英語の時代からある何でもないことばに接頭語を付けることで、一九二〇年代の文化状況を換喩的に表している。

ひたいの高さ低さを例えにして、文化的趣味を争うハイブラウ対ミドルブラウ論争がマスコミを騒がせる一九二〇年代から三〇年代、似たような言語現象は他にも起きていた。今、「マスコミを騒がせる」と書いたが、まさしくこの「マス化」がそうであった。「マス化」の場合、これが接頭語となって多くの新語が生まれている。『オクスフォード英語辞典』に頼って初例を拾ってみると、「マス意識」一九二二年、「マスメディア」一九二三年、「マス教育」一九二七年、「マスエンターテインメント」一九三三年、「マスカルチャー」一九三九年と枚挙にいとまがない。中英語からある「マス」はそもそも、不定形なものという意味と高密度の集合体という意味で使われてきたが、この一九二〇年代頃に意味上の大きな変化が起こる。変化とは、自らも「マス」の一部なのに、その事実を棚上げして、他人を眺めるものの見方が生まれるということである。ウィリアムズのことばを借りると、「マスとはいつでも他者である」という自らを偽る視点が生まれるわけだ。さて「ミドルブラウ」にも、より広い視野を得ようと自己啓発を行う人という肯定的な意味合いと上昇志向が強いスノッブという否定的な意味合いがある。そのことと「マス」という見方は、どうも関係があるように思えてしかたがない。ウィリアムズにならい、次のような仮説を立ててみたい。「ミドルブラウと呼ばれる人びとなど存在しない。あるのはミドルブラウという呼び名だけだ」と。

まずは、ミドルブラウに否定的な態度を表明したハイブラウ側の見方を整理しておきたい。代表格はハイブラウ派と目されるリーヴィス夫妻である。Q・D・リーヴィスの『フィクションと読者』は、ノースクリフ卿が一九世紀末に開始したジャーナリズム革命（文学のマスプロ化）への反応であった。彼女の反応は「ミドルマン」を論じた章に典型的に現れている。

一九二九年一二月までには、当協会〔ブック・ソサイエティ〕には約七千人の会員がおり、その数はさらに増えつつあった。この協会の動向をつぶさに見て、この十分に公平な観察者は二つの重要な文化の変化を見て取っているが、その推定は信頼できる。一つ目の変化とは、二流作品への嗜好にお墨付きを与えることで——当協会にとって、『現代の喜劇』（*A Modern Comedy*, 1929）〔ジョン・ゴールズワージー（John Galsworthy, 1867-1933）の代表作でミドルブラウ小説の手本〕の出版は現代イギリス文学史の一大事件であった——ミドルブラウの価値基準が定まったことにある。二つ目に、その結果としてミドルブラウの嗜好が社会に定着したことである。[9]

ここで彼女は、ブッククラブや書評紙などの媒介役（ミドルマン）によって、ミドルブラウが価値基準（スタンダード）化しつつある実情を批判している。結果、かつてあった（とリーヴィス夫妻が信じる）読者共同体は消滅したと言う。つまり、昔の読者は良質のハイブラウ小説も読んでいたのだが、その習慣を捨て、手軽に読めて安価なミドルブラウ小説にしか目を向けなくなったと言うのである。時が進み、第二次大戦後のアフルーエンス時代には、アメリカの消費文化が流入したこともあって、文化の大衆化はますます進む。

一方で、この潮流は労働者階級の文化を承認したいニューレフトにも脅威に映った。ホガートは『リテラシーの使用』の中で、ミドルブラウ基準の週刊誌が人気となり、労働者長屋に成立していた読書文化が変貌していく様子を記述している。

こうして、私には自明に思える変化が起きた。大衆誌の質は五〇年前の状況と較べると、ここ一五年から二〇年の間に目に見えて劣化した。大衆誌が誕生して七〇数年あまり。草創期の頃に垣間見られた価値ある態度は、ここ二〇年で顧みられなくなるか、知らず知らずのうちに大胆かつ効果的に損なわれてしまった。それまでの五〇年という期間、こんなことは起きなかったのに。[10]

七〇有余年にもわたり読書を通して継承されてきた長屋の価値観や態度は、この二〇年ほどの（つまり一九三〇年ごろに始まる）ジャーナリズムの変化によって失われつつあると言うのだ。つまり、ミドルブラウは成長しつづける文化産業のターゲットとなる潜在的顧客であり、そこには労働者階級も多く含まれることになる。そうなると、ミドルブラウはリーヴィス夫妻とホガートに共通の敵となる。

イギリス近代の知識人研究においても著名なコリーニは、この点について明確な見解を持っており、マシュー・アーノルドからリーヴィス派、それにホガートにいたる系譜をモラル批評の伝統と考えている。

歴史を通して、モラルの自信と文化的なペシミズムは互いを補強してきた。例えば、都市部の労働者階級は自らの環境が抱える難問や廉価なマスプロ商品の使い方にいつでも積極的に対応してきたが、彼らのサイクリング熱はその強力な証左となっている。[11]

ここでコリーニが『リテラシーの使用』から引いているのは、都市部に居住する労働者階級の自転車愛好熱である。ミドル層の間でマイカー利用が普及し、都市の住環境が劇的に変化する中にあっても、都市労働者たちはマスプロにより廉価となった自転車で、縦横無尽に市街を乗り回し、週末には遠出を楽しんでいた。その姿への寄り添い方がモラル批評の基本態度であったと、コリーニは指摘する。つまり、いかにミドルブラウ産業がアメーバ的に人びとの営みを呑み込んでいこうとも、彼らには変化に耐える人間的なレジリエンスがある。そのことをモラル批評はペンで強調してきたことになる。

その通りかもしれないが、これではミドルブラウは対抗的に捉えられるだけで、新手のミドルブラウと残余的な文化との交渉の様子は見えてこない。はたしてミドルブラウと残余的な文化という対立構図は、ほんとうにあったのだろうか。

カルチュラル・スタディーズとミドルブラウの距離

前節での疑問を受けて、この節ではミドルブラウとカルチュラル・スタディーズ（以下ＣＳ）との距離を測ってみたい。ＣＳを代表する二人の「知識人」がミドルブラウにどう向き合ったかを見ていくことにする。その二人とは、共に「バーミンガム現代文化センター」（CCCS）創設時のメンバーであったホガートとスチュアート・ホール（Stuart Hall, 1932-2014）である。ＣＳの拠点「バーミンガム現代文化センター」の初代と二代目のセンター長であった。まずは、ホガートがミドルブラウをどう批判したかを確認したい。

『リテラシーの使用』の中の「活動のためのバネを引き延ばされて」と題された章で、労働者文化の弾力を奪う元凶として挙げられているのが、ミドルブラウ作家の代表格、J・B・プリーストリ（J. B. Priestley, 1894-1984）である。一九五一年六月の公共放送で、プリーストリは労働者に次のように呼びかけていた。

喧しいロウブラウと舌ったらずのハイブラウとの間には、けっこうな隔たりがあって、その隙間にミドルブラウないしブロードブラウ〔広範囲にわたるブラウの意で、プリーストリの造語〕の居場所がある。だからあなたと私で、その隙間をきれいに埋めましょう。和やかな家庭的な雰囲気で。その居場所だったら、みんなくつろいでいられる。コケモモパイのお話でもしようじゃありませんか。土地土地でこの果物はどんな名前で呼ばれているか分かりませんが、物は同じ。私はこのパイこそ世界中探しても他にない最高品だと思います。[12]

ヨークシャーの労働者階級出身のホガートが、彼らの間で名物のコケモモパイを仰々しく持ち出されて憤慨していることもあろうが、ホガートはこの呼びかけに潜む恩着せがましさと侮蔑を特に批判している。しかし、プリーストリの口調と次のホガートの口調とを並べてみたら、どうだろうか。労働者階級が趣味のＤＩＹ（日曜大工）とどう向き合っているかを記述した箇所である。

時どき指摘されるように、こうした活動では、今も労働者たちは個人的な趣味を発揮し、意の向くまま気の向くまま行動している。規則的な大工仕事はしばしば単調で、平凡なものになる。それでも彼らは持前の実直さと仕事への情熱ゆえに——大工仕事の中にはどんなに風変わりに見えるものがあるにしろ——その仕事ぶりは匠の域に達している。[13]

労働者階級の文化をどの距離から観察しているかが違うだけで、その語り口調はきわめて似通っている。つまり、どんな変わった名前で呼ばれようと、どんなヘンテコに思える作業にみえても作品は最高品であると、言いたいのだ。スーパーや小売店に陳列される「商品」よりはるかに優れたものはローカルな場で作られ、享受されていることが強調されている。

『リテラシーの使用』の「俺たち」を扱う第一部と「あいつら」を扱う二部とでは、声のトーンが異なることはよく指摘されてきた。ホガートは、Q・D・リーヴィスの『フィクションと読者』の方法に触発されて、労働者階級の「読書」実践を第二部で浮かび上がらせようと考えた。しかしながら、その方法では読者たちがまったく受け身の存在に見えてしまうことに疑問を抱く。そのため第一部を書き足している。その結果、ホガートは、読者たちに主体性を取り戻すために「好奇心をくすぐる（curious）」というキーワードを用いることになる。

しかし、より丁寧に分析してみると、これらの大衆誌は現在のスタイルに近づけば近づくほど、扱う世界が狭まっていく。一昔前の雑誌は「好奇心をくすぐるもの」と「唖然とさせるもの(startling)」との双方を求めていた。対照的に、いまの新しいスタイルでは「唖然とさせるもの」だけとりわけ重視されている。その結果、記事は犯罪やセックス、超常現象ばかりだ。[14]

一九五〇年代に労働者読者の間で流行するミドルブラウ規格の週刊誌は、肌の露出にしても暴力にしても「唖然とさせる」要素がふんだんにあしらわれていた。シュミーズで鼻歌を歌う女性や女夫人を殴る執事など、唖然とする話を売りとしていた。奇抜な設定で読者を圧倒するマーケット戦略が働いていたわけである。ホガートはそれと比べて、『ペッグの新聞』(*Peg's Paper*)のように労働者たちに長く読まれてきた読み物は、唖然とさせるだけでなく、好奇心をくすぐるという大切な役目を果たしていたと考える。定番の物語を挙げると、ヒロインは初めて見る伊達男に夢中になり、その男にだまされて子どもまで産んでしまったあげくに捨てられるが、最後には同じ共同体に住む理解ある男性と結ばれるといった感じである。これを読む読者は、伊達男が象徴する外の世界へと関心を広げる一方で、共同体の価値観を他方で確認していたのだと、ホガートは指摘する。つまり、読書行為は、個人的好奇心と共同体が教える知恵との緊張関係を知る機会となっていたのである。

次に、ホールのケースを見てみたい。ホールは、後年、『リテラシーの使用』を丁寧に読み直している。その読み直しで特に興味深い点がある。『リテラシーの使用』は、一見すると、都市労働者文化とミドルブラウとを対立関係に捉えているように見えて、実は双方を近い距離に置いて眺めていたという指摘である。

ホガートは双方のうちどちらか一方を他方に回収してはいないけれども、それでも彼の前提は変わらない。ジャーナリズムの草創期には、出版社と読者との間に十分に親密な関係があって、そのおかげで「古き良き秩序」のようなものが出来上がっていたと説明することができた。この前提があったからこそ、ホガートは労働者階級と新手のマス・カルチャーの形態の間に（中略）もはやお互いを補強し合う関係はなくなってしまったと論じることができたのである。[15]

ホガートが古き良き労働者文化を代表する読み物に『ペッグの新聞』を挙げていたことは前述したが、ホガートの言っていることは一見すると矛盾している。と言うのも、これらの読み物は戦前から労働者の間で人気があったとはいえ、そもそも大手の出版業界が彼らをターゲットに生産していたものだからだ。なぜそんなものを読むことが労働者文化になるのか。それは、作り手と受け手との間に相互補完的な反応のネットワークが出来上がっていたからである。『リテラシーの使用』は双方をけっして排他的に見るのではなく、都市労働者コミュニティが長期間かけて、作り手側との関係を構築してきたプロセス全体を評価している。その点で画期的であったと、ホールは考えた。

ホールは労働者の古い読書文化について、さらにこう述べていた。

「古き良き」ポピュラー文化は商業主義ベースで生まれ、生々しく露骨にアピールするものであったにせよ、「外部からの一斉攻撃」とまでは言いきれない。それは労働者階級自前の本物の文化だったからでもなく、たんに労働者階級の読者に押しつけられたからでもなかった。それが労働者文化の習慣や態度、言語化されない価値観により近かったからである。もっと言うと、労働者文化をより誠実に映し出し、彼らのグルーヴ（心地良い気分）に忠実に働きかけたからである。そして、産業都市に工場労働者階級が形成される複雑な歴史の中で、こうした文化は長い時間をかけて、彼らといわば「共生」することでより強く根を張り、「土着化」してきたのである。[16]

『ペッグの新聞』は、都市産業型の労働者集団が複雑なプロセスを経て編成されていく歴史の過程で「土着化」したと、ホールは考える。つまり、労働者階級が読み書き能力を獲得していく過程に大衆誌の文化は深く関わっていたわけである。ところが三〇年代からアフルーエンス時代にかけて変化が起きた。その変化とは、作り手がこの共同体の読者から離れてしまったということである。それに次いで「俺たち」をマスと区別するか、もしくは自虐的にマスと見るような視点も生まれることになる。

先述した仮説に戻ってみたい。「ミドルブラウと呼ばれる人びとなど存在しない。あるのはミドルブラウという呼び名だけだ」と言えるだろうか。著者は言えると考えている。もともと骨相学由来の「ブラウ」ということば遣いは比喩にすぎず、それにもとづく分別は恣意的であった。ミドルブラウは多くの場合、相対的にしか認識されない。ハイブラウとの比較では、実験性に乏しく保守的な写実主義に写るが、ローブラウとの比較ではまじめで節度があるとみなされる。ブラウによる分別をもっとも必要としていたのは、文化商品の売り手の側であって買い手の側ではなかった。

二〇世紀の初めから半ばにかけて実際に起きていたことを適切に表すことばは、やはり「マス化」であるだろう。ウィリアムズは『キーワード集』(*Keywords*, 1976)の中で、「マス化」を次のように整理している。

こうして、「マス社会」に対抗する「マス蜂起」を思い描くこと(いや、少なくとも期待すること)は可能になる。同じ論法で、「マスメディア」に対抗する「マス・プロテスト」や「マス化」に対抗する「マス・オルグ化」も想像することはできる。こうした政治上の対立的な語用で行われている(少なくとも試みられている)ことは、社会行動の主体としてのマスと客体としてのマスとの区別である。[17]

つまるところ、「マス化」をめぐる混乱は(ウィリアムズが指摘している通り)社会活動の主体になるか、それとも客体になるかのせめぎ合いを意味している。より個別化するならば、普通教育がもたらした読み書き能力の使用法をめぐるせめぎ合いであったと言えよう。ミドルブラウに建設的な意味があるとすれば、読み書き能力が複数のかたち(uses)で使われ、可能性に満ちた広い中間地帯があるということだと思う。ただ、広い中間地帯であるということは巨大なマーケットでもあり、容易に客体化（つまり無防備な消費者に）される危険がつきまとう。そのことへの意識はミドルブラウ作家もCSの実践者にも共有されていたように思える。と言うのもプリーストリは、（マーケット戦略としての）ブラウ論争は終わりそうにないので、窮余の策として低高併せ持つ「ブロードブラウ」[18]を造語したからである。同様に、ホールは消費者ではなく、使用者になることを薦めていた。ホガートもまた読者が好奇心を持ちつづけるかぎり、マス戦略に翻弄されることはないと考えた。ブラウ論争は「マス化」を推進する戦略であり、CSの活動はその戦略に乗らないためのアジェンダ形成に他ならなかった。

ポピュラー芸術とマス芸術

ここからはホールがブラウ論争に乗らないために（マス化に抗うために）、どのようなアジェンダを提出したかを見ていく。『ニューレフト・レヴュー』の創刊者の一人であったホールは、一九六四年にパディ・ワネル（Paddy Whannel, 1922-80）と共著で、『ポピュラー芸術』という中等教育を担う教師たち、および成人学習者向けの教科書を出版する。当時の中等教育界には、ティーンズにとっては最大の関心事であるポピュラー商品を正面から分析した本などなかった。その意義も含めて、『ポピュラー芸術』は、二つの点で画期的であった。

まず一点目を挙げたい。人が何を読むか、あるいは消費するか、その対象次第でブラウの区別が生まれるわけではないと彼らは考えた。どんな商品もマーケットに出回る際に様々にコード化されるが、どのコードで読むかでブラウは分かれるのだと主張する。例えば、雑誌の広告を彼らが分析した興味深い箇所がある。

したがって、メディア内でのブラウによる階層化は収入と趣味とをグレード分けするプロセスで補強される。同一商品がマーケット全般で広告されると、個々の広告はそのスタイルを通して、それを掲載する媒体固有の要求を映し出す。『ウーマンズ・オウン』（*Woman's Own*）〔イギリスの下層ミドル向けの女性総合誌〕でブリ・ナイロン繊維が広告される場合には、陽気で飾らない雰囲気が採用される。他方、『クイーン』（*Queen*）や『アバウト・タウン』（*About Town*）もしくは『ヴォーグ』（*Vogue*）〔いずれも中上層ミドル向けの女性総合誌〕に掲載される場合には、上品でおしゃれ、控えめながら高級感が伝わるスタイルとなっている。広告は私たちの社会の文化的階層化に大きく貢献している。[19]

まったく同一のブリ・ナイロン素材がある場合、下層ミドル向けの『ウーマンズ・オウン』誌では快活で気楽なトーンで商品が薦められる一方、中上層ミドル向けの『ヴォーグ』誌は控えめなトーンで、その上品さとおしゃれ加減を説いていると、分析されている。そうなると、ラジオやテレビの普及などによって、様々なコードが交差し合う時代に、ブラウを固定化することはもはや不可能になってくる。ジャズ一つとっても、それをどのコードで受け取るかで、ハイブラウにもミドルブラウにもロ一ブラウにもなるからである。

評価すべき二点目を挙げてみたい。この本の中で著者たちは、ポピュラー文化を都市労働者の「ポピュラー芸術」として読み直すことで、アフルーエンス時代の消費文化産業が売りつける「マス芸術」と区別している。次の引用で確認してみよう。

ポピュラー芸術の特質と（これと見紛うばかりに似ていることがしばしばある）マス芸術の特質とを対比することで、たぶん私たちは、この混乱を解決できるかもしれない。（中略）現代の形態を取るポピュラー芸術は個人的（personal）なスタイルを媒体としないかぎり成立しない。その一方でマス芸術はいっさい個人的な特質を有していない反面、人物造形（personalization）する傾向がきわめて高い。チャップリンは、彼の個性の全体重をかけて、自らの作品を制作し、その個性の印象は拭いがたい。この圧倒的な個性は彼の芸術に完全に昇華している。他方、マス芸術ではよく見られることだが、作品に迫力と活力を与える個性や特異性の痕跡は完全に消し去られる。その代わり、一種の脱個性化の特質、つまり「ノンスタイル」（no-style）の特質が加味される。[20]

どうやら、ホールたちの力点は「わざ」としての芸術の方に置かれているようだ。制作された作品は消費されても、「わざ」は消尽（消費し尽くすことは）できない。チャップリンの個々の映画は消費されても、彼の「わざ」はそれを視聴する社会の中にある、一つのスタイルとして確認され、継承される。ホールとワネルにとって文化とは（エンターテインメントとは違い）消尽されえないものであった。また、この本でジャズも論じるホールは、レコード盤としてパッケージ化されたジャズは消費され尽くされても、ジャズを産み出すライブのスタイルや趣味は「抵抗」や「ノイズ」や「つぶやき」を内包しながらも、持続することを強調している。

どうやらホールとワネルが注目していたのは、ポピュラー商品を売り込もうとするマス芸術とは別次元で生まれる芸術であったように思える。典型的な例をビートルズに求めてみたい。『ポピュラー芸術』が出版されたのは一九六四年なので、ビートルズがスターダムにのし上がった時期と一致する。ホールたちは、ビートルズがプレスリーのようなカリスマ性のある個人ではなく、グループである点に新しい文化の萌芽を見ている。武藤浩史が著した『ビートルズは音楽を超える』（二〇一三）の帯に次のような問いかけを見つけることができる。「彼ら〔ビートルズ〕はなぜ、プレスリーのように腰ではなく、首を振った？」のかと。本文から得られる武藤の答えを見てみよう。

「ウー」と叫びながら、ジョンとポールとジョージは首を振る。そのうち、ジョンは舞台の少し離れた所で独りで、ポールとジョージは二人並んで、首を振る。体を振ることで、人と人とが文字どおり共振して、つながってゆく。ビートルズと聴衆がつながり、ビートルズ内で並んで首を振るポールとジョージがつながる。エルヴィス・プレスリーのように腰ではなく、首を振ることで、性器中心ではなく、異性性愛以外の関係を排除することなく、のびやかに広くつながってゆく[21]。

時として窮屈になる異性愛崇拝から自由に、女子も男子もジョンもポールも首を振ることでつながるためだというのがその答えである。ホールもビートルズについて似たようなことを指摘していた。

最初、新しいサウンドはクラブで作られた。そのあと、同じ場所でダンスが考え出された。実際、ダンスの動きはこのグループのパフォーマンスを真似てアダプトしたものだった。一つ同じ場所で身体をジャークさせ（歌手はマイクの場所から離れられないからか）、肩を強く突き出す（ギターリストの左肩は自由だからか[22]）。

そもそもビートルズのリズムも身振りもクラブで生まれた。プレイヤーたちは、ギターを肩にかけ両手は塞がっていて、スタンドマイクからも離れることができなかった。聞く側も狭いクラブ内を動き回るわけにはいかない。そうした制約の中から、同じ場所で肩や頭をジャークするキレのある動きが即興的に生まれたと、筆者たちは指摘する。以上のように『ポピュラー芸術』は、ポピュラー商品の消費ではなく、使用法（あるいはコードの作成といえるかもしれない）に脚光を当てた点で斬新であった。

ハロルド・ウィルソンの白い革命と長い革命

労働党こそ「国民のための政党」と考え、民主主義の長い革命の担い手だと信じてきたニューレフトたちにとって、ハロルド・ウィルソンの登場は一九六四年に起きたもう一つの事件であった。そもそもウィルソンは、労働党左派の代表格、アナイリン・ベヴァン（Aneurin Bevan, 1897-1960）の路線を継ぐ社会主義者という評判が高かった。第一次内閣時の政策を概観すると、選挙権を一八歳にまで引き下げる選挙法改正、健康保険制度、福祉の充実、移民入管規制の緩和など「リベラリズム」の政策を次々に実行している。一見すると、既存の秩序のもとで恵まれない境遇に置かれた人びとに寄り添っている印象を与える。首相着任時に彼がことの他力を注いだのが、「オープン・ユニヴァーシティ（Open University）」の開校であった。ラジオやテレビのテクノロジーを活用することで、仕事を持ちながら学位取得を目指す定時制の学生や学び直したい労働者たちに、大学の門戸を大きく開いた。しかし、ここに大きな陥穽があった。大貫隆史がウィルソンの政策について的確に分析している通り、彼の政策は「社会全体のデザインから〈意図〉を除いて」しまった[23]。単純化して言うと、何のために学ぶのかという問いを排除してしまった。ウィリアムズがコミットした「労働者教育協会（WEA）」は、その問いにこだわりつづけたことを思い出してほしい。ウィルソンの放送大学はメリトクラシーのもと適切な人材を産業社会に補充しつづけるイデオロギー装置の様相を呈してくる。

有り体に言うと、ウィルソンの政治は老獪なバランスの政治であった。それはヨーロッパ諸共同体とナショナリズム、リベラリズムと権威、モダナイゼーション（合理化）と社会主義との間で、絶妙なバランスを取る高度のゲームのようなものであり、ゲームの間にルール自体（意図）が問われることはない。ウィルソンといえば「ホワイト・ヒート（白熱）」をキーワードとして、国内のテクノロジー産業の振興に努めたことで知られる。このキーワードが登場する彼の演説を見てみよう。

この革命が帯びるホワイト・ヒートの中、イギリスは鋳造し直されることになるでしょうし、もはや労働組合側にも経営者側にも、産業に制約を加える実践や時代遅れの手法をつづける場所などなくなるでしょう。（中略）閣議室でも重役会議室でも同じように、私たちの重要関心事の運営に携わる人間は、自ら進んで科学の時代のことばで考え、話さなければなりません。[24]

もちろん、ここには彼のもと科学技術省で国政に関わったスノウのことばも取り込まれている。文系と理系、労働組合と経営者というこれまでの対立関係にバランスを持たせることで、「ホワイト・ヒート」という科学革命を前進させようという戦術が透けて見える。その意味で「ホワイト・ヒート」という矛盾した語を並列させたオクシモロン（撞着語法）は絶妙であった。もはや赤くはない革命で、経済成長や内需拡大という既定路線を進めること。ここにウィルソン政権の隠された「意図」、すなわち「社会全体のデザイン」があった。

一八歳人口まで選挙権を広げた選挙法改正の後の最初の総選挙（一九六六）で、ウィルソン率いる労働党は大きく議席を増やす。ウィリアムズは第二次大戦後の労働党に信を置き、労働党の政策に深くコミットしてきたわけだが、この年に党に完全に見切りをつける。スノウとウィルソンが駆使する「二つの文化」というレトリックが社会を覆ってしまうと、予定調和的なバランス感覚が社会で尊重され、憤りややり切れなさといった激しい感情には否定的な負荷がかけられる。安定した社会に求められることばは「科学の時代のことば」であり、感情が衝突し合うことばは不要となる。この時代の新しいことばを日々普及させている装置とは何か。ウィリアムズが注目したのはテレビというテクノロジーであった。

テレビの使用法をめぐって*

ここまでの議論をふまえると、テレビの討論番組が「落とし所」をフォーマットとしていることを指摘したウィリアムズは正しかった。ウィリアムズが繰り返し強調しているように、討論番組内には、社会の諸問題に関する現実の意思決定のプロセスは不在であり、現実の反応は、コメンテーターなどの「キャラクター」によって代弁表象されている。こうした「キャラクター」間で、喫緊の政治的判断は「あれかこれか（either or）」式の論争で提示されることが多い。そうすることで、テレビは視聴者を限定的に論争に参加（政治参加）させる。視聴者は論争を視聴する中で、A案を推す与党側の「キャラクター」か、それともB案の野党案を支持する別の「キャラクター」のいずれかの側に立つことが想定されている。両者の間に「アンカーマン」（「碇」を下ろす人物という命名は示唆的である）や「司会者」と呼ばれる調停者がいて、紳士的に論争するように差配している。ウィリアムズは言う。「実際、イギリスのテレビ討論のほとんどにおいては、〈公正さ〉や〈バランス〉などの概念によって抽象的に表現された基本ルールが設定されている。ただし、これらのルールは通常、実際のプレゼンテーションの中に溶け込んでしまい、それが強調されることはほとんどない[25]」。ウィリアムズに言わせると、有権者不在の「劇場」内で、シナリオ通りのお芝居が繰り広げられているにすぎない。皮肉なことに、こうした討論番組が先進国の多くで定着してきた一方で、実際の選挙での投票率は着実に減少してきた。つまりテレビが政治参加の機能を持つという前提で議論をしたところで、現実の社会全体では政治離れが進行することもあるのである。

もしかすると、国民の政治離れも「社会全体のデザイン」であったと言うのは穿ちすぎだろうか。ウィリアムズのテレビ論を一躍有名にした概念に「フロー」概念がある。ところが、この概念はそもそも負の価値を帯びた概念であった。ウィリアムズがフローをどのように捉えていたか、振り返ってみよう。

発達した放送システムがあるところではどこででも、特性を帯びた組織と、それがあるために特性を帯びた経験は、シークエンスとフローの組織および経験となる。この現象、つまり計画されたフローの現象こそ、テクノロジーとしても文化様式としても、おそらく放送の決定的な性格であろう。[26]（強調筆者）

筆者が傍点を施した部分に注目してほしい。ウィリアムズはフローとは「計画された（planned）」現象と考えていた。後に発表した『マルクス主義と文学』（*Marxism and Literature*, 1978）では、「枠に入れられた（framed）フロー」と言い替え、用意周到な計画性を強調してもいる。[27] そうであるならば、誰が何のために計画したものなのか。媒介者をメディアというシステムとして考えるメディア受容のムードでは、この「誰」は巧妙に隠される。しかしフローの「特性」を考えると、この「誰」にも到達できそうである。おそらく、一九七三年にウィリアムズを唖然とさせた「特性」とは、テレビが私たち視聴者を「消費者」として呼びかけるということだった。モダン性の主体は、その場その場の多様な位置取りによって形成されているはずなのに、フローは主体を消費者の位置から離れないようにしてしまう。ウィリアムズにとって、「計画されたフロー」とは巧妙に仕組まれた「社会全体のデザイン」に他ならなかった。

『テレビジョン』は、一九七三年の上半期にウィリアムズがサンフランシスコやケンブリッジで得たテレビ視聴体験をもとに書かれた。おそらくウィリアムズは、合衆国の四大ネットの盤石な制度と独立採算力を目の当たりにして、この民間ベースの「モダン化」が世界のトレンドになることを見越していた。[28] サンフランシスコでの調査を終えた直後、ウィリアムズはBBCが発行する週刊誌『リスナー』（*The Listener*, June 7th, 1973）にアメリカ型テレビ文化の特徴について寄稿している。そこには興味深い文体の特徴が見て取れる。彼はテレビで映画を視聴していた六〇分の間に、全体で六分から九分ほどの中断が断続的に入ることに驚き、コマーシャルと番宣と映画本編が交錯するその六〇分を次のように形容していた。

私たちイギリスの「モダン化推進派（modernisers）」には実にためになる経験であろう。（中略）断続的な中断は常態化しているので、ほとんどの局は一つの映画を流す間に、これから放送予定の映画予告編を二つないし三つ挟んでくる。状況によっては、シュールな効果（surrelaist effects）すら生み出している。[29]

この引用には、彼が生涯こだわりつづけた「モダニズムの政治学」が浸み出している。二〇世紀の西欧モダニズムはテクノロジーに対して様々な反応を示してきたが、極端な場合、テクノロジー至上主義を唱える「モダン化推進派」も生み出してきた。彼らは産業革命以降の矛盾の多い「現実（realism）」を一筆で塗りつぶす「シュールな」夢を語る。ここにも分かりやすい二分法がある。既知の「リアリズム」とそれを一気に飛び越す「シュール・リアリズム」との構図がある。ウィリアムズにとって「現実」はいつも未検証部分、つまり「知りうる」（knowable）はずなのにまだ知られていない部分を残していた。ところがシュールな現実は、そうした部分を見ないですむように高速で流れて（フローして）行く。

『リスナー』誌上の同じ記事の中で、ウィリアムズは「フロー」ということばをまだ使っていない。その代わりに、業界文句の「先に進む（move along）」をニュース番組のフォームを説明する際に使っている。サンフランシスコの主なニュース番組『ニュース・シーン』（News Scene）は、ニュースを読む二人のアナウンサー、スポーツ・キャスター、天気予報士の四人で構成されている。なかでも天気予報士はそのファッションや口調を他の三人にいつもからかわれる、いわゆる「いじられキャラ（butt）」である。（このフォーマットは今日の日本のニュース番組でも生きている。）番組途中のコマーシャルに入る直前で、メインのアナウンサーは「次はピートの天気予報、それからフランスの選挙、ドル危機と『ニュース・シーン』は先に進んでいきます」と述べる。ところがウィリアムズは言う。「この『先に進む』が起きることはない。どこか『ゴドーを待ちながら』の結末に似ている」と。30 つまり待っていても肝心なことは何も出てこないと言いたいのだ。実際、コマーシャル後に天気予報のコーナーになっても、予報士ピートは他の三人に服装をいじられつづけ、狭くなった尺の中で「この冬は例年にない冬になるでしょう」と早口で述べて終わる。視聴者はどんなふうに異常な冬になるのか知らされぬままだ。

筆者は、これがウィリアムズのフロー原初体験であったと思う。前振りだけで核心的な部分はつねに先送りされるのであれば、何にも先には進んでいないことになる。フロー形態の生産者にとって、それこそがねらいであった。核心など最初からなくてもいいのである。視聴者の関心さえつなぎとめられるのなら、番組のスポンサーに視聴者を潜在的消費者として効率よく売り渡すことができる。「計画されたフロー」の意図を明らかにすること。それを足がかりとして、ウィリアムズは、今あるテレビ・テクノロジーの使用法とは異なる民主的な使用法について提案したのだった。

結びに――サッチャー入場、白い革命の後で

ウィリアムズの『メーデー宣言』(*May Day Manifesto 1968*)のようなニューレフトによる活発な働きかけにも関わらず、一九六八年のイギリスではほとんど何も起きなかった。「プラハの春」や「パリの五月革命」は、海の向こうの出来事にすぎなかった。ウィルソン内閣は、一九七〇年の総選挙に敗れ、いったん下野するものの、七四年の総選挙で政権に返り咲いた。他方で同じ頃、影の内閣のトップに立ったのが、後に「鉄の女」と呼ばれることになるマーガレット・サッチャー(Margaret Thatcher, 1925-2013)である。ウィルソンとサッチャーの政治を比較する際、こと福祉政策や外交姿勢に着目すると水と油の関係に見えるが、「ホワイト・ヒート」による経済成長とメリトクラシーに着目すると、それらを再優先課題とした点できれいに重なる。労働党かそれとも保守党かという選択肢はカムフラージュであって、その背後には「社会全体のデザイン」が隠然と存在していた。

興味深いことに、「二つの文化」のレトリックもサッチャー政権には引き継がれることになる。と

言うのもサッチャーが一九七九年に首相に就任したことを取り上げて、イギリス史上初めての女性首相であることばかりが強調されるが、実は、史上初めて理系で学位を得た首相でもあった。彼女は政界に入る以前、オクスフォード大学で化学の学位を取得し、民間の化学研究所で勤めた経歴を持つ。彼女は首相就任後の七九年一〇月にイギリス化学学会と王立化学研究所の双方から「名誉フェロー」の称号が与えられている。その式典でも「一介の化学者がダウニング・ストリート一〇番の住人になるとは、学会の水準も何て高くなったことでしょう」と語り、政治と較べて科学の論理の純粋さを称え、それを学んだことへの誇りを口にしている。[31] ウィルソンの既定路線を継ぐのに、これほどの適任者はいなかった。一九六〇年代にウィルソンは、「科学の時代」の要請に見合う工業技術教育養成機関ポリテクニックを整備していた。事実、サッチャーはその方針を継承、発展させている。と言うのも彼女は産学協働のため比較的安く運営できるポリテクニックの財務管理システムを青写真として、従来型の大学における財務管理の合理化を図ったからである。[32] こうした流れの中、一九九三年の高等教育法の改正により、一方でポリテクニックは大学へと格上げされ、他方で従来型の大学は財布を握られ、自律性を失うことになる。ニューレフト知識人が頼りとした高等教育機関の自律性は有名無実となる。

様々な集団が緊張関係を保持しながら交渉し、譲歩し、漸次的に融合する永続的なプロセスが長い革命の営みであった。それが掲げた理想とは、諸集団の間の重なりと隔たりを確認しながら、漸次的に全員参加方式の（participatory）社会を実現することにあった。他方で、一九六〇年代から八〇年代までのイギリスの政治は「二つの文化」論争、「白い革命」を経てのサッチャー入場といった路線を一直線に進んでいる。この支配的な流れは長い革命の営みを無効化し、「社会全体のデザイン」を諸々の制度や機関を通して、実現させていった。

本補遺では、二〇世紀半ばのイギリスに起きた様々な「革命」と「論争」を眺め直してみた。多くの場合、こうした「革命」や「論争」は出来レースであり、「二つの文化」のレトリック（＝イデオロギー）は強力に働き、多くの排除を生んできた。その状況は今も変わらないようだ。もし将来的に、全員参加を目指す「長い革命」への道が開かれるときが来るならば、そのときはウィリアムズの次のことばが勇気を与えてくれるだろう。「ハイドパーク鉄柵事件」〔労働者が一八八六年に起こした、ハイドパークでの表現の自由を求めるデモ〕が起き、アーノルドが『文化と無秩序』（*Culture and Anarchy*, 1869）でそれを断罪する権威的な発言をしてから百年が経った年、ウィリアムズが述べていたことがある。「あれかこれか」（文化か無秩序か）というアジェンダを示して、落とし所を提案するアーノルド流の大人の議論に乗ってはならぬという介入であった。

今や、擁護されている文化といえば突飛なものではなく見慣れたもの、知りうるものではなくすでに知られたものばかりだからである。そして、これを支持する人びと〔為政者や教育者〕が支配し、増えつづけるのであれば、私たちはいつでもまたハイドパークに出かけて行かなければならないだろう。[33]

補遺

＊この見出し内の考察は以下の図書で発表したものに、加筆修正を施したものである。レイモンド・ウィリアムズ『テレビジョン――テクノロジーと文化の形成』木村茂雄・山田雄三訳（ミネルヴァ書房、二〇二〇年）、「本書の理解によせて」、二五五―二六〇頁。

1 F. R. Leavis, *Two Cultures?: The Significance of C. P. Snow*, ed. Stefan Collini (Cambridge: Cambridge UP, 2013), p. 53.
2 Aldous Huxley, *Literature and Science* (New York: Harper & Row, 1963), p. 1.
3 C. P. Snow, *The Two Cultures and the Scientific Revolution* (Cambridge: Cambridge UP, 1959), p. 20.
4 河野真太郎『〈田舎と都会〉の系譜学――二〇世紀イギリスと「文化」の地図』（ミネルヴァ書房、二〇一三年）、一八三頁。
5 『〈田舎と都会〉の系譜学』、一九九頁。
6 *Two Cultures?: The Significance of C. P. Snow*, ed. Stefan Collini, p. 43.
7 J. R. Oppenheimer, *Uncommon Sense*, ed. N. Metropolis et al. (Boston: Birkhäuser, 1984), p. 123.
8 Raymond Williams, *Modern Tragedy* (London: Chatto & Windus, 1966), p. 76.
9 Q. D. Leavis, *Fiction and the Reading Public* (London: Chatto & Windus, 1978), pp. 23-24.
10 Richard Hoggart, *The Uses of Literacy* (New Brunswick: Transaction Publishers, 1998), p. 161.
11 *Richard Hoggart and Cultural Studies*, ed. Sue Owen (Basingstoke: Palgrave, 2008), p. 41.
12 Cited from *The Uses of Literacy*, p. 140.
13 *The Uses of Literacy*, p. 253.
14 *The Uses of Literacy*, p. 168.
15 *Richard Hoggart and Cultural Studies*, p. 21.
16 *Richard Hoggart and Cultural Studies*, p. 24.
17 Raymond Williams, *Keywords: A Vocabulary of Culture and Society* (London: Fontana, 1976), pp. 196-197.

18 J. B. Priestley, "High, low, Broad", *Open House* (London: William Heinemann, 1930), p. 162. なお『オクスフォード英語辞典』は、*Saturday Review*（20 February 2016）におけるプリーストリの寄稿記事でこの語が英語名詞として初めて使われたとしている。
19 Stuart Hall and Paddy Whannel, *The Popular Arts* (Boston: Beacon Press, 1964), p. 315.
20 *The Popular Arts*, p. 68.
21 武藤浩史『平凡社新書 ビートルズは音楽を超える』（平凡社、二〇一三年）、一五四頁。
22 *The Popular Arts*, p. 312.
23 大貫隆史『「わたしのソーシャリズム」へ——20世紀イギリス文化とレイモンド・ウィリアムズ』（研究社、二〇一六年）、一一六頁。
24 Harold Wilson, "Labor's Plan for Science" (Scarborough, October 1, 1963), printed by Victoria House Printing Company, p. 7. 『「わたしのソーシャリズム」へ』、一一五頁参照。
25 Raymond Williams, *Television: Technology and Cultural Form* (London: Routledge, 1990), p. 51.
26 *Television: Technology and Cultural Form*, p. 86.
27 Raymond Williams, *Marxism and Literature* (Oxford: Oxford UP, 1978), p. 141.
28 *Television: Technology and Cultural Form*, pp. 42-43.
29 *The Listener* (7 June 1973), p. 744.
30 *The Listener* (7 June 1973), p. 745.
31 Margaret Thatcher, "Speech to the Chemical Society and the Royal Institute of Chemistry" (October 24, 1979), transcribed from the webpage of Margaret Thatcher Foundation.
32 次の文献で詳細を知ることができる。秦由美子「イギリス高等教育の一元化と一元化後の新大学」、『広島大学高等教育研究開発センター大学論集』、第四二集（二〇一一年三月）、五七—六〇頁。
33 Raymond Williams, *Culture and Materialism* (London: Verso, 1980), p. 9.

あとがき

今から思うと大胆だったが、私が「もう一つのイギリス批評」の系譜について調べ始めたとき、『スクリューティニ』の時代からグローバライゼーションの現代までをカバーする研究にしたいと思っていた。調べてゆくうちに、読まなければいけないものがあまりにも多くて、短期的なスパンではとうてい無理なことが分かってきた。言い訳めいてみっともないが、そんな訳で「言語学的転回」以降の事がら――ルカーチやゴールドマンとニュー・レフトの関係やCCCSやWEAの活動、サッチャー主義のインパクトのことやポスト・モダニズムとの対立などなど――を十分に扱うことができなかった。結果として、どこかかび臭さが漂う文化理論――マイノリティ機能、読み書き能力、「感情構造」、コード概念――がこの本の中心となった。しかし私は、これらの文化理論は今日のジェンダー論やポスト・コロニアル論に較べて理論としての緻密さはないけれど、やはり現代の社会に継承してゆく価値のあるものだと信じている。ウィリアムズが定義した文化の三形態――「支配的な文化」、「残余しつづける文化」、「萌芽しつつある文化」――にしたがうならば、ここでの文化理論は「残余しつづける文化」に属するものだと思う。「残余しつづける文化」は「古風な（archaic）文化」とは違う。古代ギリシア彫刻のような「古風な文化」は、それを生み出した社会と文化が消滅してしまったのだから、現在の文化に直接作用することはない。「残余しつづける文化」は、現在の社会で何らかのかたちで生きられていて、「支配的な文化」に包摂されそれを支えることもあれば、「支配的な文化」と交渉しそれに変化を与えることもある。あるいは歴史的なあるモメントにおいて、「萌芽しつつある文化」に転化する可能性だってある。だから将来のことを考えると、どうかすると「冷戦期の社会主義」として一くくりにして一蹴される文化理論とのチャンネル（通信路）を開いておきたいと思ったのである。この種の文化理論関連の資料の中には、まだ日本で知られていない重要なものもあり、今回、その一部だけでも紹介できてよかったと思っている。

この本を構成しているほとんどの章は書き下ろしたものだが、第一章は『言語文化研究』第二九号（二〇〇三年）で発表した論文、第七章は『道標――高瀬計征先生退職記念論集』（二〇〇一年）に収められた論文に手を加えたものである。第七章で扱った知識人の「表象＝代弁」に関心をもったのが、このような本を書くそもそもの出発点であった。だが知識人の「表象＝代弁」への関心は、それ以前から行ってきた協同作業を通じて膨らんできたものである。私が所属する大阪大学言語文化研究科では、一九九五年にガヤトリ・スピヴァクを招いてシンポジウムを開いたことを期に、教官と院生の有志が集まって、カルチュラル・スタディーズの研究会CSCを立ち上げた。隔週の集まりの中で、文化をどう考えたらいいのかについて実に多くの意見が出された。そうした協同作業の中から、CSCの公開討論会や（CCCSのガリ版出版を真似して）『カルチュラル・スタディーズの理論と実践』という素人手作りのジャーナルが生まれたことは、今でも誇りに思っている。しかしやはり分節より接合は難しい。メンバーの関心が多様化する中で、CSCは「つないでゆく」気力を失って研究会は一昨年より休会し、ジャーナルも休刊となった。それでも私は、この時期のCSCの活動にエネルギーをもらったし、その後のケンブリッジとバーミンガムでの在外研究の基盤となった。今は亡き広瀬雅弘さんを始め当時のメンバーであった同僚と院生のみなさんに感謝すると共に、CSC復活の希望も表明しておきたい。

エピローグは私としては新天地に臨む思いがあった。しかし前々から「書を持って街に出たい」という希望はもっていた。私が客員を務める放送大学大阪学習センターのある大阪天王寺は、郊外の大学町にはない街の雰囲気に包まれている。聞き取りやアンケートの調査に活発に反応してくださった当センターの学生の皆さんに心からお礼を申し上げたい。

私が生まれたのは熊本県中南部の小さな門前町である。私が幼少期を過ごした祖母の家は、その門前の商店街にある美容室である。昭和四〇年代、祖母の美容室はコミュニティのサロンであった。百貨店へショッピングに出かけるために髪型を整えに来るおばさんたち、結婚の貸衣装の相談に来る適齢期の女の人、採れたばかりの野菜を差し入れに来る作業着のおじさん、四方山話をするためだけに来た近所の人たち、そういう人たちで店はごったがえしていた。私はそこで、祖母のような引揚者の苦労話や水俣で起きていることなどを聞きながら育った。その後、大型スーパーの進出や複合コンプレックスと呼ばれる大規模レジャー・ショッピング施設が建てられ町は大きく変わった。土蔵の家並が美しかった門前の商店も一つ一つ壊され、商店街とは言っても歯が抜けたようにあちこちに空き地ができている。私はノスタルジーでこんなことを書いているのではない。そのように街は様変わりしても、祖母の美容室はつづいているし、かつての賑わいは失ってもコミュニティ・サロンでありつづけている。それもまた日本の「残余しつづける文化」の一例であるかもしれない。この場を借りて、コミュニティ体験を与えてくれた郷里のコミュニティと私の家族全員に感謝したい。有形無形の援助を惜しまずに与えてくれた二人のY・Aに、この本を捧げられたらと思う。

最後になるが、私がここで書いたようなことを近い将来に本にしたいと何気なく言ったことばを気に留めてくださり、自ら企画を申し出てくださった開文社出版の安居洋一氏に感謝したい。思えば、その折に安居氏がご自分で描かれた水彩の風景画を見せてくださった瞬間、この本の企画はにわかに具体的な像を持ったように思える。

二〇〇四年一二月

豊中キャンパスにて

山田雄三

増補版へのあとがき

二〇〇五年五月に『感情のカルチュラル・スタディーズ』を発表してからの一年間、様々なご意見やご助言をいただいた。私の誤字脱字はもちろんのこと、思い違いや不正確な記述まで、どれもありがたいご指摘で、万が一、この本が版を改めることがあれば、ぜひ手直しをしたいと心密かに願っていた。しかし、そんな願望は思い上がりにすぎず、拙著など版を改めるほどの部数、買い求められるはずもない。この本の恥は晒したまま放置していた。

それから一八年という歳月が過ぎた。カルチュラル・スタディーズの優れた実践者である畏友、阿部潔さんにこの本のことを好意的に紹介していただき、社会学の分野でわずかながら話題になったこともあって、在庫品の裁断処分にはならずにきた。そして版元から在庫品はほぼ残っていないという知らせを得た。念願の再版の機会と内心喜んだのも束の間、あいにく糠喜びだった。

私は刊行時の「あとがき」をこう結んでいる。「最後になるが、私がここで書いたようなことを近い将来に本にしたいと何気なく言ったことばを気に留めてくださり、自ら企画を申し出てくださった開文社出版の安居洋一氏に感謝したい。思えば、その折に安居氏がご自分で描かれた水彩の風景画を見せてくださった瞬間、この本の企画はにわかに具体的な像を持ったように思える」。その安居さんは、昨年一月あまりにあっけなく鬼籍に入られてしまわれた。鄙びた田舎の海辺を描いた水彩画はいまどこにあるのだろう。その水彩画ばかりでなく、この本の原版も行方が分からなくなった。そのため、原版の誤りに手を入れることも叶わなくなってしまった。この増補版の元になっているのは、初版のPDFを再処理したものである。

こうした経緯のため、この本は誤りも含め、二〇〇五年に発表したときのままである。恥ずかしくて仕方ないのだけれども、ウィリアムズの「感情構造」という考え方を伝え残す意義はまだあるように思う。

ただ今回、補遺を付け加えることができた。上述の「あとがき」で、一九三〇年代からグローバライゼーションの現代までをカバーする「もう一つのイギリス批評」研究を意図しつつ、そうできなかったことをこう弁明している。「言い訳めいてみっともないが、そんな訳で「言語学的転回」以降の事がら――ルカーチやゴールディングとニュー・レフトの関係やCCCSやWEAの活動、サッチャー主義のインパクトのことやポスト・モダニズムとの対立などなど――を十分に扱うことができなかった」。補遺では、少なくとも冷戦期の諸アジェンダやサッチャー主義への系譜については扱うことができたと思う。この補遺の一部は以下の論文が初出である。

ミドルブラウとニューレフトとの距離を測る――一九五〇年代イギリスの大衆読物と政治（『待兼山

論叢』第四九号、二〇一五年）一―一三頁。
レイモンド・ウィリアムズ『テレビジョン―テクノロジーと文化の形成』、木村茂雄・山田雄三訳（ミネルヴァ書房、二〇二〇年）、「本書の理解によせて」、二五六―五九頁。

最後になるが、先に私が書いたような再出版をめぐる技術的な問題をひとつずつ解決してくださり、この増補版を作っていただいた丸小雅臣氏に心からの謝意を申し上げたい。

二〇二五年　二月

豊中キャンパスにて
山田雄三

マーロウ，クリストファ　200
マンコヴィッツ，ウォルフ　72-73
水越伸　58, 83, 86-87
『南太平洋』　227
『ミラー』　236
「未来に向かって後ろ向きで歩みながら」（ウィリアムズ，レイモンド）　155
武藤浩史　324-325
メイソン，ハロルド　8
『メディアを教える』（マスタマン，レン）　58, 60-61, 81-82
モア，トマス　143
『モードの体系』（バルト，ロラン）　223
モーレー，デイヴィッド　213, 214
「モダニズムの政治学」（ウィリアムズ，レイモンド）　126, 171-172
モリス，ウィリアム　23, 38-39, 143
森常春　9

［や行］

山内祐平　59
『ユートピア』（モア，トマス）　143
『ユートピアだより』（モリス，ウィリアム）　143
吉尾弘　282

［ら行］

ラクラウ，エルネスト　267-268
ラッセル，バートランド　81
リーヴィス，F. R.　4-9, 13-14, 15, 19-29, 31-38, 41-50, 51, 53-55, 58, 60-62, 67, 70, 72-73, 78, 93, 95-97, 112-113, 120, 129, 164, 213, 232, 233, 305-308, 311-313
リーヴィス，Q. D.　15, 26, 57, 62, 63-66, 96, 311-313, 316
リオタール，ジャン＝フランソワ　254-255
リチャーズ，I. A.　8-9, 96
「リテラシーだけでは不十分だ」（ホガード，リチャード）　85-86
『リテラシーの使用』（ボガート，リチャード）　71-72, 73-78, 82-84, 85, 88, 134-138, 312-314, 315-318
『良心の問題』（ブリッシュ，ジェイムズ）　146-147
『ルーン』　279
ルカーチ，ジョルジ　305
ルグイン，アースラ・K　147-149
レーガン，ロナルド　247-248
レーニン，ウラヂミール　52, 199, 250
『ロシアの年』（ベアリング，モーリス）　247
ロレンス，D. H.　49-50, 229-231

［わ行、他］

『われらの時代』　30
『1984 年』（オーウェル，ジョージ）　139, 144
『2000 年に向けて』（ウィリアムズ，レイモンド）　127
CCCS　58, 211, 215-222, 223-224, 226, 238, 250, 264, 305, 306, 314-315
S.N.　5
WEA　39-41, 62, 78-84, 102, 114, 131, 144-146, 305, 326-327

ブリッシュ，ジェイムズ　146-147
「古い中等教育」（トムソン，デニス）　79-80
フルシチョフ，ニキータ　39, 40, 50
ブルデュー，ピエール　248-249
フレイレ，パウロ　82
ブレヒト，ベルトルト　164-173, 200, 274
『プロジェクトX』　279
ブロット，リチャード　59
『文化、メディア、言語』（CCCS）　215-222
『文化とアナーキー』（アーノルド，マシュー）　70, 78, 335
『文化と環境』（リーヴィス，F. R.：トムソン，デニス）　27-29, 60, 67, 120
『文化と社会』『ウィリアムズ，レイモンド）　11, 15, 16, 87, 96, 105, 108, 112-113, 121, 134, 139-142, 150, 176, 190, 265
『文化の社会学』（ウィリアムズ，レイモンド）　165, 175-176
『文明の声―広告研究』（トムソン，デニス）　67-68, 69-70, 79, 81, 91, 113
ベアリング，モーリス　247
ベーコン，フランシス　118
ベケット，サミュエル　157, 161, 164, 165-166, 171-173
『ペッグの新聞』　74-75, 317-319
ヘブディッジ，ディック　214
ベル，ジュリアン　139
ベントリー，エリック　5
『ボーダー・カントリー』（ウィリアムズ，レイモンド）　10, 12, 175, 178-184, 204
ホール，スチュアート　16, 17, 106, 111, 209, 211-224, 226-241, 244, 248, 250, 252, 258, 273, 284, 288, 314, 317-319, 321-326
ボーン，ジョージ　27-29
ホガート，リチャード　10, 11, 13, 15, 19, 40, 57, 62, 70, 71-78, 80, 82-88, 106, 120, 134-138, 213, 232, 312-319, 321
『ポストモダニズムの幻想』（イーグルトン，テリー）　254, 266-267
『ポストモダンの条件』（リオタール，ジャン＝フランソワ）　254-255, 267
『ポピュラー芸術』（ホール，スチュアート：ファンネル，パディ）　232-235, 321-326
ホメロス　144
『ホライズン』　6

［ま行］

「マクベス夫人には何人の子どもがいたか」（ナイツ，L. C.）　64, 93, 104
マクルーハン，マーシャル　233
マスタマン，レン　58, 59, 60-62, 69, 81-82
増野正衛　7
『魔笛』　279
『マノッドのための闘い』（ウィリアムズ，レイモンド）　177, 193-198
マリー，J. M.　96
マルクス，カール　15, 22, 23, 41, 44, 46, 51, 52, 53, 103, 104, 105, 106, 109, 110, 111, 112, 165, 177, 215, 217, 218, 245, 247, 254, 257, 259, 267, 269
『マルクス主義と文学』（ウィリアムズ，レイモンド）　12, 111, 120, 121, 124, 125-126, 127, 129, 275

トムソン，デニス　7, 15, 27-29, 49, 57, 60, 62, 66-70, 75, 78-82, 87, 91, 93, 113, 120
トムソン，フランク　42
『巴』　279
豊臣秀吉　282
ドライヤー，カール　132-133
『ドラマと観客』（笹山隆）　12

［な行］

ナイツ，L. C.　16, 64, 72, 91-107, 109, 115-118, 120
『長い革命』（ウィリアムズ，レイモンド）　12, 121-122, 149, 177, 309
『なんて素敵にジャパネスク』（氷室冴子）　279
『虹』（ロレンス，D.H.）　49-50
西脇順三郎　7
『ニュー・ステイツマン』　44
『ニュー・リーズナー』　20
『ニュー・レフト・レヴュー』　52, 53, 72-73, 96-97, 229-231, 251-252, 321
「ニュース写真の決定作用」（ホール，スチュアート）　223-224, 228
ネミローヴィッチ＝ダンチェンコ，ウラヂミール　158-161
ノースクリフ，アルフレッド　24, 58, 91
『野鴨』（イプセン，ヘンリック）　156-157, 159

［は行］

『ハイウェイ』　40, 79-80, 82, 114, 144-146
ハイデッガー，マルティン　280-281
パヴロフ，イワン　52
ハクスリー，オールダス　140, 306
バトラー，サミュエル　143
バルト，ロラン　211-212, 216, 223-224
バンダ，ジュリアン　43, 45, 50, 259-261
バントック，G. H.　49
『万人』　151, 153-155
ビートルズ　233, 324-326
『ピクチャー・ポスト』　226-227, 235-238
『悲劇の死』（スタイナー，ジョージ）　161, 198
「悲劇論，喜劇論」（笹山隆）　12-13
ヒトラー，アドルフ　138, 236, 257
『批評家』　100
氷室冴子　279
『氷壁』（井上靖）　281-282
ピランデッロ，ルイージ　156, 161-164
ピンター，ハロルド　161
ファルコネッティ，ルネ　133
ファンネル，パディ　232-235, 321-326
『フィクションと読者』（リーヴィス，Q. D.）　26, 63-66, 311-312, 316
フィスク，ジョン　3, 214
フィッシュ，スタンリー　10
フーコー，ミシェル　255-256, 257, 260-261
プーランツァス，ニコス　252
深瀬基寛　10-11
『不在の構造』（エーコ，ウンベルト）　225
フライ，ノーソロップ　10
『ブラック・マウンテンの人々』（ウィリアムズ，レイモンド）　127, 176
ブラックマー，リチャード　9
ブラッドベリ，レイ　144
ブラッドレー，A. C.　64, 93
プリーストリ，J. B.　315, 321

『神話作用』（バルト，ロラン） 223
『垂直に挑む』（吉尾弘） 282
スウィフト，ジョナサン 143
『スクリューティニ』 3, 4-9, 15, 19-23, 26, 28, 34, 37, 43-49, 53, 58, 60-66, 68-73, 75-78, 80, 83, 91-92, 94-96, 98, 100, 102, 106, 110, 112-114, 118, 120, 158, 213, 305
鈴木みどり 57-58, 89
スターリン，イオシフ 39, 50-52
スタイナー，ジョージ 161, 198-199, 204
スタニスラフスキー，コンスタンチン 158-161
ストリンドベリ，アウグスト 100, 101
スノウ，C. P. 305-308, 327-328
スピヴァク，ガヤトリ・C 257-258, 261-264, 270-271, 306
スペンダー，スティーヴン 139
『政治と文学』 100, 110
「想像力の時制」（ウィリアムズ，レイモンド） 179, 185-186, 193
ソフォクレス 151-153
『存在と時間』（ハイデッガー，マルティン） 280-281

［た行］

ターナー，グレアム 3
「ダイアローグ」（ウィリアムズ，レイモンド） 100
『大聖堂の殺人』（エリオット，T. S.） 164
『タイタニック』 280
『第2世代』（ウィリアムズ，レイモンド） 177, 185-193, 196
『タンバレン』（マーロウ，クリストファ） 200
チェホフ，アントン 156, 158-161
チェンバレン，ネヴィル 236
「知識人と権力」（フーコー，ミシェル；ドゥルーズ，ジル） 255-256, 260-261
『知識人の裏切り』（バンダ，ジュリアン） 259-260
『知識人の代弁表象』（サイード，エドワード） 248, 256-257, 260
『知識人の墓場』（リオタール，ジャン＝フランソワ） 254-255
チャーチル，ウィンストン 139
『チャタレー夫人の恋人』（ロレンス，D. H.） 229-231
『忠誠』（ウィリアムズ，レイモンド） 138-139, 176
『デイリー・メイル』 24
デリダ，ジャック 257
「テレビ・ディスコースのエンコーディングとディコーディング」（ホール，スチュアート） 215-222, 223
「テレビ・メッセージの記号論に向けて」（エーコ，ウンベルト） 224-225
『テレビ論』（ウィリアムズ，レイモンド） 176, 328-333
東京少年 284
『謄写版紀要』（CCCS） 211, 215, 217, 218, 220, 223
『動物農場』（オーウェル，ジョージ） 139
ドゥルーズ，ジル 255-256, 260-261
徳川家康 282
ドーネン，スタンリー 227
富山太佳夫 12, 14
トムソン，E. P. 15, 17, 19-20, 23-26, 29-33, 38-42, 46, 50-53, 55, 228

「教育と大学II―批評とコメント」（リーヴィス，F. R.） 37
『行間に―あるいは新聞の読み方』（トムソン，デニス） 91
『クライテリオン』 6
グラムシ，アントニオ 16, 41, 143, 177, 229, 244, 250-253, 254, 256, 258-259, 260, 261, 267, 272-273, 276, 288
グリーン，グレアム 140
グレシャム，トマス 34, 113-114
クローデル，ポール 172
ゲッベルス，ヨゼフ 236
『ゲド戦記』（ルグイン，アースラ・K.） 147
『現代の悲劇』（ウィリアムズ，レイモンド） 12-13, 16, 161, 198, 199
『恋する女たち』（ロレンス，D. H.） 230-231
『公聴会』（ウィリアムズ，レイモンド） 176, 204-208
コードウェル，クリストファ 23, 139
『コーバ』（ウィリアムズ，レイモンド） 176, 199-204, 209
ゴールドマン，ルシアン 305
コールリッジ，S. T. 23, 112, 121
河野真太郎 307
『獄中ノート』（グラムシ，アントニオ） 250, 253, 258-259, 272, 273, 276
『ことばの使用』 68
『コミュニケーションズ』（ウィリアムズ，レイモンド） 176, 177
コリーニ，ステファン 308, 313-314
コリンズ，ジェイムズ 59

［さ行］

サイード，エドワード 248, 256-257, 258, 260
「最近の喜劇論、悲劇論」（笹山隆） 13
斎藤美洲 8
『再評価』（リーヴィス，F. R.） 49
『坂の上の雲』（司馬遼太郎） 281
『作者を探す6人の登場人物』（ピランデッロ，ルイージ） 161
笹野みちる 284
笹山隆 12-13
サッチャー，マーガレット 247, 252, 305, 333-335
『裁かるゝジャンヌ』 132-133
「サバルタンは語れるか」（スピヴァク，ガヤトリ・C.） 257, 261-264, 270-271
サルトル，ジャン＝ポール 245, 253, 255, 260
シェイクスピア，ウィリアム 30, 64, 72, 93, 96, 98, 99, 105, 106, 144, 200
司馬遼太郎 281
『市民ケーン』 227
『社会の中で書くこと』（ウィリアムズ，レイモンド） 123-124, 274
「自由出版への闘争」（トムソン，E. P.） 24
『上演に見るドラマ』（ウィリアムズ，レイモンド） 151-155
『勝負の終わり』（ベケット，サミュエル） 173
『ショーシャンクの空に』 283
『所有せざる人々』（ルグイン，アースラ・K.） 147-149
ジョンソン，ベン 96, 97, 99, 105
『ジョンソンの時代の演劇と社会』（ナイツ，L. C.） 93, 97, 98, 104-107
『シンドラーのリスト』 279

130-133
『英語青年』 4-14
『英詩の新しい進路』（リーヴィス，F. R.） 21-22
「映像の修辞学」（バルト，ロラン） 223
エーコ，ウンベルト 211, 219, 223, 224-226
エリオット，T. S. 96, 164-165, 172, 200
『エレホン』（バトラー，サミュエル） 143
「エンコーディング／ディコーディング」（ホール，スチュアート） 211, 213, 214-222, 238, 284
エンプソン，ウィリアム 13, 96
『エンリーコ4世』（ピランデッロ，ルイージ） 161-164
オーウェル，ジョージ 138-143, 144, 149, 170, 171
『オーディエンス研究読本』 213
オーデン，W. H. 139, 140
大貫隆史 326
『お気に召すまま』（シェイクスピア，ウィリアム） 30
『オクスフォード英語辞典』 44, 245-247
オズボーン，ジョン 229, 230, 231-232
織田信長 282
オティス，ブルックス 46
『オデュッセイア』（ホメロス） 144
小野寺健 12, 178
オッペンハイマー，ロバート 306, 308
オルテガ・イ・ガセット，ホセ 45-46
オロム，マイケル 130-133

［か行］

『科学を視野に入れて―現代文章考』（トムソン，デニス） 68
『カクテル・パーティ』（エリオット，T. S.） 165
『華氏451度』（ブラッドベリ，レイ） 144
カストリアディス，コルネリュウス 257-258, 265
『学校英語』 66
『活動志願者』（ウィリアムズ，レイモンド） 176
『カミンガ・アウト』（笹野みちる） 284
『かもめ』（チェホフ，アントン） 158-161
カラー，ジョナサン 10
『ガリヴァー旅行記』（スウィフト，ジョナサン） 143
『ガリレオの生涯』（ブレヒト，ベルトルト） 166, 168-170
『カルチュラル・スタディーズ報告』（CCCS） 223, 224, 226
『カレンダー』 21
川崎寿彦 9
キーツ，ジョン 140
『キーワード集』（ウィリアムズ，レイモンド） 246, 320
菊池久一 59
「希望の旅の源と」（ウィリアムズ，レイモンド） 127
『肝っ玉おっ母とその子どもたち』（ブレヒト，ベルトルト） 166-168
キャメロン，J. M. 40
『教育と大学』（リーヴィス，F. R.） 37-38, 45-46, 49

索　引

［あ行］

『アースシーの風』（ルグイン，アースラ・K.）　147
アーノルド，マシュー　27, 34, 70, 78, 313, 335
『悪魔は頓馬』（ジョンソン，ベン）　99
アドルノ，テオドール　213
『あらし』（シェイクスピア，ウィリアム）　144
アリストテレス　258
アルチュセール，ルイ　58, 212, 252
アング，イエン　213, 214
『アンコール』　229, 231-232
アンダソン，ペリー　251, 252
『アンティゴネー』（ソフォクレス）　151-153
イーグルトン，テリー　13, 266-267
イーザー，ヴォルフガング　10
イェイツ，W. B.　172
『怒りを込めて振りかえれ』（オズボーン，ジョン）　229, 231-232
「イギリスのマスコミュニケーション」（ボガート，リチャード）　84
「イギリスの文学—1980年代を顧みて」　14
『イギリス労働者階級の形成』（トムソン，E. P.）　23
イシャウッド，クリストファ　140
磯田光一　11
『偉大な伝統』（リーヴィス，F. R.）　49
『田舎と都会』（ウィリアムズ，レイモンド）　274
井上靖　281-282
イプセン，ヘンリック　100, 131, 155, 156-157, 159, 274
『イプセンからエリオットまでの演劇』（ウィリアムズ，レイモンド）　95-96, 100-103, 164-165
『イプセンからブレヒトまでの演劇』（ウィリアムズ，レイモンド）　96, 165-171
『ヴァージニア・クウォータリー・レヴュー』　5
ウィリアムズ，レイモンド　10-11, 12-14, 15-16, 19, 40, 47, 48, 62, 66, 72-73, 87-88, 95, 97, 100-103, 105-127, 129-173, 175-210, 212, 226, 227, 228, 232, 233, 235, 240, 246, 265, 269, 274-275, 284, 288, 305, 309, 311, 320, 326, 328-335
ウィリス，ポール　214
ウィルソン，ハロルド　309, 326-328, 333-335
ウェルズ，H.G.　114, 143, 144
ウェルズ，オーソン　227
『映画序説』（ウィリアムズ，レイモンド：オロム，マイケル）　118-119,

著者紹介

山田 雄三（やまだ・ゆうぞう）

1968 年生まれ。
大阪大学文学研究科博士後期課程修了（博士・英文学）。
現在，大阪大学人文学研究科教授。

主著：『ニューレフトと呼ばれたモダニストたち』（単著，松柏社，2013 年），『メディア論の冒険者たち』（共著，東京大学出版会，2023 年）

訳書：レイモンド・ウィリアムズ『テレビジョン―テクノロジーと文化の形成』（共訳，ミネルヴァ書房，2020 年），『暗い世界―ウェールズ短編集』（共訳，堀之内出版，2020 年）などがある。

感情のカルチュラル・スタディーズ（検印廃止）
増補版 ―『スクリューティニ』の時代からニュー・レフト運動へ―

2005年5月10日 初版発行　2025年3月10日 増補版発行

著者	山田雄三
発行者	丸小雅臣
組版所	アトリエ大角
カバー・デザイン	モリモト印刷
印刷・製本	モリモト印刷

〒162-0065 東京都新宿区住吉町 8-9
発行所 開文社出版株式会社
電話 03-3358-6288　FAX 03-3358-6287
URL https://www.kaibunsha.co.jp/

ISBN 978-4-87571-895-6　C3098